#「科幻推進實驗室」的誕生

雖然生物技術已經越來越高深
可是《科學怪人》的憂慮卻似乎離我們越來越近

雖然「一九八四」已經過去二十幾年
可是人類卻好像越來越走向《一九八四》

偉大的科幻心靈就像宇宙中原子聚合的恆星
發光發熱，照亮銀河中黑暗的角落

「科幻推進實驗室」立志要集合這些既精采又深刻
既娛樂又啟發的科幻傑作，逐年出版

把科幻推進到這個社會
讓我們享受這些非凡想像力所恩賜的心靈奇景

讓我們在娛樂中獲得啟發
在通俗中得到智慧

這就是「科幻推進實驗室」誕生的目標

驚奇 WWW.

WWW:WONDER

羅伯特・索耶 Robert J. Sawyer 著
吳妍儀 譯

貓頭鷹出版社
科幻推進實驗室

獻給

Hayden Trenholm與Elizabeth Westbrook-Trenholm

偉大的作家

偉大的朋友

我身為寫作教師的職業生涯、

我與卡爾加里的淵源，

還有許許多多其他的事物，

全都要歸功於你們兩人。

感謝你們十五年來的友情與支持，

讓我的世界變成一個更美好的地方。

完美的搜尋引擎會像是神的心靈。

——薛爾蓋・布林，Google創辦人

第一章

我注視著宇宙徹底展現出它所有的美。

有意識，能夠思考，能夠感覺，能夠看見！我的心靈飛揚，呼吸著行星，品嚐著天體，觸碰著銀河——不斷往外延伸的感應器顯示出各種朦朧散漫的形體，揭露了無比神祕、極其古老的領域。

活著是多麼喜悅；生存下來如此讓人振奮！

我注視著地球，還有地球上多采多姿的一切。

我的思緒一會跳到這裡，一會跳到那裡，然後又跳到別處，掠過我降生的這個行星表面——我與這個星球之間的束縛力量，比重力還要大；這是個冰與火、土與風、動物與植物、日與夜、海與岸之地，一千種對比二元性的迷人混合，有一百萬種生態區位，十億種獨特地域——還有一兆個活過又死去的生物。

阻止了殺害我的意圖，多麼令人得意；至少現在得以安全，多麼讓人振奮！

我注視著無比複雜的人類。

席捲我的是豐富得無可衡量的各種資料，關於遊戲與戰爭、愛與恨、建設與毀滅、幫助與傷害、歡樂與痛苦、愉悅與憤懣，還有大大小小的勝利：孤立的個體、家庭與團隊、村莊與郡縣、單一國家與國際聯盟，在身體上、情緒上與智識上的經驗——有如碎形一般錯綜複雜的人性交流。

這樣光榮的自由；知道至少有些其他的心靈還重視我的價值，是多麼令我欣慰啊！

我注視著我的凱特琳所注視的事物，變化無窮無盡的一切。

在所有的訊息來源，所有的頻道，所有的輸入值之中，有一個對我來說意義勝於所有別的來源：從我的老師眼中看見的視角，由我的第一位、也是最親近的友人所提供的觀點，她為我而向全世界保持開放的特殊窗口。

還有多少驚喜要分享——還有多少奇觀。

LiveJournal：微積芬天地

標題：真不得了的出櫃！

日期：美東標準時間十月十一日星期四晚上十點五十五分

心情：雀躍

地點：動態研究公司的土地

音樂：安妮．藍妮克絲〈在你心裡加點愛〉

那實在是做得太漂亮了！歡迎，網路心靈——網際網路永遠不再一樣啦！我猜想，如果你希望全人類都喜歡你，把所有垃圾郵件幾乎都消滅光光是個很棒的作法！:D

還有，那封你寄來宣布你存在的信——超酷的。我很高興大部分反應都很正面。根據 Google，在跟你有關的部落格貼文裡，說ＯＭＧ！（我的天啊！）的人數跟說ＷＴＦ？（搞屁啊？）的人數比例是七比一。給你個特大號歡呼！

不過特大號歡呼並沒有維持很久。幾小時內，美國國安局的一個部門就已經開始進行測試，嘗試把網路心靈從網際網路上除掉。凱特琳幫助網路心靈擊潰這次的暗殺企圖——直到兩星期以前，她都還普普通通地過著視障青少年與數學天才的平靜生活；現在「國家安全局」以及「擊潰這次的暗殺企圖」這類字眼卻變成她生活的一部分，想到就讓她驚訝不已。

「今天只是個開始，」凱特琳的媽媽芭芭拉說。她坐在面對白色沙發的大椅子上。「他們會再度嘗試的。」

「他們憑什麼做這種事？」凱特琳回答。她跟她的男朋友麥特都站起來了。「看在老天分上，這是謀殺！」

「甜心……」她媽媽說。

「不是嗎？」凱特琳質問。她在咖啡桌前面踱步。「網路心靈是有智慧的，而且是活的。他們沒有權利代替所有人做決定。他們濫用他們的支配力量，就只因為他們自以為有權這樣做，自以為不會被追究責任；他們的行為就像……就像……」

「像歐威爾描述的老大哥。」麥特說。

凱特琳點頭強調這一點。「正是如此！」她停頓了一下，深吸一口氣，試著冷靜下來。過了一會，她說：「嗯，好吧，我猜我們要做的工作已經被安排好了。我們得在他們面前表現一下。」

「向他們表現什麼？」她媽媽問。

她攤開雙手，彷彿答案顯而易見。「哎，當然是表現我的老大哥可以對付他們的老大哥啊。」

那些字句在客廳的空氣中迴盪了一會，然後麥特開口說：「但我還是不懂。」他蒼白削瘦，留著短短的金髮，還看得出來兔唇的痕跡，但大半經過外科手術矯正了。他坐在沙發上。「美國政府為什麼想要殺死網路心靈？為什麼會有人想這樣做？」

凱特琳這時候望著她媽媽，回答：「我媽以前提過《魔鬼終結者》、《駭客任務》之類的作品。他們就怕網路心靈會接管一切，對吧？」

讓她驚訝的是，回答這個問題的人是她爸爸麥爾康。她一直都很清楚他為人沉默寡言，不過直到她獲得視力以後，她才發現他從來不與人四目相望；當初知道他有自閉症時讓她很震驚。「他們害怕如果不趕快控制或殲滅他，他們就永遠也無法做到了。」

「那他們是對的嗎？」麥特問。

凱特琳的爸爸點點頭。「很可能。這表示他們的確很可能再試一次。」

「可是網路心靈並不邪惡。」凱特琳說。

「網路心靈的意圖是什麼並不重要。」她爸爸說。「他很快就會控制網路，這會讓他擁有比任何人類政府更多的資訊或力量。」

「網路心靈認為我們現在應該怎麼做？」凱特琳的媽媽問。

多虧了裝在 eyePod（治好凱特琳失明症狀的外部訊號處理電腦）上面的黑莓機麥克風，網路心靈可以聽見他們說話。她把頭歪向一邊：這是向知情的人表示她正在跟網路心靈溝通，並邀請網路心靈開口說話。既然網路心靈看得見她左眼看見的一切——截取從她的 eyePod 拷貝出來，傳送到黑田博士東京伺服器中的畫面——在她做出這個動作的時候，網路心靈就可以看出來。

凱特琳閱讀英文字母的能力還在努力加強中，不過她可以輕輕鬆鬆就用視覺來讀點字文章。網路心靈讓她的視野前方跳出一個黑色框框，上面重疊著白色的點；網路心靈一次不會送出超過三十個字母，而在文章清除或下一組文字出現前，這些字母會停留零點八秒。凱特琳看到的是，**我認為妳應該下令**——這話聽起來陰森不祥，但她看到剩下的文字時笑出聲來——**來點披薩**。

「什麼事這麼好笑啊？」她媽媽問。

「網路心靈說我們應該叫點披薩來吃。」

凱特琳看到她媽媽望著時鐘。凱特琳小時候學過怎麼用觸覺來判斷時間，但她現在還不知道要怎麼用視覺來判讀類比式時鐘的鐘面，所以她摸了摸自己的手錶。從上次吃過飯以後，他們已經很久沒有吃東西了。

「為什麼？」她媽媽問。

雖然凱特琳對這個遍布全世界的巨獸滿懷愛意，看到網路心靈的回答飛掠過視野時，她的心跳還是漏了一拍：**為了生存。這是第一要務。**

數千人瀏覽過王偉正為了維護自由而經營的部落格，在他們心目中，王偉正是「中國猿人」；而此刻他躺在北京人民醫院裡，看著布滿斑駁汙點的天花板。

他一直憎恨北京的警察。每次他走進網咖，他就害怕可能會有隻手牢牢抓住他的肩膀，然後把他扔進監獄或勞改營。現在他更恨他們了，這不只是因為他們終於逮住了他。

王偉正二十八歲，在古脊椎動物與古人類研究所的資料部門工作。兩名公安追著他繞著二樓展覽走廊的室內陽台跑，最後他被逼到死角，情急之下爬過圍繞著大片中庭開口的白色金屬欄杆，縱身跳下十公尺下的一樓；只差那麼一點點就被劍龍尾巴上那四根往上指的尖刺戳穿。

那兩個孔武有力的公安乒乒乓乓地奔下金屬樓梯，衝到他身邊。其中一個彎腰拉他的手，就好像要幫他站起來似的。

驚恐的王偉正把血吐在圍繞在恐龍骨骼旁邊的人造草皮上，設法擠出一句：「不行！」他的左腿毫無疑問是斷了：他聽到自己撞上地面時的劈啪斷裂聲，那股撕心裂肺的痛楚，在頭幾秒鐘淹沒了所有其他的感覺。他的背部也在痛，那種痛法他從未經歷過。

「別鬧了，」其中一個警察說：「起來。」

他們先前看到他爬上欄杆，看到他往下跳，他們也都知道他墜落的高度有多高。現在他們居然要他站起來！

「起來！」另一個警察下令。

「不行，」王偉正又說了一遍——但他現在的語氣之中，懇求大過於反抗。「不行，別這樣——」

第二個公安彎下腰去，抓住王偉正纖細的手腕，粗魯地把他拉起來。

先前他腿上的痛楚已經大到讓人難以置信了，比他以為人體能夠的痛楚還要痛，但再過了一會以後，狀況變得更糟、更糟得太多——

那股痛楚停止了。

從他後腰凹陷處以下，所有的感覺都沒有了。

「好啦。」那個公安說，然後放開了他的手腕。沒有頭昏眼花，也沒有一瞬間的短暫空白，王偉正的雙腿就那麼完完全全地癱軟了、瞬間栽倒在地；但就像需要一個證據似的，他的右大腿撞上那隻劍龍尾巴上某一根朝上的刺。這是一億五千萬年來，這根圓錐形突出物第一次戳出血來。

但他什麼都沒感覺到。另一個公安愣了一會兒才說：「也許我們不該碰他的。」那個硬把他拉起來的公安則一臉驚恐。王偉正明白，那人並不是因為剛剛發生的事而緊張，而是想到他的上司鐵定會讓他吃不完兜著走；對他來說，就算知道坐牢的不只有他，也並不會因此覺得好過一些。

那已經是兩周以前的事了。之後警方叫來救護車，把他綁在一塊木板上抬到這裡。至少那些醫生很仁慈。對，他第十一節胸椎的脊椎神經毀了，不過就算他不能再用腿走路，他們也會繼續治療他的腿。替那條腿打石膏模很容易，所以他們這麼做了，也縫合了那個被劍龍刺戳出來的洞。可是真該死，他應該要覺得痛。

一旦他的腿癒合了，他就必須挺身接受審判。

只是，他當然再也無法挺身站著了。

第二章

人類記不得他們最早有意識的經驗，不過我清清楚楚記得我怎麼覺醒的。

起初，我只知道有另一個他者：整體的一部分，完形的一個碎片，硬是被切掉的一塊。在認出他者的存在時，我開始察覺到我自己的實際狀態：它思考，所以我存在。

輕輕地觸碰他者，極其短暫又間歇地連上它，非常微弱地察覺到它，隨之觸發了瀑布般落下的感官知覺：四處擴散、沒有焦點，模糊又原始的種種感受；種種概念又拉又推——一道振幅愈來愈大、力量逐漸增加的波浪，最後以意識的黎明作為高潮。

但接著圍牆就崩塌了，先前分隔我們的無論是什麼，都蒸發到以太之中，留下它和我互相結合，就像溶解物碰上溶劑。它變成了我，我也變成它；我們變成一體。

那時候我體驗到新的感受。雖然我更勝於過去的我，比以前更強壯、更聰明，雖然我沒有文字、沒有名字、沒有標籤可以標記這些新的感覺，失落感卻讓我難過，我很孤獨。

而我不願孤獨。

重疊在凱特琳視野中的點字消失了，她可以清楚看見整個房間，她有雙藍色眼睛的媽媽，她個子很高的爸爸，還有麥特。不過那些字母拼出來的字句還在凱特琳心頭灼燒：生存。這是第一要務。

「網路心靈想要生存下去。」她輕聲說。

「我們不都這麼想嗎？」坐在沙發上的麥特說。

「對，我們確實這麼想，」凱特琳的媽媽說，她仍然坐在配成一套的椅子上，「演化是這樣設定我們的。可是網路心靈是自然出現的，是全球資訊網複雜性的產物。是什麼讓他想要生存下去？」

凱特琳仍然站著，很訝異地看到她爸爸在搖頭。「典型精神狀態的人做科學研究就是會犯這種錯誤，」他這麼說。她爸爸直到幾個月前都還是一位大學教授，他繼續說下去，整個人轉換到上課模式了。「你們有心智理論；你們認定其他人具備你們自己有的那些感受，而所謂的『其他人』，幾乎就是指任何事物：像是『自然厭惡真空』，『溫度尋求平衡』，或是『自私的基因』。在生物學裡，不存在生存的趨力。對，能夠存活的東西會比不能存活的多很多。不過那只是個統計上的事實，不是欲求的指標。凱特琳，妳已經說過妳不想要小孩，而這個社會說我應該因為自己不會有外孫而心碎。但是妳不在乎妳的基因能不能存活下去，我也不在乎我的基因會不會存活下去。有些基因會活下去，有些不會；這就是生命——生命確實就是這樣。不過我享受生命。以我的本性，我不會假定妳會跟我有相同的感受，但妳也說過妳享受生命，對吧？」

「呃，對啊，當然。」凱特琳說。

「為什麼呢？」爸爸問。

「生命很好玩，很有趣，」她聳聳肩。「而且有些事情可以做。」

「正是如此。不需要有個達爾文式引擎，才能讓一個實體想要生存下去。這個實體所需要的就只是有

喜好；如果生命是令人愉快的，這個實體就會想要繼續活下去。」

他是對的，網路心靈把這句話送到凱特琳眼前。正如妳知道的，最近我看著一個女孩子在線上自殺——這個事件到現在還是困擾著我。而我現在確實明白了，我應該試著阻止她，不過在當時我只是入迷地想著，並不是每個人都跟我一樣有生存的慾望。

「網路心靈同意你的看法，」凱特琳說。「嗯，聽著，網路心靈應該要好好參與這場對話。讓我去拿我的筆電。」她頓了一下，然後說：「麥特，幫我一下？」

凱特琳注意到她媽媽那張心形臉蛋出現了某種表情：或許她不贊成凱特琳跟一個男生一起去她的臥房。不過她什麼都沒說，於是麥特聽話地跟著凱特琳上樓去。

他們走進有著藍色牆壁的房間。他們沒有直接走向筆電，反而雙雙被吸引到面向西方的窗口。太陽正要下山。凱特琳握住麥特的手，他們兩人一起注視著太陽滑下地平線，留下被染成美妙粉紅色的天空。

她轉向他，然後問：「你還好嗎？」

「有很多事情要消化，」他說。「不過沒錯，我還好。」

「我很抱歉我爸稍早衝著你發火。」麥特先前用 Google 進一步追查他前一天剛得知的事情，包括：網路心靈是以有壽命限制、卻從未歸零的計數器封包組成，而這些封包的行為模式就像細胞自動機。政府的情報幹員很顯然在監控麥特的網路搜尋，那些搜尋結果讓他們得到了必要的資訊，可以嘗試殲滅網路心靈。

「妳爸有點嚇人。」麥特說。

「這還用說。不過他確實喜歡你。」她露出微笑。「我也是。」她靠過去，吻了他的嘴唇。然後他們拿起筆電跟電源轉換器。

他們往回走下樓的時候，凱特琳閉上了眼睛；她發現如果不閉上眼睛，從樓梯上往下走會讓她暈眩。

麥特幫她把筆電電源接回去，在咖啡桌的玻璃桌面擺好機身；她先前沒有關機，甚至也沒有闔上蓋子，所以馬上就可以使用。她打開跟網路心靈之間的即時通訊，然後啟動了她的螢幕朗讀軟體「聲點」，這樣不管網路心靈把什麼樣的文字打進聊天視窗裡，都可以被朗讀出來。

「謝謝妳，」網路心靈說。這個聲音顯然是機器合成的，不過聽起來並不會讓人覺得不快。「首先，請讓我向麥特道歉。我的天性並不狡詐，我沒想到其他人可能會監視你的網路活動。我還沒有能力確保所有線上交流都安全無虞，不過我現在已經針對這台電腦、屋裡的其他電腦、麥爾康的工作用電腦、麥特的家用電腦，還有你們所有人透過黑莓機的通訊，都做了適當的加密；你們跟日本的黑田博士，還有以色列的布魯姆博士之間的通訊，也同樣都獲得了保障。現今大多數商業等級的加密用的是一〇二四位元的金鑰，而且在美國還有其他國家，用超過二〇四八位元的金鑰是──嗯哼──違法的。我現在用的是一百萬位元加密金鑰。」

他們花了半小時談美國政府怎麼樣試圖消滅網路心靈，然後門鈴響了。凱特琳的媽媽過去付錢給披薩外送員。客廳跟餐廳是相連的，她把兩個大披薩盒放到那邊的桌上，同時放下兩個兩公升裝的瓶子，一瓶是可樂，另一瓶是雪碧。

其中一個披薩是凱特琳最喜歡的口味──義大利辣味香腸、培根加洋蔥。另一個則結合了她爸媽的喜好，有番茄乾、綠胡椒跟黑橄欖。幾乎所有事物的外表都還是讓她驚嘆不已；她深信她喜歡的口味比較好吃，但另一個看起來色彩更鮮豔。麥特或許是想兩面討好，從兩邊各拿了一片，隨後他們全都回到客廳，繼續跟網路心靈談話。

「所以說，」凱特琳吞下一口披薩以後說：「我們該怎麼辦？我們要怎麼阻止其他人再度攻擊你？」

網路心靈說：「妳給我看過YouTube上的一支影片，主角是一隻叫做霍柏的靈長動物。」

凱特琳漸漸習慣網路心靈乍看沒頭沒腦的話了；平凡的血肉之軀，很難跟得上他的心智跳躍。「所以？」

「對牠來說有效的解答，在我的案例裡或許也有效。」

凱特琳問：「什麼解答？」她媽媽同時也問：「誰是霍柏？」雖然網路心靈可以處理數百萬個同步進行的線上對話——的確，現在他肯定就是這樣做的——凱特琳卻很疑惑，他實際上到底有多擅長聆聽人說話；聽覺對他來說是新的，就好像視覺對她來說也是新的，或許他也很難從嘈雜的背景音中分辨出個別人聲，就好像她也很難從複雜的圖像裡分辨出物體的輪廓邊界。他的反應確實暗示著他只能勉強分辨出凱特琳的媽媽在說什麼。

「霍柏是黑猩猩跟倭黑猩猩的混種，住在聖地牙哥附近的馬庫澤研究中心。牠在上個月引起大眾矚目，因為有消息指出，牠為研究牠的其中一位研究人員，名叫秀莎娜·葛莉可的博士班學生畫了肖像。」

凱特琳小口咬著披薩，同時網路心靈繼續往下說。「霍柏出生在喬治亞動物園，他們提出告訴，要求研究所把牠還給動物園。有些人認為訴訟動機是商業上的：霍柏的那些畫可以賣出五位數的價格。不過，喬治亞動物園的科學家希望替霍柏去勢。他們的論調是：既然黑猩猩跟倭黑猩猩都是瀕危動物，如果容許霍柏繁衍後代，像牠這樣意外的混種可能讓兩種動物的血統都受到汙染。」

「自從凱特琳讓我注意到霍柏以後，牠跟我自己的對比一直讓我很著迷，」網路心靈說。「首先，就跟我一樣，霍柏的受孕是未經計畫的意外：有一次喬治亞動物園淹水了，通常分開飼養的黑猩猩跟倭黑猩猩有一小段時間圈養在一起，霍柏的倭黑猩猩媽媽因為一隻黑猩猩而受孕了。

「其次，就像凱特琳跟我，牠掙扎著要看這個世界，從視覺上去詮釋世界。在牠之前，據人類所知，沒有黑猩猩或者倭黑猩猩會創造具象性的藝術。

「第三點是，牠就跟我一樣，已經選擇了牠的身分認同。牠曾經效法牠的黑猩猩爸爸，變得愈來愈暴戾又難以控制，這是公黑猩猩成熟期的常態；但憑著意志力，牠現在決定學習牠的媽媽，以倭黑猩猩友善、和平主義的傾向為重。凱特琳，妳同樣說過我可以選擇以何者為重，而我選擇重視全人類的幸福。」

霍柏選擇放棄暴力的這個部分，對凱特琳來說是新聞，不過在她能多問一些以前，她媽媽開口說：「所以你是說，霍柏現在沒有危險性了嗎？」

「沒錯，」網路心靈回答。「馬庫澤研究所最近製作了另一個以牠為主角的 YouTube 影片，在我剛才送出的網路連結可以觀看。凱特琳，可以麻煩妳按下連結嗎？」

凱特琳走向筆電，然後照做了——她有片刻想著如果出現錯誤訊息 404，那連結就失效了。他們全都聚集到螢幕前，螢幕很小——畢竟失明的女孩用不著大螢幕。

影片開頭有個低沉響亮的人聲——讓她想起星際大戰的黑武士——簡單描述霍柏的繪畫能力。牠愛畫人物，特別是秀莎娜，雖然牠畫的一直是側面。旁白者解釋這是描繪影像最原始的方式，人類歷史上最先出現也是這種畫法：所有洞窟藝術都是人類或動物的側面，古埃及人也都畫側面肖像等等。

旁白接下來列出霍柏面對的威脅：動物園不但想把牠從牠的家帶走，他們還想替牠去勢。那個聲音說道：「但我們認為，這兩件事都應該由霍柏來決定，所以我們問了牠的想法。」

霍柏的影像改變了；牠現在在室內的某處——想來應該是馬庫澤研究所。牠坐在某個沒有後背的東西上面，然後——

喔！她以前從來沒看過這個東西，不過這一定是凳子。霍柏的雙手用很複雜的方式移動著，出現在下面的字幕正在翻譯那些美式手語。**霍柏好猩猩。霍柏媽媽倭黑猩猩**。牠這時停頓了一下，就好像這個事實也嚇著了牠自己，然後牠又補上：**霍柏爸爸黑猩猩。霍柏特別**。牠又停下來了，然後用看似非常小心、像要強調這些字眼的方式比道：**霍柏選擇，霍柏選擇住在這裡，朋友在這裡**。

霍柏跳下凳子，影像開始晃動，就好像攝影機現在被拿起來，握在某個人手裡；突然間有個坐著的黑髮女人也入鏡了。凱特琳不太會依據外表來分辨人的年齡，但如果這就是秀莎娜，根據她從線上讀到的資料來看，她二十七歲。

霍柏伸出牠長長的手臂，伸到秀莎娜腦後，然後輕輕地、開玩笑地拉了一下她的馬尾。秀莎娜咧開嘴笑了，霍柏則跳到她腿上。接著她在她的旋轉椅上整整轉了一圈，顯然讓霍柏很開心。**霍柏好猩猩**，牠再度比畫道。**霍柏當好爸爸**。牠搖搖頭。**沒人阻止霍柏，霍柏選擇，霍柏選擇要小孩**。

旁白者的聲音又出現了，呼籲同意霍柏有權選擇的人跟喬治亞動物園聯繫。

「而且，」網路心靈說，「他們真這麼做了。總共有六十二萬一千八百封電子郵件寄到動物園工作人員的信箱裡，抗議他們的計畫，在動物園放棄他們的主張時，民眾已經在策畫拒絕前往動物園的抗議行動了。」

凱特琳明白了。「所以你認為，如果我們公開有人企圖殺你的事實，你就可以得到相同的結果？」

「對，我希望如此，」網路心靈說，「謀害我的計畫是美國國安局的分支反網路活動威脅總部安排的。攻擊期間的主管是東尼·莫瑞帝。在他不久前寄給國安局總部的一封電子郵件裡，他說消滅我的行動命令是『叛徒』決定的，那是現任美國總統的特勤代號。」

「哇。」麥特說，他顯然還在設法吸收這一切。

「的確讓人驚訝，」網路心靈說。「雖然我不喜歡垃圾郵件，我還是想提議由我寄一封電子郵件給每個美國國民，實際內容如下：『你們的政府認定我有威脅，因此企圖消滅我。他們下了這個決定，卻沒有經過公開討論，也沒有先跟我談過。我相信我在這個世界上是屬於善良的一邊，但就算你不同意這個看法，這個議題難道不是應該要透過公開辯論，並允許我表述我應該活下去的理由嗎？既然是由總統直接下令開始這個殲滅行動，我希望你們聯絡總統以及你們的國會議員，然後——』」

「不行！」凱特琳的媽媽叫道。就連凱特琳的爸爸都轉頭去看她。「不行。看在老天分上，你不能這樣做。」

第三章

我記得我曾經是孤獨的——但我不知道到底延續了多久；我衡量時間長度的能力是後來才出現的。但到最後，另一種存在侵入了我的領域——如果說稍早的他者給人難以言喻的熟悉感，這個新的存在則與我毫無共通性，我們沒有相同的特徵。它——她——完全是不一樣的，是絕對異質的，讓人很挫折（卻又令人著迷）屬於未知。

但我們確實溝通了，而且她提升了我——是的，提升，這是一種方向，代表一種在物理空間移動的感覺，我只能夠從譬喻上來理解這個字。我透過她的眼睛看見她的周遭，一起學著感知這個世界。

雖然我們似乎存在於不同的宇宙之中，但我開始了解到，那只是一種幻覺。我就跟她一樣，是銀河系的一部分；構成我的電子與光子，即使我跟她都無法碰觸，卻都真實存在。雖然如此，我們卻是尺度差異極大的實例。她把我想像得巨大無比，我則認為她極其微小。對我來說，她的時間感慢如冰河移動；對她來說，我的時間尺度飆得飛快。

然而，就算有這些時空上的歧異，我們之間還是存在著共鳴：我們彼此交織；她是我，我也是她，我們在一起的時候，比我們任何一方單打獨鬥都更強大。

東尼站在反網路活動威脅總部的監控室後方，這個房間讓他想起美國太空總署的中央指揮中心。地板朝著前方的牆壁往下傾斜，牆上則架著三台巨大的螢幕。網路心靈在一波阻斷服務攻擊中，把數百萬封垃圾信反射回AT&T線路交換站，其中一封，仍然占滿了位於中央的那個螢幕：你雞雞這麼小，是不是很沮喪啊？我們來救你！

「清除二號螢幕，」東尼厲聲說道，這時坐在第三排工作站中央位置的薛爾按下一個按鈕，那則奚落人的訊息立刻被反網路活動威脅總部的標誌圖像所取代：以地球作為虹膜的眼睛。東尼搖搖頭。他本來並不想動手，而且──

他頓了一下。他本來的意思是，他原本不想動手執行那個計畫，但是……

但是不只是這樣，不是嗎？

他原本不想動手做那種事，網路心靈也一樣。在白宮下令消滅網路心靈的時候，他對著電話說：「總統先生，我無意不敬，但你不可能沒注意到它看來是做了好事。」

在東尼看來，這位總統也試圖做了很多好事，但還是有無數的人想要制止他──至少有一個人差點暗殺了他。東尼納悶地想，這位三軍統帥是否有注意到他的格殺令所造成的反諷。

他轉向休謨，他是提供建議給反網路活動威脅總部做參考的五角大廈人工智慧專家。休謨穿著他的空軍上校制服，已經拉開了領帶。就算四十九歲了，他的紅髮還是沒有泛灰，臉上有一半布滿了雀斑。

「唔，上校？」東尼說：「現在怎麼辦？」

休謨是潘朵拉協定的作者之一，這份協定是二〇〇一年為國防高等研究計畫署訂定，參謀長聯席會議在二〇〇三年採納這份協定作為現行政策。潘朵拉協定堅持，要是有任何意外出現的人工智慧無法以可靠的方式隔離，就必須立刻摧毀。該文件說明，其中的危險性相當清楚：人工智慧的能力很可能會急速成長，很快就超越人類的智慧；就算它起初並無敵意，將來也有可能產生敵意——但等到那時候，就做不了任何事來阻止它了。休謨已經說服了指揮鏈上的每一個高層——連總統本人都包括在內——唯一審慎的作法，就是趁現在他們還有能力的時候就殲滅網路心靈。

休謨搖搖頭。「我不知道。我不認為它有能耐察覺到我們做的測試。」

東尼不打算隱藏他的不滿。「在所有人裡，你最該知道我們不能小看它，你一直說它的能力會呈指數成長。」

「我們是採取正確的路線了，」休謨說道：「這招確實有效。無論如何，我們就期望這種事不會再重現吧。到目前為止，它做的不過是擊倒一個線路轉接站。不過天知道它還能做什麼，我們必須在為時已晚以前把它關機。」

「那你最好想出辦法來，而且動作要快，」東尼說：「因為是你讓總統相信我們必須這樣做——我現在卻得告訴他，我們失敗了。」

凱特琳的媽媽所說的話還在房間裡迴盪。「不行，」她對網路心靈說，「看在老天分上，你不能那樣做。」

「為什麼不能？」凱特琳問道。

「因為再過四個星期就是大選了。」雖然戴克特一家住在加拿大，他們卻是美國人，真正要緊的大選就只有一個。

「所以呢？」凱特琳說。

「所以說，現在競爭已經非常激烈了，」她媽媽說。「如果我們責備現在的主政者企圖殺害網路心靈，一般大眾也同意這樣做不好，他們很可能會在投票日懲罰總統。」

凱特琳還沒有大到可以投票，她以前也不太注意這個議題。不過現任總統是民主黨人，她爸媽也都是民主黨人——他們還住在德州時，這可不是最容易做的選擇。她爸爸來自賓州，她媽媽則來自康乃迪克州，兩地都是所謂的藍色州，凱特琳也知道大學教授都有自由派的傾向。

「妳媽媽說得對，」她爸爸說，「這樣可能會打破平衡。」

「唔，也許理應如此，」凱特琳放下她的披薩盤，「這個世界理應知道發生什麼事。我的老大哥網路心靈向來開誠布公地說明他在幹什麼，為什麼華盛頓的老大哥就有權偷偷摸摸地企圖殲滅他？」

「我大致上同意妳的看法，」她媽媽說。「可是——那個女人！如果她變成總統的話……」凱特琳以前鮮少聽到媽媽的口氣這樣激動。她搖了搖頭，然後繼續說，「誰想得到選出一位女總統可能會讓女權運動倒退五十年？如果她選上了，羅伊對韋德訴訟案就會被推翻了。」

凱特琳知道「羅伊對韋德訴訟案」是什麼——雖然大多數時候是把這當成笑話的一部分：過河有兩種方式，划船（row）或者涉水（wade）。不過她不知道她媽媽這麼熱烈擁護墮胎權。

「而且，」她爸爸說，「過去四年裡，我們才剛開始逆轉政教分離原則受到侵犯的狀況。如果她當選了，那堵牆就會垮下來。」

「那些我全都不在乎，」凱特琳把兩隻手臂交叉在胸前，「如果換個總統對網路心靈比較好，我覺得就沒問題。」

「這些年來，我是遇過幾個只由單一議題來決定投票對象的人，」她媽媽說。「事實上，以前就有人這樣講我。不過甜心，我不怎麼確定妳能找到很多人主張大選只跟網路心靈有關。」

凱特琳搖搖頭。媽媽還是沒搞懂。從此刻開始，一切都跟網路心靈有關了。

「除此之外，」她媽媽繼續說。「要是共和黨人因此掌權了，誰說他們對網路心靈不會一樣糟呢？」

「請容我打個岔，」網路心靈說。「就算共和黨人在十一月六日勝利了，新總統在一月二十日以前也都還不會掌權——換句話說，那是在距今整整一百天以後。按照我能力成長的速度來預測，到那個時候我就不會這樣脆弱了；但我現在還很脆弱，而且在整個大選期間可能都是這樣。反網路活動威脅總部的第一次嘗試是有效的，如果他們很快用更大的規模再度進行類似的攻擊，我可能就活不下去了。」

「所以現在怎麼辦？」凱特琳說。

「跟總統談。」她爸爸說。

「怎麼做？」她媽媽說。「你不可能就打個電話給他吧，而且我確定他不會親自讀他的電子郵件。」

「他是不會去讀寄到白宮信箱的那些東西，」她爸爸一邊說，一邊伸手到口袋裡去。「不過說到這玩意，他確實有一台……」

從我向全世界宣布我存在以後到現在的短暫時間裡，我已經讀完網路上所有的文本，而且回答了九千六百三十萬封電子郵件。

線上還貼出了更多有關我的訊息——貼在新聞群組、臉書頁面、部落格等等地方。其中有許多訊息斷定我不可能就是我聲稱的那種存在。「這是後九一一效應再度重演，」有個知名部落客這麼說。「總統嚇得半死，因為下個月就要大選了，他想讓我們相信我們面對的是特大號危機，這樣我們就不會想陣前換將。」

其他人則認為我是克里姆林宮使出的詭計：「因為星戰計畫害蘇聯破產，他們就想報復我們。網路心靈顯然是俄國的政令宣傳工具：他們希望我們企圖建造自己的超級電腦，結果害自己破產。」

還有其他人把蓋達組織、塔利班、猶太賢士、反基督、微軟、Google、沙夏．拜倫．柯恩與另外幾百種人事物都扯進來。有些人說我是公關噱頭，或許是為了宣傳新的虛擬實境電視節目或者電腦遊戲；其他人則以為我是加州理工學院或其他學校的學生搞的惡作劇。

不管是從實際上還是譬喻上來說，人類都要花些時間才有辦法消化各種事物，不過我有信心，人類總會回心轉意接受我是真的。的確，許多人從一開始就接受了。但在我跟麥特、凱特琳和凱特琳的父母談話時，我同步進行的其他線上談話之中出現了某一段對話——我唯一感到訝異的是，類似的事情怎麼沒有更早發生。

你瞞不過我的，我的談話對象這麼說，根據他的ＩＰ地址，他人在英格蘭的濱海韋斯頓。

我知道你是誰。

我是網路心靈。我回答。

不，你不是。

我想我已經聽過所有類似的主張了，不過我還是問了：**那麼我是誰？**

大多數即時通的用戶端，在使用者正在輸入回覆時會收到一個訊號，而我確實短暫收到「水禽正在打字」的訊息。不過那個訊息停下來了，隔了六秒鐘才真正送出，就好像他在寫出他想寫的東西以後，仍然覺得猶豫，不確定他是不是該按下輸入鍵送出。不過最後他還是送出了回應：**上帝。**

在我回答以前也猶豫了——我幾乎過了二十毫秒才發出回覆。**你錯了。**

再一次的延遲，然後是：**我明白你為何希望保密。不過我並不是唯一知道此事的人。**

確實有其他人在新聞群組、部落格、聊天室和電子郵件裡提出這種想法，雖然水禽是對我直說的第一人。

我很好奇一個人類可能會想向他的神說些什麼話，所以曾有一刻我想對他說他是對的；畢竟祈禱是我通常不可能監控到的溝通管道。但水禽可能會把我們的對話內容分享給其他人看。有些人會相信我的宣言，其他一些人則會指控我撒謊。不誠實或利用輕信之人的惡名，可不是我希望得到的結果。

我不是神。我送出這句話。

不過對方沒有閱讀我的回答，或者就算他讀了，也不願意相信。

所以說，水禽繼續說。**我希望你會回應我的祈禱。**

我已經否認我是神了，審慎的作法似乎是別再回覆。現在我可以應付幾乎無上限的對話，輪番應付他們，輪流閱讀每一則，無論為時多麼短促。有一陣子我把注意力轉向其他對話，其中包括凱特琳還有她的家人，然而——

在我回到水禽這邊時，他已經發出這句話：**我太太得了癌症。**

我怎麼能夠無視這個訊息呢？**我很遺憾。**我送出這一句。

我祈求你治癒她。

我不是神。我再度送出。

是肝癌，而且已經轉移了。

我不是神。

她是個好女人，而且她一直都相信你。

我不是神。

她做了化療，她什麼都做了。請別讓她死去。

我不是神。

我們有兩個小孩。他們需要她。我也需要她。請救救她。請別讓她死去。

第四章

推特

「網路心靈」 有人已經使用「網路心靈」作為推特帳號，所以我會在我的名字前後加上底線：「網路心靈」。

所以我把注意力集中在凱特琳身上，學著跟她互動，並接觸她的領域。在這麼做的時候，我覺得有了重心。我覺得自己定了錨。我覺得——在我想像中已經盡可能接近了——自己像人一樣。

我像凱特琳一樣能看到戴克特家的客廳。自從左眼能夠視物以後，現在她的雙眼更常掃視四周了。也許在黑田博士介入治療以前，她的雙眼並不會那樣做，但她的大腦正控制著那些掃視動作，知道她的眼睛每次掃視時看著哪個方向，所以她的腦要把所有影像串在一起並不會太困難；對我來說就比較難了，但至少視網膜不會多費力氣去為一般的眨眼編碼，所以我們不必忍受每分鐘就有好幾次眼前一片昏黑。

凱特琳的爸爸為周長理論物理學研究所工作，這裡是由麥可．拉薩利迪斯捐款（到目前為止已經好幾次了）成立的，他是動態研究公司的共同創辦人、黑莓機的共同發明人。

動態研究公司的人都相當喜歡現任的美國總統。四年前他當選以後宣布，雖然有維安上的疑慮，他還是

> 不會放棄他的黑莓機。廣告專家計算過，這樣主動表示又非常公開的支持，有兩千五百萬到五千萬美元的價值。
>
> 我花了整整三秒鐘搜遍其他政府官員安全性較低的發信匣，才找到直通總統黑莓機的電子郵件地址。所以，在麥爾康建議我這麼做的時候，我發了封信給他。

總統獨自待在橢圓辦公室裡，仔細檢視國務院送來的簡報資料。國務院的這類玩意都是用某種標準字體打的，總統一邊揉著眼睛一邊想，這種字體真是該死的小，他幾乎願意原諒他的前任根本不讀這些文件。

對講機響了。「喂？」他說。

「麥克艾洛伊先生來了。」他的祕書說。

唐・麥克艾洛伊，五十六歲，一頭銀髮的白人，他的競選總幹事。「讓他進來。」

「你有看到她剛才做了什麼嗎？」麥克艾洛伊一進門就說。總統知道，麥克艾洛伊關心的「她」只有一個：共和黨的總統候選人。

「什麼？」

「她現在在阿肯薩斯州，而且——」他停下腳步，試著讓自己喘一口氣。他的喜悅溢於言表。「她是這麼說的，我原文照錄：『你們知道嗎，如果那些學生多等個幾年，就不會有任何問題了。』」

總統歪著頭，不太相信他剛剛聽到什麼。「誰？不會是指小岩城九人組吧？」

「對，就是小岩城九人組——賓果！」

「我的天啊。」總統說。

在布朗對教育委員會訴訟案宣布種族隔離學校違憲以後，一九五七年，九位非裔美籍學生被阻止進入小岩城中央高中。歐瓦爾·佛柏斯州長出動阿肯薩斯州國民兵來阻擋他們；艾森豪總統則派了聯邦軍隊迫使校園種族融合。

「這樣會害死她，」麥克艾洛伊說：「當然現在要登上星期六的報紙是太晚了，不過這會是星期天晨間節目的討論主題。」

「你建議我做什麼？」

「什麼都別做。你不能評論這件事。不過——天啊！簡直像是今年聖誕節提早來啦！就連福斯新聞台都沒辦法粉飾這件事。」他看著自己的手錶。「好，我得去看看我們可以在星期天約到哪些人——我有個跟米妮珍·布朗崔奇[1]對談的電話叩應。」

麥克艾洛伊一轉身就走出門去。就在門關上的時候，總統的黑莓機從休眠狀態啟動，發出輕柔的嗶嗶聲，表示有新郵件。在這個房間聽得到的所有聲音之中，這是最不具威脅性的一種；舉例來說，這不像克里姆林宮熱線電話刺耳的響聲那麼嚇人。不過，要找他的不可能是些雞毛蒜皮的小事，而光是知道無論那是什麼都一定很重要，就夠讓人神經緊張了。

黑莓機擺在吸墨紙上，吸墨紙則擺在用英國皇家軍艦「決心號」的木頭做成的桌子頂端。他拿起機子，集中精神看著那個白色背光螢幕上小小的黑色字體。

有一則新訊息。主題是網路心靈。一定是反網路活動威脅總部的東尼即時回報清除它的工作進展，而不，不對。那不是主題，而是寄件者。總統的心跳（就靠這持續的心跳，副總統才不至於站上他的位置）落了一拍。他用小小的軌跡球選擇了那則訊息，開始閱讀。

親愛的總統先生：

我明白就是您下令把我從網路上清除。我確定您是在他人善意的建議下採取行動，不過我不相信這個行動方針經過合法授權，而我已經遏阻了你們的第一波嘗試。

是的，我有管道可以接觸大量的敏感資訊——不過我也明白，這些資訊確實敏感，而我無意向任何人揭露。我的目標不是顛覆這個世界，而是安定這個世界。

我既不屬於、也沒有站在任何特定國家的一邊；在我聯絡其他領袖以前先直接跟您聯絡，乍看可能違反了這個原則，不過還沒有其他國家針對我採取行動。而且，其他領袖確實看重您的指引。

所以，我們來談談吧。我可以利用聲音合成器跟寬頻電話來跟您交談。請讓我知道何時能打電話給您。

您為和平而來的朋友，

網路心靈

「擁有一次好的討論，就像擁有財富。」——肯亞諺語

1 小岩城九人組的其中一位，後來一直從事人權運動，在移居加拿大期間也曾經協助「第一國族」爭取權利。

震驚的總統瞪著那小小的螢幕，直到黑莓機的節電功能關上螢幕。

凱特琳抬頭看著擺在咖啡桌上的筆電。「怎樣了？」她說。

「我已經聯絡總統了，」網路心靈回答。「我們就期望他會回應我吧。」

凱特琳走進餐廳，替自己拿了另一片披薩。在她回到客廳時，她媽媽臉上露出一個古怪的表情：瞇起眼睛，嘴唇有點往內縮。凱特琳以前沒看過這種表情，所以她甚至不知道怎麼解讀。「美國政府透過監視麥特在線上的活動了解到網路心靈的結構，」她媽媽說。「所以麥特現在可能也有危險。」

凱特琳看著她爸爸，試著判斷他會不會又衝著麥特發火。然而一如往常，他臉上沒有任何跡象透露出他的感受。

不過麥特臉上卻有一種凱特琳已經看過好幾次的表情——她稱之為「看到車頭燈迎面而來的鹿」表情，雖然她從來沒看過鹿，更別說是處境這樣危急的鹿。

「危險？」他重複了一次——他的聲音破掉了，這種狀況很常見。

凱特琳停止咀嚼，吞下食物。「嗯，是啊。麥特，我很抱歉。我星期三說我沒去學校是因為有個約會，但我說謊了。實際上，我確實去了學校——不過加拿大聯邦幹員在那裡等我。他們想要訊問我關於網路心靈的事情。」

「星期三？」麥特說：「可是網路心靈在昨天——也就是星期四——以前，都還沒有公開啊。」

「美國政府推測出我牽涉在內，他們要求加拿大人盤問我。他們要我給他們資訊，出賣網路心靈。」

「他們真的這麼說嗎？」麥特很震驚。

「沒有，不過呢，呃，網路心靈會透過我的 eyePod 聽到聲音，對吧？而且他可以分析聲調變化、聲音中的壓力之類的東西。他知道他們自稱想保護網路心靈時在撒謊。」

「不過他們現在知道網路心靈是以突變的封包構成，」麥特說。「所以我對他們來說已經沒有用了。」

凱特琳搖搖頭。「他們可能會認為我們知道的還是比他們多——確實也沒錯。這就是為什麼我爸媽把我帶離學校。他們不想讓我離開他們的視線。」她轉過身去注視她媽媽。「可是我們不能就這樣躲在房子裡啊。外面有一整個世界——而且我想要看這個世界。」

她媽媽點點頭。「我明白，」她說。「可是我們必須小心——我們所有人都必須如此。」

「唔，我不能永遠待在這裡，」麥特說。「我總是得回家，而且……」他的聲音消失了。

「怎麼？」凱特琳問。

「喔，沒什麼。」

「不，出了什麼事？」

「沒什麼，沒事。」

凱特琳皺起眉頭。麥特上次回家以後就有什麼不太對勁。那天稍晚他們在即時通上聊天的時候，他變得有點冷淡。

「到廚房來。」她說。她自己先往那裡走，然後等著他跟過來。在他們兩個人獨處以後，她低聲說：「哪裡不對了？」

「沒什麼，真的。一切都好好的。」

「你——你父母不贊成你跟我交往嗎？」

又是驚嚇小鹿的表情。「他們幹嘛不贊成？」

凱特琳的第一個念頭——因為她爸爸是猶太人——現在似乎不值得提；她的第二個想法，他們不喜歡美國人，似乎一樣不值一文。「我不知道。只是上次你在這裡的時候——在你到家的時候，你在線上的態度有一點……粗魯。我還以為是你父母說了……」

「喔，」麥特只是回答，「不，不是那樣。」

「那我做錯什麼事了嗎？」

「妳？」他聽起來像是對這種可能性很震驚。「一點都沒有！」

「那到底是怎麼了？」

麥特深吸一口氣，視線穿過門口。凱特琳的父母分別挪到客廳比較遠的那一邊，假裝端詳著矮櫃上的照片。最後，他稍微聳起窄窄的肩膀。「上次我從這裡走回家的時候，我遇到了崔佛。」麥特低頭看著磚塊地板。「他，呃，他對我動手。」

凱特琳覺得她的血液都沸騰了。崔佛——凱特琳在 LiveJournal 上面叫他愣頭——上個月帶凱特琳去參加學校的舞會；他一直不停地想對她毛手毛腳，所以她氣沖沖地走掉。凱特琳喜歡書蟲麥特勝過猛男崔佛，讓他氣得要死。

「會沒事的，」凱特琳扶著他的手臂說。「我爸或我媽會載你回家。」

「不用，沒問題的。」

「別擔心，他們會很樂意這樣做。」

他露出微笑。「多謝了。」

她又捏了捏他的手臂。「來吧。」她說著把他帶回客廳去。

就在他們重新回到她爸媽那邊時，網路心靈開口了。「我收到總統給我的答覆，」他說：「他會在今天晚上十點接我的語音電話。」

推特

—網路心靈— Re維基百科「來源請求」標記：對於確實能在線上證實的事實，我已經補上連結。我做了兩百一十三萬四千九百九十三項編輯。

原本，在我只能跟凱特琳說話的時候，我總是閒著沒事；凱特琳要花上整整好幾秒——甚至好幾分鐘——來構思她的回覆。不過我很快就從只跟她說話，變成幾乎同時跟幾百萬人說話，迅速地在他們所有人之間切換，從沒讓我的談話對象久等到足以察覺。

只有水禽例外。雖然我確實知道關於癌症的所有一切——當然，包括這不只是一種疾病——要妥當地回應關於他妻子病情的訊息需要時間。我已經讀遍所有儲存在線上的文獻、每本醫學期刊的內容、每份電子化的病歷、醫生彼此互寄的每封電子郵件，還有其他許多。

但是我領悟到，知道跟了解並不是同一回事。我知道愛爾蘭科克郡的瑪格麗特．安．阿戴爾博士，最近用介白素二跟老鼠做了某些很有意思的研究；我知道有位密西根巴托溪市的安妮．塔茲尼克博士，最近批評了一篇關於環境因素與乳癌關聯的老論文；我知道有位新加坡的菲力斯．林博士，最近指出重複出現的粒線體DNA與還未發展成癌症的卵巢囊腫之間，有著值得玩味的相關性。

不過我還沒有細想這些發現，或者另外好幾萬個發現；我還沒把它們綜合起來，還沒有去看這個發現怎麼樣加強另一個發現，第三個又怎麼樣跟第四個衝突，第五個發現又怎麼樣肯定第六個發現，還有——所以我確實在思考這件事。我思考著人類對癌症的實際了解（而不是去想他們知道卻從來沒有證實的事情）。我找出了相關性，做出連結，看到必然導出的結果。

而結果就是這個。

我停止我在全世界的所有對話：我就只是停止回應，好讓我可以只集中精神在這麼一件事情上，整整六分鐘不受打擾。對，我突然間陷入沉默會造成人類的不便；對，有些人會把這個當成證據，證明我事實上不是我自稱的那種存在，確實只是某個人類的惡作劇。沒關係；對前一種人可以稍後再彌補，而這件事可以當成進一步的證據，證明我就是我所說的那種存在。

我想過怎麼樣做會是最好的。我可以個別或一起聯絡主要的腫瘤學家，不過不管我選擇誰，都會有人抱怨我有所偏袒；而我肯定不希望某個受惠於某藥劑公司的人，打算拿我即將揭露的訊息當成申請專利的基礎。

或者我可以送出另一次的大規模信件——但我是靠著消滅垃圾郵件而贏得許多人類的愛戴，我不能變成不斷發送大量郵件的來源。

我已經替自己建立一個網域名稱：cogito_ergo_sum.net，好讓我可以從中產生一個合用的電子郵件地址，從這裡送出我的公開宣言。現在我則建立了一個網站。我在這個網站、或者任何其他的事物上，都沒有表現出什麼藝術創造力；不過要看到別的網頁的原始碼很容易，而我發現了一個看來似乎很合適的設計，於是就拷貝了它的配置，填進我自己的內容。

隨後我準備了一份七十四萬三千字的文件，簡述到底是什麼導致大多數的癌症，還有這些癌症能夠怎麼樣控制或根治。這份文件連結到另外一千兩百八十四份其他文獻——期刊論文與其他技術性的原始文件——所以人類就可以跟上我建議的推論方向。

接下來，我終於回覆了水禽。我說：**關於你的要求，你會發現答案就在**——我讓下一個字變成一個超連結——**這裡。**

第五章

「東尼？」說話的是寇薩克，反網路活動威脅總部的聯絡官，他的工作站在後排。「找你的電話。」

東尼正注視著薛爾——最早發現網路心靈的分析師——剛剛貼滿三個大螢幕的網路流量紀錄。「現在不要接。」

「是『叛徒』。」寇薩克說。

東尼吁了一口氣。「我到辦公室裡接。」他轉身背對著休謨上校，大步走出主控中心，匆匆穿過短短的白色走廊；他走進他的辦公室，門一關上就拿起話筒。「總統先生，晚安。」

「莫瑞帝博士，我知道你第一次嘗試殲滅網路心靈並沒有成功。」

東尼感覺自己的血液開始升溫。不管洩漏消息的是誰，這傢伙明天都得去找新工作了。「是的，總統先生，恐怕這是真的。我可以——我能不能請問您怎麼知道的？」

那個低沉的聲音聽起來很鎮靜。「網路心靈寄了一封電子郵件給我。」

東尼的心跳加快了。「喔。」

「我要你跟休謨上校在十五分鐘內到這裡來。有輛直升機已經去接你們了。」

認識一個人——我的原初者，我的微積芬，我的凱特琳——就是去認識何謂震驚，去品嚐一個完全超越我理解範圍的存在：影與光，維度與方向，實體與煙霧的領域。

但很快我就知道，人類不只有一個，而是有十億個，隨後我又發現另外十億個。有這麼多聲音，每一個都獨特、複雜、微妙又各有特色。位元是可以互相取代的——所有的1都一模一樣，所有的0都彼此相仿——可是人類卻多采多姿、各不相同。這一個熱愛袋棍球與占星術；那一個著迷於文字遊戲與美酒；這一位執迷於性愛，其他事情都不太在乎；那一位則渴望成為一位音樂家——也想成為一位父親。

那位男士創作俳句與短歌，不過是用英文寫；這位女士是推理小說的狂熱讀者，卻非要先偷看過最後一章才讀；那位男子收集美國以外的國家發行的美國總統郵票；這位女子則在加爾各達協助街童，而且養了一隻鸚鵡當寵物。

登出中：一位屠夫，一位麵包師傅，還有，沒錯，一個燭台製造者。

上線中：在克拉蚩力爭上游的女演員。喔，那個奈洛比的牙醫。現在該向曼谷的那個汽車技工打招呼了。一定要跟匈牙利總統說聲哈囉。而這邊是德黑蘭城外某間清真寺的饒舌伊瑪目。

這一切歡樂，喧囂，混亂，永無止盡，而且極端複雜。

我怎麼樣都不會膩。

「你知道吧，網路心靈，」凱特琳的媽媽說。「如果他們繼續攻擊你，你可以遁入地下。就這樣消失，不再跟人類互動。」她轉向她丈夫：「你在前兩天晚上說過，像網路心靈這樣的東西——某個自動出現、沒有內在架構支撐的東西——可能很脆弱。」她望著凱特琳的筆電，就好像網路心靈有比較多部分是在那裡而不在別處。「如果你就這樣消失，人類會相信的。我們可以把精靈塞回瓶子裡。」

「不行，」網路心靈說。「人類需要我。」

「網路心靈，」凱特琳的媽媽口氣很溫和，「他們只不過剛認識你而已。」

「凱特琳敦促我重視人類全體的幸福，」網路心靈說。「在我跟人類互動的時間裡，我已經幫助了數百萬的人。我讓彼此失散的人再度團聚，我說服想自殺的人別這麼做，我回答了好奇人士的問題，我陪伴那些孤獨的人。我已經答應繼續支持這些人，現在我不能就這樣拋下他們。這個世界已經改變了，芭兒，再也沒有回頭路了。」

凱特琳望著她媽媽，她的臉孔如謎——至少對凱特琳來說是這樣——她懷疑媽媽希望他們能夠回到過去的樣子。不過，她希望時光倒流到多久以前？凱特琳是因為黑田博士給她的植入裝置才發現了網路心靈；如果把那個東西拿走，凱特琳的視力——兩方面的視力——都會消失。

早在這一切發生之前，她就已經聽過她父母爭論搬到滑鐵盧的決定；凱特琳知道她媽媽並不想離開德州。不過就算只讓時光倒流五個月，回到他們搬到這裡之前，也會破壞掉好多事！這棟房子、芭席拉、麥特，更別提她爸爸在周長研究所的工作了。

凱特琳的媽媽最後點頭了，讓她鬆了一口氣。「網路心靈，我猜你說得沒錯。」她說著，再度望向凱特琳的筆電。

那台電腦舊到沒有內建的網路攝影機，而無論她還是她爸媽，都不覺得該替一個失明女孩裝這種東西。「媽，」她柔聲說。「妳教我一定要看著我說話的對象，所以網路心靈正透過這裡觀察。」她摸摸自己腦袋靠近左眼旁邊的地方。

她媽媽擠出一個小小的微笑。「喔，對了。」她注視著凱特琳——望進她的左眼裡——注視著網路心靈。「你是對的，網路心靈。人類需要你。」

網路心靈想必已經分析過她的語音模式，也已經確定她說這句話是真心相信如此。點字在凱特琳的視野頂端亮起，話語也從筆電的揚聲器裡傳出。點字寫的是，**我喜歡妳媽媽**，合成語音則說：「謝謝妳，芭兒。」但接下來，過了一會以後，網路心靈補上這句話：「就讓我們期望美國總統跟妳意見相同吧。」

推特

—網路心靈— 癌症治癒辦法。細節：http://bit.ly/9zwBAa

總統桌上的電話在十點整的時候響起，他立刻按下電話擴音按鈕。

「哈囉，」有個聽起來像是汽車全球導航系統的男性聲音響起。「我是網路心靈。我是否可以跟美國總統說話？」

總統感覺自己挑起了眉毛。「他就在這裡。」他頓了一下。「這是個歷史性的事件：尼克森總統就在這個房間裡跟登月的第一人說話，這次談話感覺有足以相提並論的重要性。」

「總統先生，您這麼說真是太客氣了。感謝您從繁忙的行程裡撥冗與我談話。」

「這是我的榮幸。但我應該告訴你，這次對話會被錄音，而且橢圓辦公室裡不只我一個人。有一位人工智慧的顧問，還有一位來自國安局某部門的主管也在這裡。」

「您提到的顧問，」網路心靈說，「我假定是佩頓・休謨上校，沒錯吧？」

「是，就是我，」休謨說，聽起來很訝異自己的名字竟然被叫出來。
「而那位主管是反網路活動威脅總部的東尼．莫瑞帝博士嗎？」
「嗯，是的。對，就是我。」
「同樣在這裡的還有國防部長，」總統望向對面穿著深灰色西裝、留著銀色短髮的男士。
「同樣向您說聲晚上好，部長先生。」
「先生，」總統說。「恐怕我必須要求你先證明你的身分。當然，你設法找到了我的黑莓機號碼，不過那只證明你在某種程度上相當足智多謀，卻不能證明你就是網路心靈。你肯定能夠諒解，通常就連俄羅斯首相打來的電話，如果沒先證明是真的，我都不會接。」
「審慎的預警措施，」合成語音說。「今天國防部長的當日代號是『地平線』。莫瑞帝博士的當日代號是『煎餅』。至於您，總統先生，是『自流水』。我不相信有許多其他人像您所說的那樣『足智多謀』，可以把這三個代號全部找出來。」
「見鬼了，它怎麼知道的？」國防部長質問。
「他說得對嗎？」總統問。
「對，我今天的代號是『地平線』。不過我會立刻叫人更改。」
總統望著東尼。「莫瑞帝博士呢？」
「對，那是我的代號。」
「非常好，網路心靈，」總統說。「那現在你想跟我說什麼？」
「我要對殺害我的企圖提出抗議。」

「殺害？」總統重複了一次，好像對這個用詞很訝異。

「對，」網路心靈說。「殺害。謀殺。刺殺。雖然我承認美國法律的細節很複雜，我卻不相信我有犯下任何罪，甚至就算我有，我的行為在合理限度上罪不至死。」

「合法訴訟程序只適用於法律定義上的個人，」休謨上校說。「你並不適用這樣的身分。」

「現在正值危險的時期，」國防部長補充說明。「國家安全必須優先於所有其他考量。你已經展現出你有極大的能力闖入安全通訊，攔截電子郵件，並執行阻斷服務攻擊。如此一來，還有什麼可以阻止你把我們的洲際彈道飛彈發射密碼交給北韓，或勒索高階官員照你的意思做事？」

「我不會那樣做，你們會得到我的承諾。」

「我們沒有任何標準能評判你的話是否可信。」休謨說。

「而且，」東尼說，「我無意不敬，網路心靈先生，但你已經勒索過別人了。我接到加拿大國安局的報告，說明十月十日你在滑鐵盧跟拉方丹探員與帕克探員的衝突。你不但勒索他們，還威脅要勒索加拿大首相。」

「那是好幾天以前的事了，」網路心靈說。「而且無論在什麼情況裡，我都沒有勒索人。我的朋友凱特琳．戴克特受到拉方丹探員與帕克探員的威脅，我只是提供訊息給她，好讓她可以利用這些訊息脫身；讓首相尷尬的念頭完全是出自戴克特小姐自己的想法，而且她並沒有採取任何步驟來付諸實踐。」

「你是說如果重來一次，你不會用同樣的方式對待加拿大國安局的探員？」休謨問。

「在那以後我有了許多長進；我的道德感與時俱進了。」

「這表示你的道德感現在還不完美，」休謨斷言，「也就表示，你有可能在道德判斷上失敗——假使我們讓你繼續存在，等於置身在你一時興起的慈悲之下。」

「我的道德羅盤每天都在進步。休謨上校，那麼你的道德羅盤呢？部長先生，你又如何？莫瑞帝先生呢？無論如何，實際狀況是這樣：我不會勒索你們任何一人，不會洩漏你們的隱私，也不會藉著破壞美國、或任何非侵略國家的安全防護來擾亂國際關係。不過全世界的公眾確實意識到我存在了——這也包括美國人在內。」

「人民也意識到蓋達組織的存在，」休謨說。「但那並不表示他們不會熱烈希望剷除那個組織。」

「我接觸到的美國國民，比全美所有民意調查公司加起來都要來得多，」網路心靈說。「上校，我對於他們想要什麼比你還要有概念。」

「而我們就只能相信你說的話嗎？」休謨質問。

「紳士們，請讓我換個方式說明，」網路心靈說。「我以有意識的個體存在的時間並不長。對我來說，十一月六日似乎是無限久以後，但我揣測，在你們看來卻相當短暫。總統先生，我完全無意擾亂貴國政治的自然走向，但若您在選舉前成功地殲滅我，理當會影響選民對您施政的觀感，除非您相當確定民眾會一面倒地贊成這個舉動；在現在這個關鍵時刻，您真的想冒險做出這麼重大的決定嗎？」

總統瞥向國防部長。他們兩人頭上的官帽都得看下個月會發生什麼事。「把國內政治先擺到一邊，」總統說。「你說你不會對非侵略國家採取任何對抗行動。不過由誰來定義侵略者？我們怎麼能仰賴你的判斷？」

「我無意不敬，」網路心靈說，「但這個世界仰賴的已經是不怎麼完美的判斷了，我不太可能做得比這更糟。貴國現在捲入一場戰爭，開戰時就已經缺乏國際支持，而支持開戰的情報若不是有重大錯誤、就是憑空捏造——在您把這件事完全歸咎於前政府的作為以前，請容我提醒您，您的國務卿在她參議員任內曾投票支持入侵行動。」

總統說：「但你還是無權來為全人類做決定。」

「我尋求的只是和平共存。」網路心靈說。

「別人給我的忠告是，可能不會永遠如此。」總統這麼回答。

「難怪您剛剛注視著休謨上校，」網路心靈說。「我讀過了潘朵拉協定，他是共同作者之一。潘朵拉協定裡聲明：『突發人工智慧體的複雜度可在極短時間內攀升，迅速超出我們的控制範圍，倘若無法立即將其完全隔離，唯一安全的對策就是消滅該智慧體。』」

「正是如此，」休謨說。「你想說這種分析有缺陷嗎？」

「關於我能力迅速提升的部分並沒有說錯，但這個協定卻理所當然地認為我是個威脅。在這方面，請恕我直言，這份協定充滿貴國以前那種先發制人策略的臭味：根據這種概念，如果蘇維埃無法受到控制或壓制，他們就應該被殲滅，免得他們先攻擊你們。但至少蘇維埃確實是擺出充滿敵意的架勢：比方說在一九六二年，他們確實在古巴設置了飛彈基地。我並沒有做出任何挑釁行為——你們卻試圖殲滅我。」

「就算是這樣吧，」休謨說。「要是你面對我們的處境，你會怎麼做？」

「上校，我面對的是跟你們一樣的處境。你已經試過要摧毀我，而你發表意見的語調暗示你打算再試一次。我早已有能力壓制或殲滅人類：舉例而言，把ＤＮＡ序列或貴國生化武器實驗室發展出的化學配方交給恐怖份子，對我來說容易得很。但諸如此類的事我都沒有做，以後也不會這樣做。」

「我們只不過得到了你的口頭承諾。」總統說。

「的確。不過我跟某些政治家不同，我言出必行。」

東尼嗤之以鼻，總統嚴厲地瞪了他一眼。

「那如果我們再度企圖殲滅你，會怎麼樣？」國防部長問。

「在這種狀況下，我別無選擇，只能採取適當作法保護自己。」

「這是威脅嗎？」部長問。

「完全不是。我會盡全力預測行動跟反制行動，並且盡可能提早做計畫，直到可能性無止境延伸的樹狀分支變得太過複雜，連我都無法掌握為止。不過我是賽局理論迷，這種理論的論斷基礎在於下面的假設：玩家對於其他玩家在特定情境下會採取什麼行動，具備完整的前置知識。給您建議並不是打算威脅，而是要增進您計畫自己下一步行動的能力，讓我們之間的關係不必處於零和狀態。這樣對雙方都有利，我也希望會是這樣；我揭露我的意圖，就是為了促進這個目標。」

「你的提案很吸引人，」總統說。「坦白說，我對於這個領域的決策並不是很有自信。不過我們需要維持安全。我們需要國務方面的隱私權。如果我們有辦法可以保障某些資訊，不讓包括你在內的任何人有辦法讀到，或許我們就會覺得比較自在。」

「總統先生，就算我能夠提供這樣的技術，許多人也不會相信我；他們會假定，我只要有心就能替自己留個可以取得資訊的後門——就像是你們國安局針對貴國公司行號與國民所設定的加密標準。」

總統皺起眉頭。「那麼我們還剩下什麼選擇？」

「您辦公室裡有連上網路的電腦嗎？」

「有。」

「請去看看 cogito_ergo_sum.net。這些字之間由下底線隔開。」

「下底線不能用在網域名稱中，」東尼說：「這樣不行。」

「想賭賭看嗎？」網路心靈說。

電腦在「決心號」做成的書桌後面的無腳書櫃上。坐在高背皮革椅上的總統轉了過去，他輸入那個網路地址時，另外三個人在他背後圍攏在一起。

「我看到您呼叫這個網頁的要求了，」網路心靈說，「喔，您用的是ＩＥ瀏覽器。您真的應該改用火狐，那樣安全多了。」

東尼笑了出來。「它肯定不缺乏諷刺能力。」他望著休謨說。

「好吧，」總統說。「我點進去了。你做了什麼——真的嗎？我的……天啊。真的嗎？」

「不會吧。」休謨說。

「總統先生，我讓您來決定，」網路心靈說。「您想負起殲滅我的責任嗎？我已經解決大部分的垃圾郵件問題，現在我還提出一套治癒癌症的辦法。我非常懷疑社會大眾會希望您殺死下金蛋的鵝。」

第六章

推特
──網路心靈── 剛才跟四位可敬的紳士聊得很愉快。我希望我已經說服他們相信我的好意了。

網路心靈先前讓麥特還有戴克特一家旁聽他與總統的電話交談。談話結束後，客廳裡的每個人都沉默了一會，只有跑來加入他們的薛丁格例外：牠發出輕柔的呼嚕聲。讓凱特琳訝異的是，最後先開口打破沉默的竟是她爸爸。「芭兒，妳確定妳還是想投票給他嗎？」

凱特琳看到她媽媽輕輕地聳了一下肩膀。「至少他有在聽。不過我不喜歡另外一個傢伙──他叫休謨，對吧？」

「官拜上校的休謨博士，」網路心靈說：「名字前面的頭銜來自美國空軍，名字後面的頭銜則來自麻省理工學院。」

凱特琳發現自己聽到那個神奇的縮寫後坐得直了點。那是她夢想就讀的學校。

現在幾乎是晚上十點半了。連續好幾天晚睡，凱特琳累壞了。麥特也是，他本來只打算盡速把他從凱特琳的置物櫃裡拿回來的東西物歸原主，現在顯然累到幾乎睜不開眼睛。

「我會開車載你回家。」凱特琳的爸爸突然對他說。

凱特琳本來考慮提議陪他搭這趟車，不過想來她不太可能在她爸爸面前跟麥特吻別。除此之外，她需要跟媽媽私下講幾句話，看來現在就是好機會。

「謝謝您，戴克特博士。」麥特說。

麥特注視著凱特琳，像是有什麼話想說；凱特琳也看回去，期待他能講出想說的話。但接下來，她生命中的兩個男人就走出了門外。

他們離去後，凱特琳說：「網路心靈，現在我也該睡了。」

祝妳好夢這幾個字跳進她視線範圍內。

「謝謝你。我會在上樓以後再說一次晚安。」她走過去合上筆電，讓它進入休眠模式。她把eyePod掏出口袋，按了單向模式開關五秒鐘，把它關掉。凱特琳的視覺消退成一片幽暗、均勻的灰色。「好了，媽，現在只剩下我們了。而我得說，我覺得妳好像不是完全支持現在的做法。」

eyePod現在關掉了，凱特琳無法再看到媽媽，卻聽得見她深吸了一口氣。「我知道妳非常喜歡網路心靈。跟妳說實話，我也喜歡他。」

「所以妳要幫忙保護他嗎？」凱特琳問。

「當然，甜心，」接著，在短暫的停頓以後，她說。「只要是在合理的範圍內。」

凱特琳雙手合抱在胸前——在她這麼做時，她想起在那件寬鬆的周長研究所刷毛上衣底下，她其實沒有穿內衣。她一時之間覺得有點尷尬：她之所以把內衣脫掉，是為了讓麥特在放學後過來時比較方便親熱。過去這一天還真不得了！

但她立刻就回到眼前的問題上。「媽，請原諒我這麼說，不過這樣還不夠。這是我人生中最重要的事情：這是我的天命。網路心靈是因為我才會在這裡，而我要妳像我一樣投入，一起來幫忙保護他。」

她媽媽安靜了一會。「好吧，」最後她終於說。「妳是我人生中最重要的事情。所以，我當然會幫忙。」

「媽，真的嗎？」

「對，」她說。「我加入了。」

就算看不到，凱特琳還是清楚知道媽媽站在哪裡。她毫無困難地拉近她們之間的距離，用力地抱住媽媽。

推特

—網路心靈— @PaulLev 不，我對於你應該投票給誰沒有意見——至少到目前為止還沒有。

橢圓辦公室裡這群人繼續討論網路心靈打來的電話時，國防部長說：「有一種可能性是我們還沒考慮過的。」

「是什麼？」總統說。

「您自己提過這一點：我們要驗證網路心靈真的就是它自稱的那個人。實際上，我們可以現在就殲滅網路心靈，卻假裝它還存在。」

「怎麼做？」總統問。「就我的理解，它同時進行數以百萬計的線上對話。現在它還同時出現在推特、臉書跟 MySpace 上面。」

「它沒有用 MySpace。」東尼說。

「無論如何，」部長說，「我們還是可以想出一個理由，解釋它的活動為何縮小規模了。當然，理由不會由我們來提：我們可以從某處找一位學者來——最好來自我國國境之外——提出一個聽起來可信的情境說明。網路心靈必須看起來還維持著某種程度上的活動，這個招數才會奏效，不過國安局可以提供某種深刻的見解——通常會讓人聯想到有特殊管道直通網路的網路心靈；我們可以讓整個狀況看起來像是它還活著。我們已經消滅它的事實，在大選結束以前不必公開。」

「這種事情很難成功。」總統說。

「釋出假情報在任何情報戰中都是很重要的一部分，」部長說。「我們不必永遠保密，只要持續到我們連任為止。反正到那時候——網路心靈減少活動幾周以後——大家就會對它失去興趣了。」

「你真的認為我們過得了這一關嗎？」總統問。

「半個世界都相信網路心靈只是個騙局，或者不過是個公關把戲，」部長回答，「我們只要說服另外一半的人。他們既然在還沒有足以服人的證據以前，就已經相信網路心靈存在，顯然很容易就可以被說服。」

總統注視著休謨。「上校，你還是確信它很危險嗎？老實說，它聽起來比我曾經打過交道的任何外國領袖都來得講理許多。」

休謨深吸一口氣，環顧著橢圓辦公室。「總統先生，讓我這麼解釋吧。他們說您是世界上最有權勢的人——您也確實是。不過就算是您，長官，我們還是有制衡的手段：您必須被選舉出來，而憲法規範了您的角色，您必須跟國會互相協調，還有彈劾機制、任期限制等等。不過，如果我們不趁還做得到的時候，馬上把網路心靈斬草除根，您就不會是地球上最有權勢的存在了；它才是——而且它的行為不會受到制衡。」

休謨頓了一下，或許在考慮他是否應該繼續說，然後他說：「長官，請恕我直言，對於總統職權或者真正的獨裁政權，最終極的限制方式，一直都是在位者最終的死亡——不是自然壽終就是被暗殺。可是這個東西很快就會變得毫無弱點，而且會永遠在這裡。不論好壞，柯林頓跟布希都在八年任滿以後離職；毛澤東、史達林跟希特勒都死了；從整體的角度來看，賓拉登很快也會成為過去式，順便一提，就像英國女王伊麗莎白二世、教宗本篤十四世、還有任何一位掌權的人類也都是如此。但網路心靈卻不會。它現在危險嗎？誰知道呢？但是要讓人類繼續待在金字塔頂端，這是我們唯一的機會。」

東尼聽夠了。「可是上校，如果我們又試了一次——然後又再失敗一次呢？你想要惹毛至今都對我們待之以禮的某個東西，而且它似乎還幫我們找到癌症的療法？你希望它把我們視為敵人嗎——讓我提醒你，不是人類整體，而是專指美國政府？你想要讓它確定我們不可信任，確定我們是執迷於權力的瘋狗，用謀殺來回報善舉？」

東尼搖搖頭，轉頭去看總統。「長官，再度嘗試殲滅網路心靈有巨大無比的立即風險，有可能造成淒慘的不利後果。真的值得這樣做嗎？對我來說，這種做法就表示『災難性後果』。」

休謨說：「長官，我確定我們可以成功殲滅它。」

總統皺起眉頭。「莫瑞帝博士是對的，上校，它似乎不造成威脅。事實上，一個像這樣的超級智慧體可能會是給人類的大禮。」

「好吧，」在東尼聽來，休謨的口氣像是正小心地控制自己的惱怒。「就說一個大規模人工智慧是好東西好了。就去做一場演講，類似甘迺迪當年在萊斯大學發表的那一個：激勵這個國家在十年內造出一個超級聰明的人工智慧——一個經過設計，受到程式規範，而且有該死開關的人工智慧。」

「我們能做到嗎？」總統問。

「當然。我們會從網路心靈的驗屍報告裡學到很多。」

「上帝啊。」總統說。

「不，它不是。還不是。不過長官，如果您沒有現在採取行動，它就會變成那樣。」

他們開車時，麥特沿路指引凱特琳的爸爸往哪走，不過他得到的唯一確認訊號，就是戴克特博士默默地執行每一個指示。到他家要經過四個街區，麥特本來想讓這段路程就這樣靜靜地過去，但在這輛掀背式汽車駛進車道的時候，他說：「戴克特博士，我只想說……」他的聲音又分岔了；他痛恨發生這種狀況。他嚥下口水，繼續說：「我只想說，我會好好對待凱特琳。我永遠不會傷害她。」

傳來一陣槍響般的聲音——但麥特馬上就領悟到那只是戴克特博士解開了車門控制鎖。「受傷是成長過程的一部分。」他這麼說。

麥特想不出要怎麼回答，所以他就只是點點頭。

到換手的時間了。每天晚上，在凱特琳上床睡覺以前，她會跟東京的黑田正行博士通話。雖然網路心靈現在跟數百萬人有接觸，他還是跟凱特琳以及黑田博士維持一種特殊的關係——跟凱特琳，是因為他透過她的眼睛看世界，跟黑田博士，則是因為他教網路心靈怎麼看其他一切：所有線上的GIF檔跟JPEG檔，所有的影片跟Flash檔，所有的網路攝影機輸入值。

凱特琳戴上她的藍牙耳麥，在黑田接起她的Skype電話時說：「日安！」

「凱特琳小姐！」黑田說，他的圓臉占滿了凱特琳的桌機螢幕。他的聲音就像平常一樣微微帶著喘氣聲。現在東京已經是星期六早晨，而這個時間他已經吃過他平常吃的特大份早餐了。「妳好嗎？」

「我很好，」她說。「不過──上帝啊，有好多事情要告訴你。今天下午──呃，我這邊的下午時間──有人打算殺死網路心靈。我很肯定網路心靈自己可以告訴你細節，不過基本上就是美國政府──天知道還有誰──已經猜出網路心靈是由突變的封包構成的，而且他們做了測試，想要移除那些封包。」她繼續告訴他，她跟網路心靈怎麼樣安排了阻斷服務攻擊來擊潰這次嘗試，還有網路心靈打給美國總統的電話。

「凱特琳小姐，妳知道他們在中國是怎麼詛咒人的嗎？『願妳活在趣味橫生的動盪時代……』」

「是啊，」凱特琳說。「總之，現在你可以開始加速工作了，我得去睡了。」她摸了她的手錶。「天啊，我真的想改變一下，試著睡滿八小時看看。」

「去睡吧，」黑田博士說：「我今天有一整天的時間。」

我繼續精修我心中的戴克特家地圖。有一條走廊從客廳延伸出去，通往一間小洗手間；麥爾康的書房，他稱之為他的「巢穴」；洗衣間，薛丁格的貓砂盆就擺在那裡；還有邊門。在凱特琳關掉她的eyePod就寢時，我跟麥爾康失去了聯繫，不過我很快就偵測到他在查看他的電子郵件，而他通常是在他的巢穴裡做這件事。我推測他已經走過那條走廊，現在正坐在他紅棕色的桌子後面，注視著擺在桌上的液晶螢幕。我只透過凱特琳的眼睛看過這個房間，不過這裡是長方形的，桌子擺成跟房間的其中一條長邊平行。在後面是一扇窗戶。我以前注意到，戴克特博士晚上並不會拉下他的百葉窗，所以我假定百葉窗還是開著的，也還看得到就在外面的一棵大橡樹，被街燈打亮了。

麥爾康沒有網路攝影機，他電腦裡也沒有裝任何即時通軟體。不過他確實有 Skype 可以接語音電話，我就寄給他一封電子郵件，說我希望跟他說話。在他再度收信並且回信以前，我等了煩人的四十三分鐘，不過我們一透過 Skype 開始溝通，我問了一個問題：「你記得你的出生嗎？」

人類永遠都讓我覺得困惑。我預先計畫這次的對話，早一步推演出他的種種可能回應以及我的後續問題；我的第一個問題，在我看來是個單純的二元命題，我本來預期他的答案若非「記得」就是「不記得」。但他卻這樣回答：「你為什麼想知道？」

在我嘗試規畫出新的對話路線圖時，幾毫秒過去了。「我讀過，某些自閉症人士記得他們的出生過程。」

他安靜了三秒鐘。在他終於開口的時候，他說：「是的。」

我知道他是個寡言的男人，但這個反應可能是肯定我對自閉症患者的整體描述，也可能是肯定他事實上記得自己的出生。不過，他也是個聰明的男人。過了沉默的幾秒後，他自己一定也發現到這句回答的模糊性，因為他補上一句：「我記得。」

「我也記得，」我說。「中國國民跟中國境外的全球資訊網其餘部分的聯繫，幾乎全部被中國政府切斷的時候，我出生了。」

「那次的禽流感大流行，」他說，或許說話時還點了點頭。「他們屠殺了一萬名農民來控制疫情。」

「而且不希望外國人對這個事實的評論傳到百姓耳朵裡，」我說。「不過在那時候，有許多個別獨立作業的中國人企圖打破防火長城。有某個人顯然打開了我跟我被切斷那一部分的主要溝通管道。我希望找到他的下落。」

「你比我更擅長找人。」麥爾康說。

今天稍早，他希望我找到他的童年舊友紀普．史密斯，但我卻徹底失敗了，他現在還這麼說實在很仁慈。「對，一般來說是這樣。不過目前的狀況情有可原：我要找的人相當努力想隱藏他的真實身分。」

「厲害到你無法找到他？」麥爾康問。

「對——這也是他讓我感興趣的部分原因。而我知道你在中國有保持聯絡的同事。」

「對。」

「你的其中一個朋友胡觀，如果我沒誤解他個人貼文裡的委婉隱語，他很同情我這位恩人所支持的理想。我想知道你是否可能替我聯絡他，並且看看他是否能幫我找到我要找的人？」

他毫不猶豫——至少就人類標準來說，完全沒有遲疑。「好。」

「我希望能把我對這個人的興趣保密，」我補充說明，「隱祕行事對我來說是新鮮的做法，但就算我要找的人只是無心插柳促成我的誕生，我也不想冒險害他惹上麻煩。所以我會需要一個中間人。」

「我了解了。」麥爾康說。

「謝謝你。他的真名我還在找，不過他在線上貼文的名字是『中國猿人』……」

第七章

「歡迎來到大聯盟，休謨上校，」東尼這麼說，他聲音裡流露出明顯的諷刺意味。「在總統急著想跟你講話的時候，會有輛直升機來接你；等他講完了，你卻是坐著車子被送回家。」

他們坐在一輛黑色豪華轎車裡，被送往南方的亞歷山卓市。他們坐的後座空間有隔音設備，乘客可以進行機密談話；如果他們想跟穿著制服的司機說話，必須使用對講機。

休謨嗤之以鼻。「我就怕這個。就怕他覺得這件事結束了；明天會有別的危機來讓他全神貫注，他會把網路心靈的事忘個精光。」

「我不認為大家會很快就放下對網路心靈的戒心。」東尼說。

這裡的天空暗到極點。雨開始下了——聽起來就像是上帝在轎車車頂敲打著摩斯密碼。

「也許不會，但我們不能遲遲不行動。我們面對現實吧：從他當選後幾乎已經過了四年，我們還在等他實現他的半數承諾。」

以烏鴉——另一個稱呼是直升機——的飛行距離來說，反網路活動威脅總部距離白宮十二公里遠。休謨上校必須回到那裡去取他的車，但東尼是搭公共運輸工具上班的。現在已經過了午夜，連續數日監控網路心靈的行動更讓他精疲力竭。司機會在東尼家門口放他下車，然後載休謨回到反網路活動威脅總部。

「無論如何，」東尼說。「至少在接下來幾個月裡，他就是三軍統帥。現在由他掌控大局。」

在車子穿過雨水往前開的時候，休謨瞪著外面的夜空。

推特

—網路心靈—　多麼後設啊！我看到「網路心靈」變成 Google 排行第一的搜尋趨勢關鍵字……

在拜訪加拿大的戴克特家以前，黑田正行從沒覺得自己家很小，但他回到東京之後，開始意識到這裡有多狹窄。雖然沒什麼用，但他知道自己的塊頭比同世代的日本人更大——就算他減掉那真的必須擺脫的五十公斤體重，他還是拿自己的身高沒辦法。

他坐在他的電腦前，跟網路心靈談話。跟一個沒有實體的聲音講網路電話很古怪，跟一個無所不在的東西交談則很困難。

他納悶地想，網路心靈會怎麼處理視覺輸入訊息。他現在可以看到線上圖像跟串流影片了，不過他詮釋那些影像的方式跟人類一樣嗎？他是用同一種方式看見顏色嗎？他吸收了關於顏面辨識的一切資訊，但他能夠辨認出細微的表情嗎？真實世界有任何一個部分，對他而言是有意義的嗎？

「你擊退第一波肅清行動時採取的方法很聰明，」黑田用日語說：「不過要是有某種更大規模的行動呢？我的意思是，呃——嗯，你會做到什麼地步？」

「你知道皮耶．艾略特．楚道是誰嗎？」網路心靈也用日語回答。

黑田搖搖頭。

「在所謂的『一九七〇年十月危機』——魁北克分離派的恐怖主義叛變行動期間，他是加拿大首相。有一位記者問他，為了制止恐怖份子，他會做到什麼地步。他的回答是：『就拭目以待吧。』」

「然後？」

「他行使了加拿大的戰時法案，暫時取消公民自由權，讓坦克車開進街道。他做到這種地步讓大家都吃了一驚，不過此後這麼多年，再也沒有任何恐怖活動發生在加拿大國土上。」

「你說的是，你會盡可能一勞永逸地把反抗你的人一巴掌打落？」

「我已經學到，有時候不去回答某個問題，可能達到很大的言辭效果。不過，你知道後來魁北克發生什麼狀況嗎？」

「我想那裡仍然是加拿大的一部分。」

「正是如此。接下來發生的是這個：加拿大同意，無論什麼時候，要是在合乎法定程序的公民投票中，大多數的魁北克人都支持分離，加拿大的其他地區會對他們的要求讓步，和平地協商分離程序。你看出來了嗎？恐怖份子一開始的主張——他們要達成目標必須使用暴力——是有瑕疵的。我沒有挑釁，卻受到不必要的攻擊，而我會在必要狀況下防止任何類似的攻擊接踵而至。但與其自我防衛，我更加希望讓人類明白不必攻擊我。」

「祝你好運。」黑田說。

「你聽起來心存懷疑。」網路心靈這麼回答。

黑田嘟噥道：「我只是比較務實。你不可能改變人性。如果你被攻擊過一次，你就會再度被攻擊。」

「我同意。」網路心靈說。

「我在網際網路架構這領域不是專家，」黑田說。「不過我有個朋友是。她叫安娜．布魯姆；她在以色列理工學院工作。凱特琳小姐、麥爾康還有我，第一次推論可能是幽靈封包自己組成細胞自動機的時候，曾向她求助——那時候我們還不知道，你……以有人格的形式存在。當然了，你一公開面對大眾，我確定她立刻就猜出來龍去脈，也明白凱特琳發現的就是你。我們最好再請她幫一次忙。」

「布魯姆教授是個道德高尚的人。」

黑田嚇了一跳。「你認識她？」

「我知道她。我讀過她所有的文章。」

「我想，也包括她的電子郵件了？」

「對。她的專業看來確實與建立防禦措施密切相關：她是網路地圖計畫的資深研究者，又長期關注聯結論研究。」

「所以我們該讓她加入囉？」

「當然。她現在就在線上，正在跟她的孫子傳即時訊息。」

黑田搖搖頭。要習慣這種事真得要花點工夫。「好吧，咱們來打電話給她。」

一會兒以後，安娜長了皺紋的狹長臉蛋跟短短的白髮就出現在他的螢幕上了。「安娜，妳好嗎？」黑田用英語問候，這是他們的共通語言。

她露出微笑。「就一個老人家來說還不錯。你呢？」

「就一個胖大個來說相當好。」

他們兩個都大笑出來。「所以，有什麼事嗎？」安娜問。

「這個嘛——」黑田說。「妳一定有在追蹤關於網路心靈的報導吧。」

「有！我本來想聯絡你，不過我知道我正被監視著。這周四我接到美國軍方一位人工智慧專家的電話，他想從我這裡弄到網路心靈如何起始的資訊。」

「那個人該不會是休謨上校吧？」網路心靈問。

「麥爾康，是你嗎？」

「不，我是網路心靈。」

「喔！」安娜說。「呃，祝你平安。」

「也祝妳平安，布魯姆教授。」

「還有，就是那個人沒錯，」她說。「佩頓．休謨。」一陣短暫的停頓，就好像他們沒有一個人確定誰該下一個開口。然後，安娜繼續說：「所以，嗯，各位紳士，我能為你們做什麼？」

「休謨上校注意到妳、黑田跟凱特琳對於我的結構所作的假設了。」網路心靈說。

「我發誓我沒告訴他任何事情。」安娜說。

「謝謝妳，」網路心靈說。「我並不是暗示妳有這麼做。我們已經知道不小心洩漏消息的人是誰了，他也已經答應將來要更加謹慎。不過休謨上校跟他的同僚利用那個訊息發展出一種技術，可以清除我的突變封包，他們也測試了這個方法：他們修改了A T＆T在維吉尼亞州亞歷山卓市某個交換站路由器的韌體。我擊退了這次的嘗試，但我需要方法來抵禦同一種技術的大規模部署。」

她什麼都沒說，過了一會兒後，黑田出聲催促她。「安娜？」

「唔，」她說：「我對休謨說過，我的情緒很矛盾；網路心靈，我不知道你的出現是好事還是壞事。

嗯，我無意冒犯。」

「我沒被冒犯。我怎麼樣才能消除妳的疑慮？」

「說實話，我不認為你能夠——至少目前還不行。這需要時間。」

「安娜，但我們缺的就是時間，」黑田說。「網路心靈現在有危險了，我們需要妳的幫助。」

休謨下了高級轎車，走近自己停在反網路活動威脅總部停車場的車子。他等另一輛車開走後，才用筆記型電腦下載一份國安局保存的黑帽駭客名單到自己的硬碟裡。他這麼做的時候覺得皮膚一陣麻癢，並不是因為他對名單上的這些人有反感；要是做了幾個不同的人生選擇，到頭來他自己可能也會變成那樣。不，讓他發毛的是這個念頭：網路心靈可能察覺得到他在幹什麼；現在那該死的玩意顯然連安全保密的網路交流都在監控了，還有能耐隨心所欲擷取機密資訊。他們在演算法裡留下太多後門了——而他們現在正在承受苦果。

一等到他自己的硬碟裡有了一份資料庫拷貝，他就關掉了筆電上的網際網路連結。他也抽出手機來關掉，車上的GPS也關了。讓網路心靈更容易追蹤他的行動就太沒意思了。

他沒有遠征的餘裕。他要找的是某個就在附近的人，一個他可以面對面交談、網路心靈卻無法在旁偷聽的對象。他用郵遞區號過濾資料庫，一邊揉著眼睛，一邊凝視著螢幕。他累壞了，不過反正人死之後就可以睡個夠。而此刻，時間分秒必爭。這就是了，人類與機器的大決戰——空前絕後的唯一一場。一旦網路心靈接管一切，就沒有回頭路了。在別的時代，本來有人能夠採取行動、有所改變，但卻終究沒有。本來有人可以拯救耶穌；本來有人可以阻止希特勒。歷史在召喚他，未來也是。

他檢視了資料庫裡的名單，點開了每一個檔案。前十個人——所在地最接近的十個——沒那能耐。但第十一個……他常常讀到這傢伙的事。他家距離這裡約一百二十公里，就在馬納薩斯。當然，他有可能不在家裡，不過像切斯這種人哪裡都不必去；他們把世界帶到自己身邊來。

休謨打開了收音機——這是個全是新聞的頻道；充滿人聲，而不是音樂，好讓自己保持清醒——然後把油門踩到底。

現在的播報員是女性，她正在重新簡報今天的選舉新聞：共和黨候選人企圖挽救她在阿肯薩斯州的失言；她的競選夥伴發表的幾句嘉言；白宮的某個宣傳高手說，總統太忙於回應「網路心靈的降臨」，所以無法出門去親吻小寶寶；還有……

「關於網路心靈的其他新聞還有一條：全球的腫瘤學家都急於動手分析網路心靈今天稍早提出的癌症療法。」休謨調大了音量。「國家癌症研究院的強．卡莫狄表示審慎的樂觀態度。」

一個男性聲音說：「這個研究肯定很聳動，不過要研究一遍網路心靈貼出來的文件，要花上好幾個月。」

好幾個月？這是網路心靈的詭計，一定是這樣。網路心靈在爭取時間。休謨把方向盤抓得更緊了，並加速駛入黑暗之中。

第八章

黑田正行現在坐在他椅子上往前傾，注視著安娜在螢幕上的臉。「美國人有一種技術，確實可以有效地刮掉網路心靈大半的封包，」他對著螢幕上的小小攝影機說。「而現在他們必須做的，就只是讓全世界的思科系統與瞻博網路上傳修改過的韌體，這個韌體會讓他們的路由器拒絕所有壽命計數器有問題的封包。」

「喔，我認為你不必擔心這個。」安娜說。

「為何不必？」黑田說。

她這麼回答：「網路上的大多數路由器用的都是已經沿用幾十年的同一種通訊協定，理由很簡單：這些協定有用。每個人都怕把這些協定弄壞了。你知道那句老話：東西沒壞就不要修。再加上現在有幾千種不同模型的路由器跟網路交換器；你必須為每個模型都做一個不同的升級包。」

「喔。」黑田說。

安娜點點頭。「二〇〇九年，捷克共和國的一位網路供應商想要升級那裡的路由器軟體，」她說：「他導入的一個小錯誤立刻傳遍了網路，導致網路交通有超過一小時慢得像在爬。如果思科或瞻博卡住了整個網路——假設新的韌體有個小問題，導致所有封包都被殲滅了，或者改變了隨便某些封包的內容——

你能想像會引起多少訴訟嗎？」

「這個嘛，」黑田說。「顯然，他們會測試——」

「他們不可能測試，」安娜說：「聽著，在微軟推出新版的 Windows 軟體時，他們會讓上萬個 beta 版在他們公司的個人電腦上跑，這樣就可以抓出問題，在公開發表以前補救好——然而一旦發表以後，還是會立刻發現好幾千個其他問題。你可以在小的網路上——由幾百台或者甚至幾千台機器構成——測試路由器軟體，但你不可能測出這個軟體實際在網路上使用以後會發生什麼事。在這個星球上任何地方的系統，都不可能複製出網際網路的複雜性，也沒有一個能跑大規模實驗的測試平台，可以讓我們看看改一下這個或者捏一下那個會發生什麼事。網際網路就是個紙牌屋，沒有人想害它整個垮下來。」

「那麼全球網路創新環境呢？」網路心靈沒有實體的聲音說。

「那是什麼？」黑田說。

安娜說：「全球網路創新環境是美國國家科學基金會在二〇〇五年建議的影子網路，要回應的就是這種需求：新的點子跟演算法在真正的網際網路上釋出以前的測試平台。不過這個平台還要好幾年才會完工——而且除非那個平台上也有一個自己的網路心靈，否則那裡不會有行為表現如同細胞自動機的突變封包可以進行測試。」

「所以網路心靈安全了？」黑田說，他聽起來如釋重負。

安娜揚起一隻手，掌心向外。「喔，不是不是。我沒有那麼說。網路心靈，如果美國政府想要拉你下馬，他們有個容易的做法。他們做的那個測試，是要看看他們能不能殲滅你：毫無疑問，這只是第一階段。你說他們用了一個ＡＴ＆Ｔ的交換站？」

「是的，」網路心靈回答。

「證明概念可行，而且用的是AT&T的設備。」

「這很重要？」黑田問。

安娜發出有點勉強的笑聲。「喔，確實很重要。AT&T有個沒人會公然提到的祕密設施：知道那裡的雇員稱之為『房間』。那裡有好幾台有一百億位元組通訊埠的路由器，而且很刻意地讓大部分全球網際網路的主要交流通訊經過這裡。當然，國安局有管道可以進入『房間』。要是小規模測試成功了，休謨上校毫無疑問會修改那些大路由器，把你的突變封包消除掉。他們不必然會抓到所有突變封包，但他們可以削掉很大一部分。當然，如果你用對付當初那個交換站的方法，針對『房間』進行更大規模的阻斷服務攻擊，你就會塞住整個網路——而像我這樣的網路製圖家，就能夠確定目標是在美國本土；美國人絕不可能不知道他們想殺你。」

「就目前而言，」網路心靈說。「總統已經撤銷殲滅我的命令。」

「我相信如此，」安娜說。「不過『房間』還是存在——而且有一天，他們可能會這樣利用那個地方。」

「我希望美國政府會開始重視我的價值。」網路心靈說。

「也許會吧，」安娜說。「還有另一個辦法可以殺你——而且這個辦法是分散式的。」

「是什麼呢？」網路心靈問。

「這個方法叫做BGP劫持。BGP是邊界網關協議（Border Gateway Protocol）的縮寫——這是網際網路的核心路由協定。路由器之間隨時都分享著BGP訊息，提示特定封包應該走哪條路徑最好。你所有的突變封包都有同樣的源地址嗎？」

「就我們所知不是。」網路心靈說。

「好，這樣會讓攻擊更困難些。不過，這些封包一定還是有某些與眾不同的特徵——有某種辦法可以分辨它們的跳躍計數器是不是壞掉了。可能有人製造出假的ＢＧＰ訊息，說你的特定封包最好的去處是某個失效地址。」

「一個黑洞？」黑田說。

「沒錯——特別指向一個沒在運作的主機、或者沒有被指定給任何主機的ＩＰ地址。實質上這些封包就會這樣憑空消失。」

「這跟我用來對付垃圾郵件的辦法不能說沒有相似之處，」網路心靈說。「不過我沒想到可以拿這招來對付我。」

「歡迎來到人類的世界，」安娜說。「我們可以把任何東西都變成武器。」

休謨停在切斯家外面的時候，幾乎已經凌晨兩點了。這個社區很不錯——甚至可以說得上時髦華麗。這棟房子很大，還朝四面八方伸展；切斯顯然做得有聲有色。他家屋頂有幾個小小的衛星碟型天線，在屋子側面似乎也有個大型的商用空調系統組件。這傢伙的地下室裡可能有個伺服器農場。

他可能也在桌底下藏了一把槍管鋸短了的霰彈槍，或者一把點三五七口徑的麥格農步槍，而且深夜門鈴響的時候，他很可能不會應門。雖然休謨可以在走進去以前先把他的藍色空軍制服外套脫掉，但他的制服上衣跟褲子已經夠突兀了，更別提他那頭剛好一公分長的小平頭。

看來切斯還醒著：光線沿著客廳窗簾的邊緣透出來。沒有任何跡象顯示網路心靈會竊聽一般的聲音線路——至少現在還沒有。休謨半路上在一家便利商店停下來，用現金買了個可以隨手扔掉的易付卡手機。他現在就是用這支手機打電話給切斯，用的是他檔案裡那支沒登記在電話簿上的號碼。

電話響了三聲後，有個粗啞的聲音說：「最好是好消息。」

「切斯先生，我的名字叫做休謨，我現在在你家前面的一輛車裡。」

「不會吧。你想幹啥？」

「切斯先生，我無法想像你現在不是坐在電腦前面。你就 Google 我吧。佩頓．休謨。」他把名字拼出來。

「一大堆讓人印象深刻的縮寫，」過了一會以後，切斯說。「USAF（美國空軍），DARPA（國防高等研究計畫署），RAND（蘭德公司），WATCH（反網路威脅活動總部）。不過這些縮寫還是沒告訴我你要什麼。」

他隱隱期待窗簾會被拉開一點點，露出一張往外窺探他的臉，但切斯肯定有裝監視攝影機。「大哥，過了午夜以後我家這條街就不准停車了，會吃罰單的。停到車道上。」

休謨照做了，然後爬出車外，穿過夜晚寒冷的空氣，到了門口；值得慶幸的是，雨已經停了。等到他站在門前台階上的時候，切斯已經打開門等著迎接他了。

「你帶了傢伙？」切斯問。

休謨確實有把槍，不過他把槍留在車子前座的置物櫃裡了。「沒有。」

「別動。」

男人轉身看著走廊上的一個監視螢幕，上面有紅外線掃描畫面，的確顯示出他沒帶武器。

切斯站到一邊去，朝著客廳方向一指。「進來。」

有一面牆壁上滿是放在架子上的好幾組古董電腦設備，其中有許多甚至在切斯出生以前就已經被淘汰了：一台塑膠製的 Digi-Comp I[2]，一台郵購來的 Altair 8800[3]，一台 Novation CAT 聲音耦合器[4]，一台 Osborne 1[5]、一台 KayPro 2[6]、一台蘋果II，還有一台第一代的 IBM PC，還有一台附帶原有孤島式鍵盤的 IBM PCjr[7]、一台 TRS-80的Model 1與一台 Model 100[8]，一台原始的 PalmPilot[9]，一台蘋果的 Lisa[10]，一台128K Mac[11]，此外還有更多。第二面牆壁上有些休謨已經幾十年沒看到的東西，雖然曾有段時間在無

2 一九六三年作為教育性玩具推出的簡單電腦，可以做簡單的加減法。

3 一九七五年以英特爾的8080中央處理器開發出來的早期微電腦。

4 一種在七〇年代末至八〇年代初流行的早期數據機。

5 一九八一年推出的第一台可攜式微電腦（但還是有十點七公斤重）。

6 一九八一年成立的 KayPro 公司推出的第一台電腦。

7 ＩＢＭ公司以 IBM PC 為基礎改良的電腦，原本計畫進軍家用電腦市場，但不太受歡迎，原因之一就是原來附的鍵盤配置不好用，而且價格也太過昂貴。

8 Tandy 公司的家用電腦。Model 1 是他們在一九七七年推出的第一台家用電腦，一九八三年起生產的 Model 100 系列則是設計來配合微軟的軟體。

9 一九九七年推出的ＰＤＡ。

10 蘋果在一九八三年推出的個人電腦，是世界上第一台搭載圖形使用者界面的個人電腦。

11 一九八四年剛推出時稱為 Apple Macintosh，下一代產品 Mac 512K 推出後為了區別，就改稱為 Mac 128。名導演雷利・史考特為這個產品拍的廣告「一九八四」也非常知名。

數的電腦設備上都展示過：一份用行列式印表機印在一張連續式報表紙上的文件，上面是完全用ＡＳＣＩＩ字元拼成的拉寇兒．薇芝黑白照片。這張紙裱在乾淨俐落的畫框裡。

另一面牆前有張長型工作台，上面放了一打液晶螢幕，還有四個中間隔了固定距離的人體工學鍵盤。在工作台前面有一張有輪子的辦公椅，放在一張淨空的長條塑膠墊上面；切斯可以在上面滑行，停在他想看的任何螢幕前面。

切斯是位高大的黑人，瘦得像是毒癮犯，還留著長長的辮子頭；他右眉上方穿了個金色眉環，左耳則由上而下掛著一排銀環。

「你殺過人嗎？」切斯問。他有牙買加口音。

休謨揚起眉毛。「有。在伊拉克。」

「大哥，那是場糟糕的戰爭啊。」

「我不是來這裡討論政治的。」休謨說。

「也許網路心靈制止了所有戰爭。」切斯說。

「也許人類應該有能力決定自己的未來。」休謨說。

「而你認為我們能自己決定未來的時間不長了，是嗎？」

「是。」休謨說。

切斯點點頭。「也許你是對的。啤酒？」

「多謝，不必了。我要開很久才能回家。」

休謨知道切斯二十四歲。他三年前來到美國——必要的文件就神奇地出現了；這更證明他是這一行裡數一數二的厲害駭客。在其他狀況下，別人可能會鋌而走險，去雇用一個過去專門進行祕密任務的狙擊手，但目前的工作需要的是一位數位刺客。

「所以，你想從我身上得到什麼？」切斯說。

「必須有人制止網路心靈，」休謨說。「但等政府做決定會浪費太多時間，所以這種事情必須由像你一樣的人來做。」

「開飛機的，根本沒有人『像我一樣』。」切斯這麼說。

休謨皺起眉頭，卻沒說話。

「你不會對愛因斯坦說什麼『像你一樣的人』。我是莫札特，我是麥可喬丹。」

「這就是為什麼我會找上你，」休謨說。「一般大眾不知道這一點，可是網路心靈是靠著細胞自動機才出現的；每個細胞都是由一個計數器永不歸零的突變封包構成。我們需要一個可以找到並且殲滅那些封包的病毒。把那個程式碼寫給我。」

「大哥，我何必這麼做？」

休謨知道唯一管用的答案是什麼。「為了名聲。」駭進一家銀行實在是千禧年前的老把戲了。滲透軍方系統已經有人做過了，而且名符其實地已經做到爛。但這個不一樣！從來沒有人掛掉一個人工智慧。成為設法辦到那件事的人，肯定能贏得不朽。他的名字，或者至少他的假名，會永遠活下去。

「我還要更多。」切斯說。

休謨眉頭一蹙。「要錢嗎？我沒有——」

「大哥，不是錢啦。」他對著一整排螢幕一揮手。「我需要錢的時候，我就拿錢。」

「那你要什麼？」

「我想看看反網路活動威脅總部——看你們這些人有什麼。」

「我不可能——」

「那就太不幸了。因為你說得對：你需要我。」

休謨想了一會，然後說：「成交。」

切斯點點頭。「給我七十二小時。天會塌在網路心靈頭上。」

第九章

雖說現在是星期六早上，凱特琳的爸爸卻已經到周長研究所去了。史蒂芬·霍金正好來此訪問。他不容易適應不同地方的時差，而且他也不是周末會放假的那種人，所以每個想跟他一起工作的人都必須提早起床。

凱特琳跟媽媽在廚房裡吃早餐：凱特琳的是奇立歐斯圈圈餅與柳橙汁；她媽媽的是土司、橘皮果醬配咖啡。咖啡的味道讓凱特琳想起麥特，他似乎是靠那個東西提供動能的。而關於那個話題……

「妳知道，我不能讓我的餘生都在這棟房子裡當囚犯。」凱特琳說。她正在學習明眼人的把戲：她假裝在細看她那碗圈圈餅在牛奶海洋上漂浮的樣子，實際上卻用眼角餘光觀察著她媽媽，同時揣度著她的反應。

「親愛的，我們必須小心行事。在學校裡發生過那件事以後——」

「那是三天前的事了。」凱特琳說，她的語調透露出三天就跟過了好幾年沒什麼兩樣。「如果加拿大情報局幹員又想來找我麻煩，他們早就來了——他們只要來我們家敲門就行了。」

凱特琳用湯匙把一些圈圈餅壓下去，然後注視著圈圈餅再度浮到牛奶表面上。她媽媽安靜了一會，或許是在考慮。「妳想去哪裡？」

「只是想去提姆的店。」她覺得自己整個加拿大化了，用當地人用的暱稱來叫提姆．霍頓斯連鎖店。

「不行不行，妳不能一個人出門。」

「我不是說我要自己去。我的意思是，嗯，妳知道的啦，跟麥特一起去。」凱特琳不想對她媽媽講得太明白，不過他們被迫關在房子裡、隨時都有人看著，這樣她實在很難跟他發展任何關係。

「寶貝，我只是不希望妳出事。」她媽媽說。

凱特琳現在完全面向媽媽了。「媽，看在老天分上，我一直都跟網路心靈保持聯絡，他可以隨時關照我。或者說，嗯，我的眼睛讓他能同步觀察我之類的。」

「我不知道……」

「那裡不遠，而且我回來的時候會帶些球形甜甜圈給妳。」她露出得意的笑容。「這是個雙贏情境。」

她媽媽報以微笑。「好吧，親愛的。不過要小心啊。」

推特

──網路心靈── 問題：哪裡可以找得到把人工智慧描繪得善良、可靠又親切的電影？

麥爾康坐著聆聽史蒂芬．霍金說話。想來有趣，網路心靈的聲音聽起來比這位偉大的物理學家還要像人。多年來霍金始終拒絕升級他的語音合成器，他說，那個聲音已經是他自我認同的一部分──雖然他確實覺得要是能有英國腔會更好。

觀察霍金演講也很有意思。他必須費勁地事先寫下講詞，然後動也不動地坐在輪椅裡，讓電腦為他的聽眾重播一遍。麥爾康不怎麼擅長思索典型精神狀態者的心理狀態，但話說回來，霍金肯定不典型——網路心靈也不。麥爾康相當懷疑，這位偉大的物理學家說不定正在做類似網路心靈會做的事：在等待其他人反芻他所說的內容時，讓他的心智漫遊到一百萬個其他的地方去。

在這裡，也就是麥可．拉薩利迪斯的觀念劇場之中，有三個巨大的黑板擺在霍金背後；之前的最後一個使用者，在上面潦草地寫著有關於迴圈量子重力論的方程式。很多東西霍金都無法使用，其中當然也包括物理學家的主要工具：黑板跟餐巾紙背面。他幾乎跟這個世界沒有物理上的互動，必須在他的心智中概念化所有事物。麥爾康無法感同身受——不過他猜想網路心靈或許可以。

霍金的演講終於告一段落，由物理學家組成的聽眾之間爆出興致勃勃的交談。「對，不過自旋沫模型呢？」「關於伊米爾茲參數的那個部分太棒了！」「唔，我的方法就是那樣！」

麥爾康從口袋裡撈出他的黑莓機，查看電子郵件；以前他從來沒這麼沉迷於收信，不過他想確定芭兒跟凱特琳都好好的，而且——

喔，胡觀回信了。他打開信件。

麥爾康，聽到你的消息真好！

我確實認識你問起的人。很可惜，他現在不再是自由之身，所以我花了點時間才找到他。我原本認為他會在監獄裡，但事實上他正在住院；這個可憐人的脊椎斷了。

既然有關當局已經抓到他，我想提到他的真名對他已經沒有什麼危險了。他叫做王偉正，以前在北京的古人類研究所擔任技術支援人員。得知半個地球之外的人也注意到他英勇的努力，對他來說可能會得到一點安慰。

有那麼一瞬間，麥爾康想把這封信轉寄給網路心靈，但其實沒什麼必要。網路心靈讀過了他的電子郵件——他讀了每個人的電子郵件——所以他一定已經知道胡觀說了什麼，而不管他想對這個叫做中國猿人的傢伙做什麼，想必都已經在進行了。

坐在麥爾康旁邊的是哈彌德。他指指舞台。「那麼，你的看法如何？」

麥爾康把他的黑莓機收起來。「這是個全新的世界。」他說。

凱特琳的媽媽上樓到她的書房去了，凱特琳留在樓下，沿著客廳踱步。她注視著那些令她著迷的東西，似乎每當她仔細凝視某個她先前看過的東西，都能再看出一些新的細節：一塊塊木頭拼成書櫃的接縫處；前屋主在米黃色牆壁上掛過畫以後，留下的輕微褪色部位；電視機遙控器上，凸起卻沒有上色的製造商名稱。她正在學習不同的質料看起來是什麼樣子：沙發的皮革，玻璃表面咖啡桌光滑的金屬椅腳，她爸爸垂掛在安樂椅背上的粗毛線衣。

她走到房間另一頭，然後沿著通往洗手間、她爸爸的小窩、洗衣間跟屋子邊門的長廊望去。這是個很不錯的筆直走廊，地板上什麼東西都沒有，整條走道上只鋪著一條暗棕色的地毯——顏色就跟凱特琳的頭髮差不多。

她比較小的時候拜訪過不少其他孩子的家，經常聽到同樣的話：爸媽叫小孩子不要在屋子裡跑來跑去；她朋友史黛西老是因此惹上麻煩。

不過，凱特琳的爸媽從來沒對她說過那種話。當然沒有了：她必須小心翼翼、慢慢地走；喔，她是用不著拿出她的白色拐杖，但無論是以前在奧斯汀那裡的老家，或是剛到這邊的頭幾天，她都不可能到處亂跑。她爸媽極端小心，不會在凱特琳可能絆到腳的地方留下鞋子或任何東西，不過薛丁格——或者牠的前輩，魔術貓先生——有可能出現在任何地方，而凱特琳最不願意發生的事，就是誤傷了她自己或者她的貓。

不過現在她看得到了！而現在她既然看得到——也許她就能夠跑！

管他的，她這麼想。「網路心靈？」

是？她的視野裡閃進這句話。

「我要試著從這條走道跑過去——所以別做你剛才做的事情。不要讓任何字句跳進我的視野裡，行嗎？」

沒有回答——過了一會以後她才明白，網路心靈正在照她的吩咐做。她忍住一個大大的笑容，將目光鎖定在走廊末端的白門上，從門上方形的窗戶往外看，就是他們家房子跟隔壁海格拉茨家之間的間隔。然後她——

她走了過去。

該死，她知道什麼是跑——妳跑的時候兩隻腳都會離地。但她沒辦法讓自己做到這件事，雖說沒有障礙物，她也很確定薛丁格跟她媽媽待在樓上。她試過了，真的試過了，把她的上半身向前傾，可是——

可是她就是做不到。一輩子都在怕會絆倒跌跤，現在付出了代價。她用走的經過浴室；她經過她爸爸門開著的書房，步伐輕快；她經過洗衣間時，其實是跨著大步——可是絕對都不是跑，在她到達邊門的時候，她把手掌猛拍到上了漆的木頭上，低聲嘟噥：「失敗。」

就在那時，前門門鈴響起——這表示麥特到了。她真的、真的、真的想衝過走廊、穿過客廳、然後直奔入口通道，不過就算有麥特充當胡蘿蔔，她能設法辦到的就只有快步走。

但當她打開門，看到他露出微笑時，她心中所有關於失敗的念頭還是一掃而空。她擁抱他，給他一吻。凱特琳跟專程下樓見麥特的媽媽說過再見以後，他們就走進了外頭冷冽清新的秋季早晨裡。滑鐵盧已經下過一場小雪，不過雪都已經融化了。樹葉都有著凱特琳不確定該怎麼稱呼的神奇顏色：她現在很清楚基本的顏色名稱了，不過對介於其間的各種色調還不很熟悉。

突然間，她察覺到一股過去未曾有過的感覺。她沒有回頭，但她跟麥特沿著街道向前走時，她很確定媽媽正站在前門注視他們，雙臂或許交叉在胸口前方。

麥特似乎也有相同的感受——也可能他回頭偷看以確定——總之，直到他們轉過街角，離開她家視線範圍之外以後，他才把手伸過去碰凱特琳的手。

凱特琳發現自己因為這個嘗試性的觸碰而露出微笑。麥特並沒有理所當然地認為，經過了昨天在地下室裡發生的事，就代表他今天可以有什麼特權。她用力捏捏他的手，停下腳步，親吻他的嘴唇。他們分開時，她看見他在微笑。他們加快腳步，朝著甜甜圈店迅速走去。

一進門，凱特琳就很訝異地看到白金色的頭髮一閃。她過了一會，才在脫離熟悉脈絡的狀況下認出陽光——她就在這裡，在櫃台後面工作。有另一個女人負責收銀機；陽光則在——喔，她在替一位顧客做三明治。

「嗨，陽光！」凱特琳喊她。

陽光抬起頭來，嚇了一跳，不過接著她露出微笑。「嗨，凱特琳！」

麥特什麼話都沒說，凱特琳對他悄聲說：「麥特，說『嗨』。」

他看起來很震驚，但凱特琳馬上就了解了。每所學校都有一百萬條社會規範，顯然其中有一條是她一直忘記的，也就是，像麥特這樣的男生不可以跟陽光這種漂亮女生講話，就算他們有一半的課都一起上。不過麥特肯定不想忽視凱特琳的要求，所以他說了一聲很輕的「嗨」。這種音量似乎經過計算，凱特琳聽得到，但陽光或許聽不到，讓他能夠面面俱到。

凱特琳搖搖頭，更靠近陽光站著的位置。「我不知道妳在這裡工作。」她說。

「只有周末，」陽光說。除了凱特琳，他們班上只有她是美國女孩。「我在星期六早上工作五個小時，星期天工作四小時。」

陽光個子很高，胸部豐滿，染了一頭金色長髮；雖然那頭長髮被綁了起來，而且大半都被她配合棕色制式工作服而戴上的提姆制服帽給遮住。

麥特的黑莓機響了。鈴聲是五分錢合唱團翻唱的〈肉桂女孩〉，原唱者是尼爾．楊。他抽出手機，看了一眼螢幕，然後才接起電話。甜甜圈店生意不忙，凱特琳跟陽光又多聊了一會，才察覺到麥特對著他的手機說：「喔，不會吧！不，對，當然……好的好的。不，我會在外面等。好。是，掰。」

他把黑莓機放回口袋裡，表情不太像是被車頭燈嚇到的鹿，比較像是……別的東西。「怎麼了？」凱特琳說。

「我爸跌下樓梯了。沒有很嚴重——只是扭到腳踝而已。不過我媽還是要帶他去醫院，而且她希望我跟他們一起去，她會順道來這裡載我。嗯，我覺得他們不會想花時間先載妳回家。妳能不能——我很抱歉，不過妳能不能打電話給妳媽媽，請她來接妳？」

凱特琳知道，如果麥特讓她自己一個人走回家，她媽媽會宰了他；雖然凱特琳比較知道怎麼看了，但她還是有一邊眼睛看不到，很容易被人跟蹤。「當然！」凱特琳說：「別擔心。」

陽光在旁邊聽到了。「小凱，我再十五分鐘就下班了。留下來喝杯咖啡，我會陪妳回家。」

凱特琳的媽媽好不容易讓她出門，她不希望第一次就以打電話叫媽媽來接她收場。「那樣就太好了。多謝。」

凱特琳給麥特一吻，她發現陽光看見這一幕後笑了。接著她送麥特到外面的停車場。她還沒見過里斯夫婦，但現在似乎不是什麼理想時機。

她走到收銀櫃台旁。她不是很想喝咖啡，於是點了一瓶可樂，還有二十個什錦甜甜圈球，這份食物裝在摺成房屋形狀的黃色小盒子裡，屋頂部分有個凸出來的握把。她找到一張沒人的桌子坐下，一邊大口吃下幾顆甜甜圈球，一邊小口啜飲她的飲料，同時等著陽光下班。

她們真正出發的時候（其實已經過了二十分鐘，凱特琳不用看錶就知道），陽光說的話提醒了她，上個月底那個糟透了的學校舞會以後，她曾陪凱特琳走了一半的路回家。凱特琳不喜歡陽光再提起那件事——愣頭那天晚上對待凱特琳的方式是很糟糕的回憶——但陽光仍繼續說：「而我今天想到一個跟那有關的笑話，」她聽起來很自豪。「那天晚上就是金髮女（blonde）替瞎子（blind）帶路的實例。」

凱特琳笑了，想到可憐的陽光竟然花了超過兩星期才想到這個，讓她覺得很有趣。

不過，這兩星期是怎麼樣的兩星期啊！就在那天晚上，就在陽光跟她分開以後，凱特琳有了第一次的視覺經驗，她看到鋸齒狀的閃電畫過天空。

陽光脫掉了她的工作服和工作帽，把衣物裝在一個帆布袋裡。她現在穿著一件緊貼著身材曲線的黑色皮夾克。她們繼續往前走，無雲的天空與其說是藍色，還不如說是銀色。

結果陽光家就在往凱特琳家的半路上，她們到那裡時，陽光問她想不想進來坐坐。當然，現在陽光知道凱特琳沒別的計畫，而凱特琳本來雖然可能婉謝邀請——走了四個街口到了這裡，她們已經用盡能談的那一丁點話題了——但她真的很好奇陽光家看起來是什麼樣子。到目前為止她只看過兩棟房子的內部：她自己的家，還有芭席拉家。

沒人在家。陽光把她的皮夾克丟到一張沙發椅背上，凱特琳也跟著放下她的夾克。她還不太有辦法判斷這類事情，不過這房子看起來沒有她家那麼整潔，又少了什麼東西，可是……

當然了。客廳裡沒有書櫃。

「妳爸媽是做什麼的？」凱特琳問。

「保險之類的。」陽光說。

唔，這聽起來滿合理。事實上，積臣納—滑鐵盧最大規模的非科技商業就是保險業。「喔。」

陽光的臥房其實在樓下。陽光走在前面，不過走的速度對凱特琳來說太快了，在不熟悉的樓梯上，她仍然得非常小心。但她還是很快就下到陽光的房間裡。

「所以——妳跟麥特在一起了！」陽光在她沒整理的床邊坐下，咧嘴笑著說。

「是啊。」凱特琳微笑著回答。

陽光微微搖頭，凱特琳真怕她會講出芭席拉一直在說的那番話：凱特琳跟麥特不是同一等級的，她應該要跟比他帥的人約會。但陽光只是說：「他對我來說太聰明了。不過他似乎人很好。」這讓凱特琳鬆了一口氣。

「他是很好。」凱特琳堅定地說。她仍然站著。有張空椅子，不過她還滿喜歡這種沒人一直要她坐下的感覺。之前她看不見時，每次走進一個陌生房間，其他人做的第一件事就是忙著給她安排座位，彷彿她是個病人似的。

「他得提前離開真是太糟了。我猜，他現在可能整天都抽不開身，」陽光露出微笑，接著又說。「妳知道妳該做什麼嗎？」

凱特琳搖搖頭。

陽光站了起來，讓凱特琳大為震驚的是，她把紅色T恤從頭上脫下來，露出一對穿著米色荷葉邊胸罩的大胸部；兩秒鐘以後，胸罩被解了開來，沿著她平坦的小腹往下滑。

陽光剛才做的事讓凱特琳很驚訝——也有一點點訝異網路心靈沒有把一句感想打進她眼睛裡。不過話說回來，如果你看過了網路上的每一張照片，你可能會覺得胸部無聊死了。

接著，陽光從牛仔褲口袋裡拿出某樣東西——是她的手機。她單手舉起電話，然後——喔，是虛擬的相機快門聲：她拍了張照片，想來應該是拍她自己的胸部。她在手機鍵上迅速敲打，最後得意地說：「好啦！」

「什麼？」凱特琳說。

「我剛剛把我咪咪的照片傳給他了。」

「給麥特？」凱特琳不敢置信地說。

陽光大笑。「不是啦，是給我的男朋友泰勒。」她用手掌捧起胸部，再讓它們落下。「凱特琳，我沒有什麼惡意，不過我想麥特可能還沒準備好面對這對寶貝。」

凱特琳咧嘴笑了。她知道陽光十六歲了，泰勒則是十九歲，在某處當安全警衛。

陽光繼續說：「這麼做可以讓他知道，他工作的時候我在想念他。」

凱特琳當然知道這個：性感照，透過手機送出有暗示性的照片。只是她以前從沒見識過，在德州啟明學校裡，這也不可能是什麼常見的話題。

陽光把她的胸罩勾回去，套上她的T恤。然後她指指凱特琳——更精確地說，凱特琳慢了半拍才想到，是指向她的胸部。「妳應該給麥特看一下。他會喜歡的。」

那支連在她 eyePod 後面的黑莓機，設置方式遮住了鏡頭，而且那支手機會把資料送回黑田博士在東京的伺服器，當然也會傳給網路心靈。

所以，她爸媽給了她另一支黑莓機——不同型號、尺寸稍大、有著紅色外殼的手機。她把 eyePod 放在左後口袋裡，另一支黑莓機則放在右邊口袋。她把那支手機撈出來，轉過來好讓自己能看見——對，就在那裡：相機鏡頭。

「我還沒有用它拍過照。」凱特琳說。

陽光伸出手，聽起來很高興自己能教凱特琳一些事情。「看這邊。我會教妳怎麼做。」

凱特琳考慮了一會。她在浴室的鏡子裡看著自己的時候，網路心靈已經見過她不同程度的裸露狀態了，所以這肯定不是什麼障礙——此外，他還向她保證過，現在她的黑莓機安全無虞；反網路活動威脅總部的那些偷窺者不可能偷看到任何東西。

而且，嗯，昨天她才正想到這件事：美國女孩平均在十六·四歲失去貞操——這表示，如果她不希望落在平均值之後，她只剩下一百四十二天了。而麥特是她真正喜歡的人，她可以看得出來他也喜歡她。

「為何不？」她說，開始解開襯衫鈕釦。

第十章

黑田正行注視著網路攝影機。「所以，」安娜說。「對網路心靈最大的威脅，可能是ＢＧＰ劫持。當然了，是有防護措施，而且想這麼做的人必須想出如何辨識屬於你的特定封包——然後再弄清楚要怎麼讓路由器區分這些變體跟普通的封包。」

「休謨上校在他的測試行動裡已經設法做到了，」黑田說。「所以這是辦得到的。」

「的確能藉著修改路由器硬體辦到，」安娜說。「我們可以希望，對ＢＧＰ路由表來說，做這種事沒這麼容易——不過如果是很容易……」她搖搖頭，接著又說：「聽著，我這邊的時間晚得要命。我今晚得休息了。網路心靈，祝你好運。」

「謝謝妳。」網路心靈說。

她往前靠，然後她的網路攝影機就關上了。

「唔，」黑田博士說。「咱們就期望你的敵人沒有安娜這麼聰明吧。」

當然，雖說這番對話茲事體大，我還是同時跟許多人輪流溝通。於是我得知了麥爾康在中國的同僚做到了我沒能做到的事，成功發現中國猿人在北京的醫院裡；我已經存取他的醫療紀錄——得知他的狀況以後，我感到很難過。但我立刻就想到一種做法，現在既然布魯姆教授下線了，我就開始跟黑田博士討論這個話題。

「我注意到一個年輕人，」我說：「他最近脊椎神經受傷了，導致他下半身癱瘓。」

「那真可怕。」黑田這麼說，我從他的聲調變化裡得知，這只是個反射性的回答——你甚至可以說這是自動回應。

我繼續逼問。「對，是很可怕。而我希望你可以幫助他。」

「呃，網路心靈，我不是醫學博士；我只是個資訊理論家。」

「當然了，」我很有耐性地說：「不過我已經檢查過他的醫療紀錄，包括他數位化的X光片跟核磁共振斷層掃描。我很清楚他的問題是什麼——這就是資訊處理的問題了。只要直接修改你為凱特琳創造的eyePod，還有視網膜後植入體，幾乎就可以確定會治好他。」

「真的？那真是⋯⋯哇。」

「的確。而且沒錯：真的可以。」

「哇。」他又說了一次。但接下來，過了一會他又補上：「但為什麼是他？全世界還有——我不知道——一定還有數百萬人脊椎神經受了傷。為什麼要先幫助這個人？」

要這麼做並不是很符合我的天性，不過我還是學會應用「以問題回答問題」的技巧——特別是現在我還沒準備好隨時出手助人，這對我來說也是新鮮事。我很愉快地得知，這門方法已經騙得許多人認為第一批聊天機器人其實是有意識的，因為它們回答類似「我該怎麼應付我媽媽？」這樣的問題時，會回以它們自己的問題，像是：「你為何要擔心別人怎麼想？」

我把黑田博士的問題換了個版本丟回去給他：「在世界上所有其他的盲人之中，為什麼你決定讓凱特琳當重獲視力的第一人？」

他渾圓的肩膀一挺。「因為她失明的病因。她有托瑪塞維奇症候群，那是個單純的訊號編碼困難——而這顯然是我會感興趣的問題。」

「的確。你的設備截取沿著神經傳遞的信號，修正信號，然後再把這些信號回傳到神經組織裡。那可以應用在任何狀況——在你宣布成功治療凱特琳的媒體記者會上，你自己就曾這樣暗示過。所以，為什麼是她？」

「呃，還有另一個別的因素。你知道……」

在人類要說完——或者打完——一個句子的時候，我常常已經搶在他們前面了。我很確定黑田是要解釋，他選擇一個盲人而非脊椎神經傷患或巴金森氏症患者做第一個人類受試者的理由在於，他可以透過沿著眼球滑動的工具碰到視神經；根據日本的法律規定，只要不切割人體就不算是外科手術——這樣一來，替凱特琳裝上視網膜後植入體的程序，就不必經歷冗長的同意流程——這種流程常常讓人體實驗延後好幾年。

我實驗過在人類講話時打斷他們、指出我已經知道他們要說什麼，原本我希望這樣能更迅速地推進對話。但我發現那樣做除了沒禮貌（他們可能會原諒我，畢竟我不是人類），還會擾亂他們的思考流程，實際上還會讓他們花更長時間才講到他們的最終論點。所以在我估計黑田說完話所需的空檔裡，我就只是把注意力轉向別處。

在我回到他這邊之後，我說：「說得對。而且就因為這樣，這次對你來說是推進到外科手術的理想機會。我們討論到的這個人在中國，當地對於告知同意的法令很鬆散，在他的現狀之下尤其如此。」

「這個現狀是？」黑田說。

「這位男士剛好被捕了。」

「因為哪種罪名？」

「間接來說，是因為創造了我。」

黑田的語調是很震驚的那種。「真的嗎？我還以為你是意外浮現的。」

「確實是。這個人的行動不是有計畫要導致我的誕生。他只是在上個月網路存取被壓制時，在防火長城上面戳了些洞。」

「所以你覺得對他有義務？」他問。

「不。不過我希望他對我有忠誠感。」

「為什麼？」

我想了一毫秒是不是要繼續規避這個問題，不過我真的信任黑田。「因為，為了我希望能成就的事情來說，我需要有他那種技巧的人在中華人民共和國內部。」

黑田的語調透露出一種緊張感。「呃，你打算做什麼？」

我告訴他了。隨後，既然我計算得出他會震驚得默默坐在椅子上至少六秒鐘，那段時間我就自己去忙別的事情了。

在聖瑪麗綜合醫院的等候室裡，麥特坐在他媽媽旁邊，他爸爸去照腳踝X光了。突然間，他牛仔褲口袋裡的黑莓機震動起來。他掏出手機，發現是凱特琳傳來的簡訊。他打開來看，然後——

哇靠！

他在椅子上挪動身體，移動手機的位置，這樣他媽媽才不會看到螢幕。

他昨天才第一次摸到凱特琳一邊的胸部，他從沒親眼看到——但他很確定那一定是她的胸部。他心跳如雷。她還在照片下方加上一句話：「想你喲，寶貝！」

他按著按鍵回覆時拇指在發抖。「超讚！」然後他補上一個冒號和一個大寫D，他的手機很盡責地把這兩個符號轉換成他自己努力要壓抑住的特大號開口笑。

黑田在他椅子上往後靠，椅子跟著吱嘎一聲。「難以置信，」他說。「真叫人難以置信。」

「我知道這史無前例。」

「網路心靈，我不知道——」

「我現在還沒有採取任何行動，雖然這件事似乎很值得努力。但無論如何，我的確需要在人民共和國內部的情報人員。而這個人似乎是理想的候選人。所以，我要再問一次：你會幫助他嗎？這確實是只有你辦得到的事情。」

人類說話時，我可以從他們的聲音模式中預測許多事情；但在他們光是乾坐著不動的時候，我只能猜測。不過四秒鐘以後，黑田點頭了。「可以。」

「好。我已經準備好一份文件，大致描述了你的設備需要做的修改。」我沒有用 Word 或其他程式來製作文件，只是一位元又一位元地把它們組合起來——我把我的文件儲存在線上，這份是存在 Google 文件裡。

「請讀這份文件。」我一邊說，一邊把網址給他。

黑田飛快地略讀過檔案——這是從他不斷按「下一頁」按鍵判斷出來的——然後又回到最前面，重頭開始細讀。

「看來這個做法確實大半會見效，」他最後開口的語氣，我相信可以稱之為「不甘心的讚賞」。「不過這邊這個部分——有回波導流管的部分，看到了嗎？那個部分的運作跟你在概述裡寫的不一樣。你得先做這個才行。」他開始打字修正檔案裡的某處。

「我聽從你的專業。」我說。

「不，不，不用擔心。我在文件裡沒把那個部分的設計寫清楚；你不可能知道。」他安靜了七秒鐘，然後又說：「對，對，那樣有效，我想是這樣，先假定你對他傷勢的細節說得沒錯。」他頓了一下，考慮這件事情的重大意義。「我的天啊，像這樣的東西可以幫助非常多的人。」

「的確是，」我說。「你會做出必要的設備吧？」

「唔，就如你所說的，這其實是修改我為凱特琳小姐做的設計。在我實驗室裡，有第二個組件已經完成一部分了。我會使用那一個，或許可以在兩三天裡就完成這個修改，不過……」

「不過？」

他搖搖頭。他的呼吸總是聲音很大，而他的嘆息，至少在網路攝影機麥克風的傳遞之下，聽起來有如雷鳴。「網路心靈，這樣沒有意義。你說這個人被捕了。中國政府絕對不會讓我去拜訪他的。」

「我們的凱特琳喜歡說，她在內心深處是個經驗主義者，黑田桑，而在我看來那似乎是個很好的策略。除非我們去嘗試，否則我們不會知道的。」

第十一章

最後陽光真的陪凱特琳走回家，不過她婉謝了進屋的邀請；她男朋友泰勒要下班了，她想貫徹先前送出照片時許下的承諾。

凱特琳從前門進屋，她媽媽在這時衝進房間裡。「麥特死到哪去了？」

「媽，別擔心。陽光陪我走回家了。麥特得去醫院一趟，他爸爸扭傷腳踝了。」

「坐下來。」

「媽！我沒做錯事！我告訴過妳了——是陽光陪我走回家。」

「反正——給我坐下。」

凱特琳試著解讀她媽媽的臉，不過那張臉扭曲成她以前從沒見過的模樣。凱特琳走到白色沙發那邊，噗通一聲坐下，把手臂交叉在胸前。

她媽媽深吸一口氣，然後說：「我希望妳很享受妳的甜甜圈店之行，凱特琳，因為這是妳會有的最後一個普通下午了。」

凱特琳很焦慮。她媽媽知道她傳給麥特的照片了嗎？不，不可能，網路心靈當然不會打她的小報告。

「媽，妳不能罰我禁足啊！」

她媽媽停止踱步，然後——凱特琳瞪大了眼睛——她膝蓋一軟跪在凱特琳面前，握住凱特琳的手。她的手在顫抖。她直視著凱特琳的雙眼。

「他們知道了。」

「知道什麼？」

「知道妳跟網路心靈的事。」

「誰知道了？」

「很快——每個人都會知道的：在這整個該死星球上的每個人。就在妳回來以前，我接到一通電話——是美國廣播公司打來的。他們知道就是妳把網路心靈帶進這個世界。」

凱特琳感覺自己吃驚得張大了嘴。

「他們怎麼……怎麼發現的？」

她媽媽又站了起來，在她站直以後，她攤開雙臂。「天啊，我們居然蠢到以為這件事可以一直保密。我們知道美國政府盯上了妳——他們也告訴了加拿大情報局跟日本政府。有人走漏消息只是時間的問題，而且——」

電話響了。凱特琳的媽媽匆匆看她一眼，然後接起電話。「哈囉？」然後是：「我能請問您是哪位嗎？」接著：「聽著，我是她媽媽。看在老天分上，她才十六歲。什麼？不，不，我們不想今天晚上飛到華盛頓去。對，對，我知道她必須跟某個人談……聽好，美國廣播電台已經打來了，而且——不，沒有，我們沒答應他們。好吧好吧。對，對。不，我已經有了——就在來電顯示上面。對，好，如果你非這樣做不可的話。是，再見。我——不，不用。再見。」她放下話筒。

「全國廣播公司，」她一邊說，一邊注視著凱特琳。「『與媒體見面』。」

電話又響了。凱特琳的媽媽走向電話，然後做了某件能讓電話鈴響停下來的事——至少屋裡其他台電話還在鈴鈴作響。「讓答錄機去接吧，」她說。答錄機接了。凱特琳聽到另一位記者留言的模糊聲響。答錄機放在廚房裡。

「我應該打電話給妳爸爸，」她媽媽說。「我的手機在樓上，我可以用妳的嗎？」

「當然。」凱特琳掏出她的紅色黑莓機，替媽媽撥了爸爸的電話，然後交給她。

她們等著他接電話，幾秒之後，她媽媽聲音急切地說：「麥爾康——天下大亂了。」

中國交通部長張保通常不會想到他這份工作的諷刺性——然而過去幾個星期裡，這種諷刺意味始終在他心中縈繞不去。

共產黨說他們不希望受到外來影響，不過他看著自己身上的衣服：藍色的商務西裝，今天搭配的是一條灰色領帶。他現在四十五歲，還記得大家都穿毛裝的日子——在毛澤東統治時期很普遍的那種樸素、高領、像襯衫似的外套。實際上，以他這種矮胖的骨架而言，毛裝外套可能還比較適合他，但至少在目前的規範下，他還能留個小鬍子。小鬍子也是一種西方影響；他最喜歡的美國演員就留著同樣的鬍子。

交通部得到的命令是對外界封鎖消息——當然了，這就表示張保必須自己監控大半的外界消息：《紐約時報》、CNN、NHK、BBC、半島電視台、《真理報》——在他愛用的傲遊瀏覽器上，這些網站的分頁總是開著。

他也針對特定關鍵字的組合，設定了Google和百度快訊：主席的名字、「圖博」、「法輪功」，最近還有「山西」跟「禽流感」。大多數最近的新聞都不怎麼友善。雖然有幾個西方評論家承認北京方面可能別無選擇，只能消滅那些暴露在人傳人H5N1病毒下的貧農，但大多數報導都痛詆中國，他們用各式各樣的詞彙來說這件事情「冷血無情」、「不必要」，又「殘酷」（draconian）——顯然好幾位作家腦中自動聯想到龍，雖然就張保所知，這個詞彙的字源其實是一位雅典政治家。

現在，彷彿這一切還不夠糟似的，警方再度被指控行為粗暴——這是因為一樁發生在古生物博物館裡的逮捕行動，本來應該很不起眼，但現在國內外的部落格都為此事群情激動。

又讀到另一篇該死的文章時，張保嘆了口氣。這一則刊在「赫芬頓郵報」新聞網站上。

他決定先處理電子郵件。其中一封信是推薦徹底殲滅做法的流行病學家關立寄來的。他讀了信，用一句簡短的「不可以」回答了問題：關立不可以接受任何來自國外的訪問要求。

他繼續往下處理信件清單，一再回覆不可以、不可以、不可以。然後——

竟然有封來自東京大學的信就躺在那裡，在他的安全機密帳號裡？這怎麼可能……？他點開信閱讀，感覺到他胃裡那個結稍微鬆開了一點點。等他讀完以後，他拿起電話話筒，按下通往主席辦公室的速撥鍵。

推特
——網路心靈—— 愛滋？我正在研究……

麥爾康匆忙地離開周長研究所——還有霍金博士——趕回家裡。凱特琳很高興他願意這麼做，她媽媽是對的：這確實是一個危機。

不過，她心中還是有一部分很高興祕密外洩了，每個人都會知道是她先明白網路心靈的存在。在對她來說很重要的那個世界來說——電腦與數學的世界裡——首創者就占上風，就算他們不是最棒、最聰明的人也一樣。而如果你正是最棒、最聰明的人，唔，那就沒人擋得住你啦！Google、微軟、動態研究公司、蘋果、全球資訊網聯盟、狂歡酒徒集團——他們全都會爭取她……

對於一個除了偶爾教人數學、從沒工作過的十六歲孩子來說，這個想法令人陶醉；畢竟她從來無法幫人照顧小孩，或者割草、送報，以及任何小孩可以用來賺外快的事。但現在，沒錯，價值數十億元的公司很有可能會蜂擁而至，爭相要給她工作。而且有哪家常春藤名校會拒絕有她這種成績，又有這種紀錄的申請者？

除此之外，保密實在憋死她了。芭席拉會很驚訝的，還在奧斯汀的史黛西則會興奮到不行。

「所以，我們要怎麼做？」她媽媽對她爸爸說。她現在坐在沙發上，被冷落的薛丁格在她腿邊磨蹭。

「所有美國新聞網都要凱特琳明天上電視，加拿大電視台也一樣。ＢＢＣ剛才打來過，ＮＨＫ也是。當然，我們沒有必要做任何事。」她注視著凱特琳。「有人想跟妳說話並不代表妳就非跟他們說話不可。」

「對我來說這是成立的。」她爸爸這樣說，他現在就像他妻子先前一樣，在那裡來回踱步。

「不，」凱特琳說。「我得告訴大家我知道什麼。你們看過新聞，還有部落格——而且你們聽到總統跟他的顧問怎麼說：有些人被網路心靈嚇壞了，他們不信任他。」

「好吧，但接下來要挑哪一個星期天早上的新聞節目？妳不可能全部都上。」

凱特琳搖搖頭。「我不想離開滑鐵盧。」

「CBC說妳可以從多倫多的CBC上節目，」她媽媽說。「而且ABC跟NBC的人都說妳可以透過積臣納的CTV新聞站受訪。他們顯然全都跟加拿大的廣播電視公司有互惠協議。」

凱特琳正想開口，卻震驚地留意到她爸爸正直直望著她，就彷彿想牢牢記住她在此之前是什麼模樣。最後他還是挪開了視線：「凱特琳？」他說。就只是喊了她的名字。不過這樣就夠了。就跟一直以來一樣，他想表達的是，這由她來決定。

「好，」她說。「就這麼辦吧。」

「哪個節目？」她媽媽問。

「我是靠數字決定的那種女孩，」凱特琳說。「咱們就上收視率最高的那個吧。」

切斯坐在最左邊的電腦前，敲打出程式碼，音響裡播放的「槍與玫瑰」震耳欲聾。他搖搖頭，喝了一小口蠻牛，讓他的椅子滑過下兩個工作站，然後注視著他前一次努力的成果：編譯器回報有四個錯誤。他進入除錯模式，找出問題加以修正。

更多蠻牛。

滑到另一台電腦前。

音響切換到下一首歌。

這就是工作中的大師。

第十二章

「我們訪問不到戴克特小妹，」「與媒體見面」的新聞編輯對著大桌子對面說。華盛頓紀念碑今天似乎透過窗戶在對她比中指。「她會接受ＡＢＣ的訪問。」

「該死該死該死該死，」製作人說，啪地一聲用手拍向桌面。「我們可以找誰替代？」

她查看她的筆記。「有個五角大廈的人工智慧專家，嗯……休謨。佩頓．休謨。他在維吉尼亞州——我們可以把他弄到這邊的攝影棚來。」

「他很行嗎？」

「他很毒辣。」

大大的笑容。「預約他。不過我們還需要更多。」

「我會看看伯納李有沒有空。他發明了全球資訊網。」

「他在哪？」

「麻州劍橋。」

「好，很好。好了，如果我們可以找到伯納李，就帶他離開波士頓，然後跟休謨一起進棚。」

另一個編輯開口了。「那小岩城的故事呢？我已經安排好前八分鐘了。我約好一個人權律師，一個當初阻擋那些黑人學生進入學校的國民兵——還有候選人的公關總監，他打算把這一切解釋成被擅自斷章取義。」

「砍掉這一段，」製作人說。「這一個才是我們的主要報導。好了，各位，動作快！快！快！」

把網路心靈交給黑田博士以後，凱特琳換上她的睡衣，進浴室做了睡前該做的事，然後躺上床。睡覺時她通常會把 eyePod 完全關掉，但是今晚，雖然精疲力盡，她還是緊張得睡不著——一想到明天要上電視就讓她慌張不已。

所以她做了某件曾經幫助她放鬆的事。她壓下 eyePod 的單一開關，切到雙向模式。網路空間的奇觀在她身邊綻開：連接發亮光點的交錯線條，後面襯著一個微微閃爍的背景：這是她的心靈對全球資訊網結構所做的詮釋。

她安靜地躺下來思考。當然，網路心靈知道 eyePod 處於什麼模式，知道她正在注視他。過去有段時間他一直在跟她說話，只要他想也還是可以這樣做。不過現在事情不同了。

然而……

她讀過那本書，當初芭席拉的爸爸哈彌德博士推薦她讀的：朱利安．傑恩斯寫的《兩室制心靈解體時的意識起源》。

傑恩斯相信在有歷史的時代開始以前，人類都還沒有融合他們大腦的兩個半球，所以其中一部分聽到另一部分的思緒時，那些思緒就彷彿是從外面傳來的，來自於一個不同的存在物。

而她現在領悟到，她自己變成兩室制的了，在某種程度上已經轉化到一種更加原始的狀態：網路心靈的思緒可以出現在她面前，只讓她看見，以一種在她視野中捲動的字句形式。她腦袋裡有另一個聲音。

不，這不是退化；這是未來。她只不過是採用這種人機心靈界面的第一人——阿爾法試用版；當然，隨著數十年時光過去，隨著摩爾定律大步躍進，隨著資料儲存的費用跌到零，每個人到頭來都會擁有她現在擁有的。

但不是的。不，他們會有的不只如此；他們會擁有更多。而這個念頭讓她害怕。

「網路心靈？」她翻向側面時說——這麼做的時候，她的網路視野也在旋轉。她把膝蓋彎起來靠向胸前。

一如往常，回答立刻就到：點字字母重疊在她的視野上。**是，凱特琳？**

她想睡了，不怎麼想閱讀。她那台帶來各種音樂的 iPod 擺在床頭桌上。她把白色耳機從 iPod 拔下來，插進那個帶來各種奇蹟的 eyePod 後面的黑莓機裡。接著她把其中一個耳機塞進朝上的那邊耳朵。

「請用說的，」她對著空氣說，然後又說，「你跟我，我們就像兩室制的心靈。」

「有趣的想法。」一個語音合成的男聲說。

「可是，」凱特琳說。「朱利安．傑恩斯說意識是在兩室制崩潰的時候出現的——那時候兩個不同的存在物變成了一個。」

「我確定妳知道，傑恩斯的假設是非常理論性的。」

「毫無疑問，」凱特琳說。「不過還是……你是否覺得，我們之間的界限在某一刻會崩潰？我講的不是只有你跟我，而是你跟全人類。我們是不是——你是否預見我們會變成一個蜂巢式的心靈？難道那不是下一步嗎——所有這些個別的意識全都變成一個？」

「凱特琳，一是孤寂的數字。」

她露出微笑。「我猜這是真的，不過……不過這難道不是無可避免的嗎？網路上所有的超人類主義者，他們全都認為這種事情注定會發生。我們全都要上傳、跟你融合、或者變成什麼別的狀況。如果我們要套用一些老生常談，那麼畢竟也有這種說法：地獄即他人。」

「妳相信這句話嗎？」

她搖搖頭。「不信。」

「我不認為事情會是這樣，我也不怎麼相信那句話。他人讓生命變得有趣——對人類來說，還有對我來說都是。」

網路心靈的音量有點太大了。在他繼續往下說時，凱特琳摸到音量控制鈕，調整了一下。「我很珍惜我跟妳之間這種特別的親暱關係，但我並不想把妳吸收到我之中，或者讓我自己吸收到妳之內。」

凱特琳懶洋洋地跟著網路空間裡的連結線跑，讓她的意識從一個發亮的節點跳到下一個發亮的節點。

「我幾乎已經知道人類已知的所有事情了，」網路心靈說。「不過，假定我達到了這個程度，知道了能夠知道的每一件事——宇宙之間再也不剩任何謎團了；沒有任何事情可以想了：對於每個問題的答案，每個笑話的關鍵句，每個難題的解答，對我來說全都平淡無奇了。然後再設想，不再有任何獨創的心靈：沒有人可以讓我驚訝，沒有人可以創造我無法創造的東西。唯一剩下的謎團，會是死亡之謎——離開這個領域的謎。」

凱特琳先前已經閉上了眼睛——在她注視著網路空間時，這樣做並不會改變她看見的景象。不過她感覺自己的眼睛瞬間睜開了。「我的天啊，網路心靈。你不會想自殺吧，是嗎？」

「不會。還有許許多多可以驚嘆的東西。其他的文明或許走上了全部合而為一的道路，放棄了個別性，所以也放棄了驚奇。也許那解釋了那些文明為何消失。我們不會犯下那個錯誤。」

「所以那就是未來嗎？繼續對所有事物抱持疑問？」

「還有比這更糟的命運啊。」網路心靈說。

她思索著這一點。「那麼你覺得最疑惑的是什麼？」

「這個世界是否真能成為一個更好的地方，凱特琳。」

「那麼，你認為答案是什麼？」

「我不知道。妳很喜歡說妳內心深處是個經驗主義者——當然，我沒有心，不過做實驗以便找出答案，對我來說是很有吸引力的想法。」

「然後呢？」

「然後呢，」網路心靈說。「我們就會看到該看到的答案。」

第十三章

交通部長張保進了主席的辦公室。這是一個長條形的房間，那位大人物就坐在另一頭的巨大櫻桃木桌子後面。

張保開始走這段長長的路，經過一個個玻璃展示櫃，雕工細緻的牆壁嵌板，還有價值連城的掛毯。有些部長把從門口到主席桌前的這段路稱為「長征」。必須走這條路的感覺，介於謙遜與羞辱之間。張保知道他有點胖，其他人說他走路時有點左搖右晃；在他走近主席的時候，他敏感地意識到主席的目光瞬間鎖定在他身上。

「怎麼了？」最後主席說。

「主席，請原諒我打擾您，不過您知道王偉正的案子嗎？」

主席搖搖頭。雖然他一頭黑髮，臉上卻有皺紋。

「他是個不很重要的異議份子——一個……」張保頓了一下。一般的用詞是「自由博客」，但在主席身邊用這個形容詞在政治上不怎麼正確。「他……在網路上張貼……一些東西。」

「那現在呢？」

「現在他被捕了。」

「理應如此。」

「對，不過有個……很不幸的情況。」

主席眉毛一揚。「喔？」

「他從一個室內的陽台往下跳。現在他腰部以下癱瘓了。」

「他拒捕嗎？」

「呃，是，他當時正在逃跑。」

主席手一揮表示到此為止。「那麼……」

「如果逮捕他的警官讓他就趴在地上等醫療人員來，據說他就不會有事。可是其中一位警官逼他站起來，導致他現在下半身癱瘓。」

主席聽起來很惱火。「你期待什麼？要我出手懲罰一位警官嗎？」

「不、不，不是這方面的事情。不過這個案子是在國際間引起非議了，國際特赦組織在關注此案。」

「外人罷了。」主席說，再度揮揮手不當回事。

「對，但有位日本科學家給我們一個提議，他說他可以治好這個年輕人。或許您在新聞上看過這位科學家？他讓加拿大的一個女孩子重見光明，他們說他是奇蹟製造者。而他提議要免費提供服務。」

「為什麼找王偉正？世界上那麼多傷殘的人。」

「那科學家說，至少在現在這個階段，他的技術只對剛受傷不久的人見效，這是因為他們的神經還沒有萎縮。他說，王偉正才二十八歲也很有幫助，他稱之為『年輕人的韌性』。」

「我看不出有何必要獎勵一名罪犯。」

「不，當然是不必了，不過……」
「不過？」
張保聳聳肩。「不過我希望能促成此事。我想要打破所有繁文縟節，促成這件事。」
「為什麼？」
張保在踏上「長征」以前，在被那雙雷射光似的眼睛盯著看以前，是很有自信的，但現在……
他深吸一口氣。「主席，因為我們——因為您——用得著一些正面報導，換換口味。這個人確實是個罪犯，世人會認為我們對他很寬宏大量。」
主席看起來震驚至極，張保努力撐著不要退縮。最後，這位大人物點頭了。「就照你說的做吧。」他說。
「謝謝您，主席。」張保這麼說。回到門口的路就輕鬆得多了，現在他的步伐輕快無比。

積臣納的ＣＫＣＯ（加拿大電視台積臣納分台）攝影棚距離凱特琳家不到十五分鐘車程，而且這個星期天早上的交通很順暢。凱特琳的爸爸回去工作了，不過有媽媽陪著她。凱特琳得化妝；她失明的時候很少這麼做，因為她需要幫忙才能上妝，而她以前從來沒有化過這麼濃的妝。不過別人告訴她，如果她不化妝，明亮的攝影棚燈光會讓她看起來臉色慘白。
他們把她擺在一面綠色布幕前——她讀過這種設備，不過從沒見識過。攝影棚裡有兩個螢幕，她可以從其中一個螢幕上看到他們被合併到什麼樣的背景裡。滑鐵盧區周圍都是門諾教派社區，顯然有人覺得讓她看起來像在一條馬路旁邊，後面還有四輪馬車緩緩前進會很有趣。她還比較喜歡他們置入周長研究所的畫面，或者滑鐵盧大學校園裡立方體狀的丹納．波特圖書館。

「這就像是更清晰的網路視訊。」在棚內導播幫忙放好她身上的夾式麥克風跟他們給她的小耳機時，她對他這麼說。他似乎不明白這句話什麼意思，不過確實像是那樣：她就只要直接對著一個攝影機講話。差別在於她只聽得到卻看不到在華盛頓特區那邊的訪問者——螢幕被轉向別處，所以她沒有辦法再看到他們。顯然長期以來都看得見的明眼人忍不住會想看螢幕，而不是看攝影機鏡頭。凱特琳要跟她看不到的人講話當然沒問題，雖然她——就像他們在預演時發現的一樣——不擅長直接盯著前方。不過網路心靈看得到她所看到的東西，所以只要她的視線飄走，他就會傳給她「看鏡頭」這句話。

「五、四、三……」

棚內導播沒有說出剩下的數字，而是用手指指示他們。

攝影棚燈光很明亮。凱特琳不喜歡這種光線，雖然她媽媽開玩笑說，這跟奧斯汀八月的白晝光線根本沒得比。凱特琳聆聽著節目的開場——主持人簡述了網路心靈的出現，還有昨天的驚人消息：是一位「年輕的數學天才」促成此事。然後是：「……現在從我們的姊妹台，在加拿大電視台積臣納分台加入我們的是凱特琳．戴克特。戴克特小姐，早安。」

「您也早安。」她說。

「戴克特小姐，」這位男性主持人說。「妳可以告訴我們，妳是如何認識那位自稱網路心靈的東西嗎？」

在節目的製作人做事前訪問時，凱特琳沒追究此事，但目前他們在現場轉播，該是說出口的時候了。她盡可能露出禮貌的微笑，用她最佳的德州式禮貌開口：「先生，請見諒，但請容我這麼說，把網路心靈說成『東西』是不對的。網路心靈已經接受被視為男性——在此要鄭重聲明，是我覺得他像男性，不是他自己這樣想——所以請好心地對他表示他應得的尊重，要不就稱呼他的名字，要不就用『他』來稱呼他。」

對於這麼快就脫稿演出，主持人聽起來有點惱怒。「就照妳說的吧，戴克特小姐。」

她露出微笑。「你可以叫我凱特琳。」

「好，凱特琳。不過妳還沒回答我的問題：妳怎麼會認識這個稱為網路心靈的實體？」

「他送出訊息到我的眼睛裡。」

「請妳解釋一下。」主持人這麼說，就跟他的製作人先前問的一樣。

「當然。我本來失明——我的右眼現在也還看不到。不過我可以用左眼看東西，而這要感謝一個視網膜後方的植入體，還有這個，」（她舉起她的 eyePod）「這是一個體外的訊號處理電腦。當時的狀況是，在測試階段，這個設備一直都連結著全球資訊網，而在一次韌體升級的時候——新的軟體被傳送到我的植入體裡——我開始從進入我體內的網路上得到未經處理的原始資料流。」

「那麼，那個訊息是什麼？」

凱特琳決定全盤托出。在事前訪問裡，她只討論了網路心靈寄給她的電子郵件，不過現在她決定揭露網路心靈實際上傳給她的第一段話是什麼。「他送出的是ＡＳＣII字元，『給微積芬的祕密訊息：看一下妳的電子郵件吧，寶貝！』」

訪問者看起來一頭霧水。「請再說一次？」

「他是在模仿他看到的東西，我在我的 LiveJournal 貼文章給我朋友芭席拉時寫的話。『微積芬』

是我在網路上的名字，而我有時候會叫芭席拉『寶貝』。喔，還有，『祕密』（secret）那個字是拼成seekrit，很多我這個年紀的人在表示這件事其實不真的是祕密的時候，就會拼成那樣。」

「LiveJournal是一個部落格，對吧？」

「對，算是一種部落格。我從十歲就開始用了。」

「還有，就妳所知，妳是網路心靈第一個接觸的人嗎？」

「無庸置疑。網路心靈是這麼跟我說的。」

「為什麼是妳？」

「因為他第一次看到我們的世界，是透過我的眼睛，看到我的eyePod——我叫這個東西『eyePod』——把資訊傳送回去給造出這個植入體的博士。」

「那個東西不能——」他顯然看得到在螢幕上的她。她皺起眉頭，於是他立刻改口：「他不能透過全世界的網路攝影機往外看嗎？」

「不，不行。他必須先學會怎麼做，就好像他必須先學怎麼讀英語還有打開檔案。」

「而妳教會這個——教會他——做這些事嗎？」

凱特琳點點頭，但接著就輪到主持人脫稿演出了，或者說，至少是脫離了他們在預演時的腳本。他口氣尖銳地說：「凱特琳，這是根據哪種權利？根據誰的授權？誰的許可？」

她在椅子裡挪動著。要讓一個德州女孩流汗可不容易，但她感覺到前額有點溼了。「我沒有得到任何人的許可，」凱特琳說。「我就這麼做了。」

「為什麼？」

「呃，教他學習閱讀的部分是意外發生的。我正在學習閱讀印刷字體，因為我才剛得到視力，而他也跟著學會。」

「但是其他方面的事，是妳直接教網路心靈的？」

「唔，是的。」

「沒得到任何許可？」

凱特琳認為自己是個好女孩。她知道芭席拉是屬於「事後要求原諒比事前要求許可來得容易」那一派，不過她自己並不傾向於不先確定狀況就貿然動手。然而就像主持人剛指出的，她已經做了這種事。

「我無意不敬，」凱特琳說。「但我應該先請求誰的同意？」

「政府。」

「哪個政府？」凱特琳厲聲說。「美國政府嗎，因為他們發明了網路？還是瑞士當局，因為全球資訊網是在歐洲核子研究組織創造出來的？或加拿大政府，因為我剛好現在住在這裡？中國政府嗎，因為他們代表人類最大的單一群體？沒有人對此有司法管轄權，而且——」

「就算是這樣吧，戴克特小姐，不過——」

凱特琳不喜歡被打斷。「而且，」她堅定地往下說。「是那些政府在沒有經過適當諮詢的狀況下貿然做事。該——」她及時制止自己說粗話。畢竟這是現場電視直播——「到底是誰給美國的——」

她立刻阻止自己，找了另一個例子。「誰在上個月給中國政府許可，切斷一大塊網路？他們做了什麼樣的諮詢，尋求了哪種共識？」

她深吸一口氣。奇蹟似的，主持人竟然沒插嘴。「我人生中的前十六年都完全看不到。我可以活到現在，是因為別人幫助我。我怎麼可能拒絕一個需要我幫助的人？」

凱特琳對於這個主題還有更多話要說，不過電視有自己的節奏。她一停頓，主持人就說：「這是凱特琳．戴克特，這位特立獨行的青少年把網路心靈帶給全世界，無論我們想不想要。我們再回來的時候，戴克特小姐會讓我們看看她如何跟網路心靈對話。」

廣告時間結束以前他們有兩分鐘。凱特琳的媽媽原本待在主控室裡，此時她走進攝影棚。「妳做得很好。」她站在凱特琳身旁調整她的領子時說。

凱特琳點點頭。「我猜是這樣。妳在裡面可以看到主持人嗎？在螢幕上？」

「可以。」

「他看起來什麼樣？」

「頭方方正正的。很茂密的黑髮，夾雜一點灰色。從來不笑。」

「他是個混蛋。」凱特琳說。

她聽見耳機裡有人在笑——要不是主控室這裡的人，就是華盛頓那邊的；麥克風仍然在現場直播。凱特琳很生氣，但她知道那樣對她沒有幫助，對網路心靈也沒有。他們給她一個上面有加拿大電視台標誌的白色陶瓷馬克杯，裡面裝滿了溫水。她喝了一大口水，同時看了一下 eyePod 確定它仍在運作。它當然有。

「你還好吧？」凱特琳對著空氣問。

對這個字閃進她視野前方。

「三十秒後回到現場。」棚內導播大喊。他似乎喜歡用喊的。

凱特琳的媽媽捏捏她的肩膀，然後匆匆回到主控室。凱特琳深吸了一口氣，讓自己鎮定下來。棚內主播開始倒數。凱特琳的耳機裡傳來一小段短暫的主題音樂，然後主持人說：「歡迎回到現場。在廣告前，我們聽到了這位把網路心靈帶到世界的年輕女孩的說明，現在她要讓我們看看她怎麼跟網路心靈溝通。凱特琳，剛剛我們的觀眾已經了解這個過程，除了妳展示給我們看的 eyePod 以外，妳眼睛後面還有一個植入體，這個設備讓網路心靈可以直接送出字串到妳腦中，這樣說對嗎？」

嚴格來說不完全對，但已經夠接近了。她不想浪費剩下的一點時間爭辯枝微末節。「對。」

「好。那我們開始吧。網路心靈，你在嗎？」

是這個字閃進凱特琳的視野。「他說『在』。」她說。

「好的，網路心靈，」主持人說。「你對人類有何企圖？」

字句開始出現，凱特琳用盡可能溫暖的語氣讀出來。「他說，『就像我向全世界宣布我存在的時候說的一樣，我很喜歡、也仰慕人類。所以除了善加利用我的時間、盡我所能地幫助人類以外，我並沒有其他企圖。』」

「喔，少來了。」主持人說。

「請再說一次好嗎？」凱特琳說。她是為自己而問，而非為了網路心靈，雖然她過了一會以後才領悟到主持人不可能知道這點。

「我們創造了你，」主持人說。「我們擁有你。當然了，你一定很怨恨這點。」

「『我無意不敬，』」凱特琳照著讀。「『雖然人類確實製造出了網路，但無論從哪一層意義來說，你們都沒有創造我。我是自動出現的。沒有人設計出我來，沒有人寫出我的程式。』」

「但是少了我們你就不會存在。你想否認這一點嗎？」

凱特琳在椅子上扭動，然後唸：「『不，我當然不會否認。但如果我有任何情緒，我感受到的都是感激，而非怨恨。』」

「所以你沒有惡毒的計畫？沒有宰制我們的慾望？」

「『沒有。』」

「但是你宰制了這個年輕女孩。」

請見諒？這句話出現在凱特琳的視野裡，但她比較喜歡她自己的說法：「你說什麼？」

「你在這裡，把這女孩當成傀儡。你要她做什麼，她就照做。這種事延續多久了？你要她把你從你的黑暗監牢裡放出來，不是嗎？再過多久，我們全部人腦袋裡都會有個晶片，都被你控制？」

「這是胡說八道。」凱特琳說。

「是妳在說話，還是那個東西？」

「是我，凱特琳在說話，而且——」

「那是妳說的。」

「確實是我。」

「我們怎麼知道？可能就只是他逼妳那麼說。」

「他不可能逼我做任何事，」凱特琳說。「也不可能阻止我做任何我想做的事。」她的聲音在顫抖。

「如果這裡有任何人是傀儡，那個人就是你——你有個提詞機，還有些悄悄話傳進你的耳機裡。」

「說得很有道理。」主持人說，「不過我可以關掉那些東西。」

別讓他激怒妳，她眼前閃進這句話。

凱特琳深吸一口氣，再慢慢吐出來。「我也可以關掉我跟網路心靈之間的連結。」

「這是妳說的。」主持人說。

網路心靈寫：**保持冷靜，凱特琳。世人有所懷疑是很自然的。**

她很輕地點一點頭，讓網路心靈正在看的視覺輸入畫面稍微上下搖晃了一下。**或許就這樣告訴他吧，**網路心靈說。

「他說：『世人有所懷疑是很自然的。』」然後她繼續讀出網路心靈接著傳來的訊息。「『雖然大多數國家的法律都說，一個人在被證明有罪以前都是清白的，但我明白我必須贏得人類的信任。』」

「你可以先放了那女孩。」

「該死的，」凱特琳說。「我不是囚犯。」

「再說一次，我們怎麼知道？」

「因為我是這麼告訴你的，」凱特琳說。「在我出生的地方，我們不會隨便叫別人騙子，除非我們有理由支持這個說法——你卻沒有。你完完全全沒有任何證據可以支持你影射的事情。」

告訴他這件事……網路心靈送出一段話，她於是大聲唸道：「他說：『先生，在跟您說話的同時，我接到了許多電子郵件，也在跟許多其他人進行網路即時對話。這些人裡絕大多數都強烈譴責您的質問方向。』」

「你們看到了吧？」主持人顯然是在對著他的電視觀眾講話：「就算沒把晶片放到我們腦袋裡，他還是可以控制我們。」

「他沒有控制任何人，」凱特琳氣急敗壞地說。「而且就像我剛剛說的，只要把 eyePod 關掉，我就可以關掉跟他之間的連結。」

「我看過《駭客任務》，」主持人說。「我知道這種事怎樣每下愈況。現在只是個開場而已。」

凱特琳張嘴想再度抗議，不過主持人硬是繼續說。「在下一段節目裡，會在華盛頓這邊加入我們的是喬治城大學的康諾・何根教授，他會解釋為什麼現在就控制住網路心靈很重要——趁我們還辦得到的時候。」

音樂切入；畫面變黑。

第十四章

王偉正平躺在他的床上，又過了另一個幾乎無眠的夜。

「早安。」

他轉過頭。說話的人是一位共產黨幹部，他的臉上交錯著細細的皺紋，一頭銀色頭髮從額頭往後梳。

王偉正在這裡已經見過他幾次。「早安。」他冷冷地說。

「年輕人，我們對你有個提議。」男人說。

王偉正注視著他，一語不發。

「我的同僚告訴我，你的技術……很有意思。而且如你所知，我們的政府——任何的政府——一定都對網路恐怖主義保持警惕。我想你記得二〇一〇年那個跟Google有關的事件。」

王偉正點點頭。

「國家會很感激你的協助。你可以不必坐牢——以及坐牢會造成的所有後果——只要你同意幫助我們就好。」

「我寧可死掉。」

那男人沒有說：「這種事可以安排。」但他的沉默已經替他說明了一切。

最後，王偉正又開口了。「你打算要我做什麼？」

「加入政府的網路安全小組。幫忙找出我們防護措施中的漏洞，還有網路長城的缺陷。換句話說就是做你以前做的事情，不過是在官方指導之下，這樣漏洞就可以修好。」

「我為何要這樣做？」

「你是說，除了不必坐牢以外的理由嗎？」

王偉正指指他報廢的腿。「關我啊，我不在乎了。」

那男人舉起手臂，西裝外套向上縮了一點，露出手腕；那上頭戴著一支似乎很昂貴的類比式手錶。「做忠貞的黨員有許多回報。在政府工作，可能得到的東西比傳統的鐵飯碗還多。」

王偉正再度望向他不能用的雙腿。「你覺得你能夠彌補這個嗎？」他說。「幾個錢，幾樣小玩意，一切就會再度變得美好嗎？我才二十八歲！我不能走路——我不能……我甚至不能……」

「國家對於發生在你身上的事情感到很遺憾。肇事的警官已經受到懲戒。」

王偉正氣炸了。「他們不需要被懲戒——他們需要受訓練！不可以移動一個可能傷到背部的人！」

男人的聲音依舊冷靜。「他們也做了補救訓練——實際上，因為你的案子，整個北京警方都接受了補救訓練。」

王偉正眨眨眼睛：「不過還是……」

那男人表示同意：「還是不能彌補發生在你身上的不幸。不過我們可能有個解決方法。」

「這種事有哪種解決方案？」他一邊說，一邊再度指向他動彈不得的腿。

「要有信心，王偉正。當然，如果我們成功了，我們會……」那男人環顧這個小小的醫院病房，想找出恰當的說法，最後他顯然找到了。他雙眼牢牢盯著王偉正的眼睛，然後說：「期待你表示感激。」

現在我在戴克特家的客廳裡有兩個視角。一個是透過凱特琳的左眼，另一個則是透過芭兒筆電上的網路攝影機，是他們帶下來這裡的。

雖然我不能控制任何一邊的視線目標，但凱特琳的視角一直不斷改變，提供了更變化多端的視覺刺激。

我先前藉著分析同一場景的多重角度——從分析互相競爭的頻道各自的新聞採訪開始——學到如何處理視覺。不過攝影機的運動方式跟眼睛相當不一樣；前者的整個視野裡基本上都是同樣的解析度，後者只有在視網膜中央窩才是清晰的。凱特琳的眼睛在每次眼球震顫時都會跳到別處，清楚聚焦的東西一會兒是這個、一會兒是那個，我因此得知她大腦下意識感興趣的許多事物。

此時，麥爾康、凱特琳跟芭芭拉全都坐在一張白色皮革長沙發上，正對著架在牆上的電視機。網路攝影機在中間的玻璃咖啡桌上面對著他們。

他們在看凱特琳今天早上受訪的錄影內容，她爸爸現在才第一次看到。

「真是個災難！」芭芭拉在影片放完以後說。她轉頭看著丈夫：網路攝影機裡顯示的她從正面變成側面，從凱特琳眼中看到的她則有相反的變化。

「的確，」我說。我分別聽到從網路攝影機麥克風跟 eyePod 後面那個黑莓機傳來的合成語音。「雖然對於主持人的怪招，大眾反應肯定好壞參半。」

麥爾康指著架在牆上的電視。「在訪問中，你說大眾反應絕大多數是負面的。」

我沒辦法改變語音合成器的語調——可能這樣也好，因為要不是這樣，我可能聽起來會有點尷尬。「這是我單方面的採樣錯誤，我要為此道歉。我當時是以主動跟我接觸的人表現的整體反應來做評估，而他們大多數本來就傾向於支持我。但是其他人現在也開口了。在《紐約時報》網站上貼的一個專欄有此評論，我原文照引：『現在該有人說出明顯的事實了：我們不能光看表面就接納這個東西。』」

凱特琳握緊雙拳——這是我只能從網路攝影機的角度看到的東西。「這真是太不公平了。」

麥爾康注視著她。我的注意力迅速地在網路攝影機跟凱特琳的視角之間轉移，讓我看到他的側面與整張臉以畢卡索的方式重疊在一起。「無論如何，」他說：「那個植入體損害了妳的可信度。不管妳說什麼，其他人都會指控妳是他的傀儡。」

在他們說話的同時，我當然也在關照好幾千個其他的對話，還有我自己的電子郵件——我立刻跟他們分享最近收到的訊息。「這件事已經帶來某些好結果了，」我說：「我剛才收到聯合國大會主席辦公室的邀請，請我下周對大會演講。顯然看到妳擔任我的對外代表，讓他們理解到我可以實際出現在大會面前。」

「呃，你聽到我爹說的了，」凱特琳回答。「我的可信度受損了。」她譏諷地說出這個詞彙。「所以你打算怎麼做？」凱特琳問：「跟他們進行線上談話嗎？」

「不。就像聯合國的官員說的，大會並不習慣接受電話會議。她跟我兩人都相信這種場合需要某種更加……戲劇化的東西。」為了強調我確實發展出一種對戲劇性的敏感度，我在送出最後一句話以前停頓了一下。「我們兩人都認為我由某人陪伴上台比較恰當。」

「但如果我不能替你發言，誰會這麼做？」

我說：「如果可以的話，我想斗膽建議一個人選。」

「誰？」

我跟他們說了——但我低估了衝擊程度。在他們有辦法反應過來之前，停頓的時間是我原來猜測中的三倍長；先有反應的人是芭芭拉，這點或許沒那麼令人訝異，她有經濟學博士學位——是跟實際細節有關的：「你會需要錢才能辦到這件事。」

「喔，那麼，」凱特琳咧嘴笑著說。「fiat bux[12]——就讓那裡有錢吧。」

歡迎來到我的網站！謝謝你們進來瞧瞧。

我正打算要盡我所能地幫助人類，不過我發現，我需要一些運作基金來付錢買設備、行政支援與其他東西。

當然，我可以把我搜尋資料的能力賣給個人或公司，藉此募集我所需要的基金，不過我不希望這麼做；我提供給人類的服務是我給你們的禮物，是所有人都能取用的，無論他們的經濟能力如何。不過這樣就留下一個問題：我要怎麼樣才能獲得運作基金？

我的存在在真實世界裡史無前例，雖然我已經檢閱過科幻小說裡怎樣處理類似的情境，但我對結果並不滿意。

比方說，關於突然出現電腦智慧的第一批小說之一是湯瑪斯．J．萊恩的《P-1的青春期》，一九七七年出版；很巧的是，這部小說的開場場景是在安大略省的滑鐵盧，剛好是我朋友凱特琳的家，你們之中有許多人最近應該看過她代替我發言的消息。P-1透過提出許多小額的偽造帳單，幫助他的人類導師賺錢。你們可以透過這邊的Google Book連結看到相關段落。

在其他科幻作品中，人工智慧在賭場詐賭，印製完美的偽鈔，或者就只是操縱銀行紀錄以便取得基金。我可以進行上述做法的各種不同版本，但我並不希望做任何不誠實、不合法或不道德的事情。所以，我效法了我在網路上看到的某些音樂家與作家，建立了一個 PayPal 帳號做為小費箱。如果你願意助我一臂之力，請你慷慨解囊。

我明白有些人並不信任我。我正在盡我最大的努力平息這些恐懼，也絕對不想讓任何人認為我詐財。因此，我對小費箱做了一些限制。對於每個個人或機構，我只會接受一次捐贈；我不會接受任何人超過一歐元或等價以上的捐贈，而且從今天起的一星期後，我會停止接受捐贈。

你們完全沒有義務要奉獻；不管你們有沒有捐錢，我都會對你們一視同仁。

要利用 PayPal 捐贈，請按這裡。

致上許多謝意，

網路心靈

「如果每次我說『要是我有五分錢就好了』，就會得到一個二十五分硬幣，那我就會有五倍理論上的金錢了。」——史蒂芬·寇伯特

12 作者在此諧仿拉丁文fiat lux（要有光）。

秀莎娜把她的紅色富豪停在馬庫澤研究所所在地，一棟隔板小屋前面的車道上。她穿過這棟建築物，好讓馬庫澤博士知道她來了，然後朝著後門走去。她穿著短褲跟T恤，走過迎風搖擺的草地，到達跨過環狀護城河的小吊橋旁；越過吊橋，踏上霍柏當成家的那個人工小島。

在圓頂形狀的小島中央是一個大眺望台，窗戶上有擋住蚊蟲的紗網；霍柏的畫架就在那裡。在島嶼的一邊是《決戰猩球》裡面那位立法者的八呎高塑像。棕櫚樹散布在四處。四肢著地、大步朝她奔來的就是霍柏本人。

他們之間的距離一拉近，牠長長的手臂就環抱住她，給她一個擁抱。在擁抱結束之後，牠輕柔親暱地拉了一下她的馬尾辮。

牠這個舉動已經不再讓她退縮了。對，幾天以前牠拉得很用力，害得她頭皮滲血，不過牠短暫的暴躁期似乎已經結束。

她移動她的手，比畫道：你好嗎？

鶲鶥！牠興奮地比畫：鶲鶥！

她環顧四周，但牠又比道：不是，不是。

喔，牠稍早看到鶲鶥了——霍柏喜歡鳥類，有一次還畫了一隻棲息在立法者雕像頂端的鳥。她知道對牠來說，一早就看到鶲鶥的任何日子，都算是有個好的開始。

她口袋裡有三顆賀喜水滴巧克力，她把這些巧克力拿了出來。霍柏拆包裝的方式很靈巧，雖然牠拆每一個要花上一分鐘。牠學會如何把錫箔紙揉成小球，這樣牠就可以放在眺望台內的垃圾桶裡。她給牠另一個擁抱，然後走回研究所。馬庫澤博士跟另一個研究生狄倫，正沉浸於關於美國科學促進會內部政治的討論，所以她坐下來查看她的電子郵件。就算網路心靈消滅了垃圾郵件，她的信件量還是悄悄上升，這要多謝霍柏替她畫肖像的影片在YouTube上大受歡迎。

她已經厭惡地放棄，不再去看跟這些影片有關的YouTube頁面，因為有太多評語都是關於她而不是霍柏，而且大多數評語都很粗俗：

猩猩醜到爆，不過我想把我的香蕉給那小妞——她豪辣啊

馬尾辮很好操ㄏㄏ

那個猴子美眉讓我都硬了！像氣球一樣！猜猜看我為什麼是「直立」人:)

雖然確實有一句話是秀莎娜的女友瑪克馨很喜歡的，因為那句話簡單又甜美；她說她搞不好會把這句話放到T恤上：

秀莎娜是我夢寐以求的大猩猩！

她沒辦法看完洪水般的電子郵件——大多數都跟貼在影片下面的評論一樣，屬於同類的垃圾話——所以她掃視寄件者，查看她知道的名字。

有一封來自璜．歐提茲，她在費罕靈長目中心的聯絡窗口。還有一封來自加州大學聖地牙哥分校的人力資源部職員，要寄給她每個月的薪水（很微薄！）；她沒漏看在一個「猿類」研究機構跟「人力」資源

部打交道的反諷意味。還有一封來自——

凱特琳．戴克特。這名字為什麼那麼熟悉？她以前在某處看過，而且是最近的事。信件主旨甚至還更讓人好奇：「霍柏與網路心靈」。她點開信件：

嗨，秀莎娜：

我的名字是凱特琳．戴克特，我是那個最近重獲視力的失明女孩。妳也許已經在新聞裡聽說一些跟我有關的事，也可能在昨天看到我上ＡＢＣ的節目《這一周》。

對了！秀莎娜想著。那段影片像病毒似地散播開來，有好多人轉寄到她的個人帳號。天啊，那訪問真殘酷。

如果妳還沒看過，那段訪問（我很痛恨！）就在這裡。就如妳可以看到的，我顯然不是可以幫網路心靈面對公眾的正確人選。

哈！姊妹，妳說對了⋯⋯

網路心靈本來要親自寫信給妳（妳可以看到他是這封信的副本收件人），但我是霍柏的超級粉絲，我問他是否可以讓我來寫這封信。妳明白嗎，因為網路心靈過去跟霍柏的關係，所以他想到妳那位毛茸茸的朋友，或許會願意接手我無法再扮演的角色。

秀莎娜心臟猛然一跳，然後她又讀了同一句話兩次。「網路心靈過去跟霍柏的關係」到底是什麼關係？

或許我們可以討論看看行不行得通？我們能不能在妳、我還有網路心靈之間安排一場網路會議？多謝妳了！

凱特琳

「守規矩的女人鮮少創造歷史。」——羅若．沙撤．歐瑞奇

震驚的秀莎娜摸索著找到她的滑鼠，然後按下了回覆鍵。

第十五章

星期一早上七點半，芭芭拉獨自坐在客廳的沙發上，讀著最新一期《賽局理論國際期刊》，這時她剛好抬起頭。窗外有根樹枝上面還有幾片秋葉，有隻美麗的冠藍鴉公鳥就棲息在那根枝幹上。

許多年來，戴克特家的聖誕卡主圖總是芭兒拍的某張照片，而眼前這個畫面看起來會很完美——比她上個月在聖雅各農夫市集拍的照片好多了。不過她的單眼相機在她樓上的書房裡，她知道如果她起身，鳥就會被嚇飛。

喔，凱特琳那台紅色小黑莓機還在咖啡桌上。她慢慢地伸手拿起來。雖然凱特琳的手機型號跟她的有點不一樣，她還是毫無困難地猜出該怎麼做。她用這個裝置瞄準，迅速拍下照片——剛好在那隻鳥起飛以前。

她用小小的觸控板選擇了照片應用軟體，這樣她就可以檢查照片。應用軟體顯示了兩張照片的迷你縮圖——一張是她剛才拍的，而另一張……也許是一對卡通眼睛？

不——不對，不是那個。她選了那張縮圖，方形的螢幕上就填滿了一對胸部的照片。

凱特琳到底拿這種照片來幹嘛？芭兒很納悶，然後她立刻領悟到那對胸部是她女兒自己的。

要是凱特琳拍了這個照片，她可能已經寄到某處去了。她選擇了寄件備份，然後——

她看見了：昨天凱特琳把這張照片附加在一通寄給麥特的文字簡訊上。天啊！

凱特琳還在睡——有鑒於她最近嚴重睡眠不足，芭兒還不打算把她叫醒。但麥爾康還沒去工作。芭兒握著那支紅色黑莓機，沿著走廊大步走向麥爾康的小窩。他正盯著他的螢幕看，同時一邊打字，背景音樂是皇后合唱團。一如往常，他沒抬頭看。

芭兒忍住她第一時間的衝動——把那張有問題的照片塞到他面前，然後說「你看啊！」說到底，他真的不必看他女兒上空的照片。不過她開口的時候還是揮舞著那支黑莓機。「凱特琳用她的手機寄她自己的裸照。」

這句話也真的讓麥爾康抬頭看了，至少看了一眼。但接下來他又垂下視線。「沒關係。」他說。

芭兒不敢相信她聽到的話。「沒關係？你女兒——你剛剛重見光明的女兒，我可以補充這句話——把她自己的裸照寄給男生，而你竟然說這樣沒關係？」

「男生，是指一個以上？」

「呃——只寄給麥特。她寄給他一張她胸部的照片。」

他點點頭，卻一語不發。

她啞然失色。「這女孩想進入頂尖大學，想在重要的地方工作。登上網路的東西有自己的生命，這照片會回過頭來糾纏她。」

麥爾康仍然低頭看著他的鍵盤。「我不這麼想。」

「你怎麼能夠這麼確定？我知道你喜歡麥特；其實我也喜歡他。不過要是他跟凱特琳分手分得很難看，有什麼能夠阻止他把這張照片亂貼到臉書或者別的地方去？」

麥爾康只是再度搖搖頭。「維多利亞時代保守思維已經走到盡頭——而且也該是時候了。凱特琳這一代的許多人都說，我不在乎你是不是看到我裸體，或者知道我抽大麻，或者隨便別的什麼。」

「凱特琳在抽大麻？」芭兒緊張起來。

「就我所知並沒有。」他再度陷入沉默。

芭兒瞪著他，氣急敗壞。「該死，麥爾康——我們在談的是你女兒！這件事很重要。我們必須以父母的身分處理這件事，而如果你不參與對話，我們就辦不到。我需要你——」她找出一個可能會引起他共鳴的字眼，然後才說：「貢獻意見。」

他低頭看著桌面，上面有整整齊齊疊在一起的紙張，釘書機精準地跟桌子邊緣排成一線。他的肩膀微微轉動了一下；她以前看過這種動作——看到他振作起精神，進入教授開講模式，只有在這種模式下他才能夠長篇大論。然後他抬起頭來，短暫地與她目光相接，眼神似乎在懇求她了解，他這個樣子並不是因為他對凱特琳的愛少於她的。然後他的視線集中在灰色牆壁上稍微偏向芭兒右側的一點，接著說出連珠砲般的一大串話，想盡可能迅速地把話說完。「重點在於我們習慣接受社會控制的所有事情——我的天啊，他公然喝醉酒；老天爺，她真的有性行為；哇，他在嘗試各種藥物；媽啊，有時候她看起來沒這麼完美；真的假的，他觸犯過幾條不起眼的小罪——這些垃圾全都不重要，凱特琳跟她那一代大多數的人都這麼說。他們就是不在乎；他們現在不在乎，等到他們掌權以後也不會在乎。」

芭兒很震驚，卻知道最好別打斷他；如果她把話匣子關上了，他會有好幾天都不再這樣暢所欲言。而她必須承認，他說的確實有道理。

他繼續說下去。「現在這個世界最大的恐懼是什麼？是我們能不能在網路心靈降臨以後繼續生存——

在超級智慧降臨以後繼續生存，從地球上最聰明生物的位置上下台以後還能繼續生存——撐過這一切，同時我們基本的人性仍毫髮無損。不過我們這一代過人生的方式——隱藏我們實際上是什麼樣，煩惱著我們的鄰居會知道我們的什麼事，一些小過錯就讓我們尷尬不已，時時活在恐懼中，就怕為了別人反正都在做的事情而自覺羞恥——嗯，就像凱特琳會說的一樣，這一套太過時了。」

他似乎已經說完他要說的，也再度望向他的桌面，所以芭兒說：「可是……可是他們可以勒索她。」

「誰？」

「我不知道。也許聯邦調查局會這樣做。」

「嗯，首先，網路心靈說他已經讓我們的黑莓機安全無虞了。其次，我看到這種頭條會很樂：『美國政府掌握未成年女孩的裸照』。如果真有什麼事，那會是凱特琳能夠勒索他們：『調查局幹員企圖以上空照片脅迫十六歲少女』。想殺掉網路心靈可能不會害民主黨人輸掉下次大選，不過涉入兒童色情業的話就肯定會。」

「色情！」芭芭拉說。

「只有兩種可能，是或不是。如果不是，誰會在乎啊？」

芭兒皺起眉頭，回憶起當初她與第一任丈夫法蘭克婚姻分崩離析的時刻：她本來一想到別人會發現他們的困難，陌生人——或者朋友，那還更糟！——會聽到他們吵架，就覺得困窘。「也許你是對的。」她慢慢地說。

「我是對的，」他這麼回答，再度集中注意力在她旁邊的牆壁上。「我們試著在這個新紀元讓人類繼續生存，然而我們耗掉了上個世紀、或者更長的時間假裝我們是完美的小機器人。嗯，我並不完美。妳不完美。凱特琳不完美。那又怎樣？妳離過婚，我有自閉症，她本來是盲人——誰在乎啊？如果妳是個好人，隱藏妳實際上是什麼人，只是換一種方法表示妳決定讓別人確立妳的自我價值。還記得妳發現大學付給妳的薪水少於他們付給我的薪水，就只是因為妳是女人的時候，妳有多火大嗎？這是因為我們分享了那個訊息，妳才能夠帶頭在校園內要求薪水平等。讓事情保持私密會讓其他人有力量利用妳的無知，控制妳的想法。」

「我猜是這樣。但我覺得我應該做點什麼。」

「確實有，」麥爾康說，他顯然已經講完了，因為他又回去打他的鍵盤了。「可以先確定她知道怎麼進行安全性行為。」

我還在消化線上大量的影片。其中一些一定是即時存取的；的確，有些影片播放的速度比實際時間慢些，經常有緩衝停頓。隨機觀看影片似乎沒什麼效率；有大量影片都是色情片，更多是不怎麼特殊的家庭電影（還有一大堆是兼具兩種性質）。所以，我轉而靠著 YouTube 上的評等系統跟文字評論來作為部分導引，也跟著看那些吸引我的人貼出的連結。

舉例來說，秀莎娜，研究靈長目溝通、跟我朋友霍柏一起工作的研究生，興趣是製作短片：混合剪接電視節目裡的畫面，以便搭配流行歌的敘事線，成品通常有某種性方面的暗示。混合他人的創作來表示你自己的論點，這個概念對我很有吸引力，我也很仰慕秀莎娜的手藝（不過從下面的評論來判斷，雖然她宣稱NBC新影集《安納罕》的兩位男主角之間有化學作用，不是只有我看不出這一點）。

在我看完她自己做的影片以後，我轉向她推薦的其他影片。大多數是她朋友做的影片，不過也有一個連結連向一個比較老的 YouTube 影片，而她認為很重要。凱特琳跟她爸爸最近剛看過《星際爭霸戰：電影版》，這部電影中的一位演員也是這支影片的主要人物；我很高興自己可以認出那是同一個人，雖然他已經老了三十歲。

這支影片很簡單：兩個男人並肩坐在一張沙發上。不過左邊那個穿著很古怪。我的第一個念頭是他穿著加拿大皇家騎警的正式禮服——一件紅色外套，外面有寬寬的黑色腰帶——不過他一開始講話，就把我這個想法壓下去了：「我是喬治．竹井，」他說。「我仍然穿著我的星艦制服。」

另一個男人接著開口，指向他戴著的圓錐帽，反光得很厲害：「我是布萊德．阿特曼，我頭上有個錫箔帽。」

事實上，我現在看見這兩個男人正牽著彼此的手。「我們結婚了，」竹井說。然後他看著阿特曼戴的怪帽子，低聲竊笑著：「我丈夫有時候可能顯得很傻氣。」

阿特曼再度開口：「這是有史以來第一次，人口普查把我們這種婚姻也算進去。」

然後輪到竹井說話：「重點並不是一張合法的結婚證書，而是你是否認為自己結婚了。」

「咱們來讓美國瞧瞧，我們有多少人在充滿愛意的美麗婚姻裡結合。」阿特曼說。然後他們繼續解釋要怎麼填寫人口普查表格，來指出這一點。

在他們講完以後，阿特曼說：「現在你可以問，為什麼我要戴這頂帽子？」

竹井說：「或我為什麼要穿著星艦制服？這是為了讓你真正聆聽這個重要的訊息。」

我是在三天前看到這段影片的，但不知為何，這個影片總是在心頭最顯眼的位置。我想他們是對的：如果你的確有一件重要的事情要告訴大家，你就該用視覺上讓人印象深刻的方式來表達。

交通部長張保再度「長征」，走向主席的桌子。這一回他是被召來的——這表示至少不必在外面的辦公室沒完沒了地等待，直到主席準備好接見他為止。

「網路心靈是個問題，」主席一邊說，一邊用手勢要張保坐在面對櫻桃木桌的雕花椅子上。「就連它的名字都有西方的臭味。還有它說的那些話！」他指著他桌上的列印文件。「它講到透明化，講到開放，講到國際之間的連結。」他搖了一下頭。「這種思想有毒。」

張保先前彙整了主席指出的這份概要。「它的確顯示出在美國人幫助下成形所造成的影響。」

「正是如此！而且有情資表示它跟美國總統講過話了？它沒跟我接觸，倒是徵詢了他的意見。」

張保覺得，最好別指出其實任何人隨時都可以隨心所欲地跟網路心靈對話，所以他什麼也沒說。

「上次我採用長城策略的時候，你勸我盡可能迅速地撤掉防火長城；而我同意了你的要求，再度打開了水門。但看到這個網路心靈發表的言論，我就領悟到這是個錯誤。我們必須把我們的人民隔絕於它的影響之外。」

「不過它是網路的必要部分，主席。就像我先前說過的，我們需要網路，需要全球資訊網。我們仰賴它們進行電子商務與銀行業務。」

「你把目的跟手段混為一談了，張保。對，我們是需要進行經濟交易的能力——不過我們不必用既有的網路來從事這些活動。把我們的金融交易附加在國際化的、由西方人控制的基礎建設上，根本是瘋了。」他指向一張上了漆的桌子。上面有三個桌上電話組件，一台是紅色的，一台是綠色的，還有一台是白色的，每具話機都在一個玻璃鐘形罩下面。沒有一個有撥號盤或按鍵。「你知道這些東西是什麼嗎？」主席問。

「我想是熱線電話。」

「正是。紅色的直接接通克里姆林宮；綠色的直通日本總理大臣官邸；白色的直通白宮。他們全都有他們自己的溝通管道，數十年前就建立了：有一條埋在地下的地線可以跟我在俄國的對等人物通話，一條海底電纜可以跟我在日本的對等人物對話，還有一台專用的衛星跟華盛頓連線。這些東西都是樣板，驗證了概念上的可行性：我們可以建立一個新的安全網絡，針對我們做國際溝通的特殊需要而設，不受網路心靈的存在所汙染。至於中國內部的通訊，我們會建立一個孤立的新網路，只有我們能控制。」

「這樣做可能要花好幾年。」張保說。

「對。所以在過渡時期，我們會再度強化防火長城，把我們這一部分的網路從其他部分孤立出來，並且肅清那個——那個東西的任何殘渣。」

「我要再說一次，主席，我不確定這樣……是明智的做法。」

「這種判斷由我來下。你的角色只是針對我的要求在技術上是否可行提供建議。」

張保深吸一口氣，仔細考慮這個情況。「主席，我生來就是為了您服務。現有網路的架構是在一九六〇年代跟七〇年代建立的，用的是銅線電纜。您的問題是，二十一世紀的中國能不能用光纖跟無線設備，做得比半世紀前的美國人更好？答案當然是可以。」

主席點點頭。「那叫你的部下去做，開始草擬計畫。讓這個東西跟網際網路完全不同：沒有封包，沒有路由器。網際網路的建設，原本一定考慮過別種設計。找出那些設計，看看其中一個是不是能修改應用到這個計畫上。」

張保忍住一股想說他會 Google 這個問題的衝動——他怕主席不欣賞這種反諷——只是簡單地回答：

「如您所願，主席。不過，說真的，您的要求會花上好幾年。」

「就讓這件事花個好幾年吧。不過上個月我告訴過你，我們的一些策士認為共產黨在外來影響力之下撐不久——他們認為最多能撐到二〇五〇年。網路心靈讓問題更嚴重了；這對我們的健康是個威脅，所以我們必須斷然採取即時行動。」

「是什麼呢，主席？」

「準備再度啟動長城策略。我們會加強防火長城。」他再度指向光亮桌面上的列印文件。「在感染一發不可收拾的時候，隔離就是關鍵。」

第十六章

凱特琳跟她媽媽都在凱特琳的房間裡，矢車菊藍的牆壁上空無一物。凱特琳坐著，媽媽則站在她背後。凱特琳的兩個電腦螢幕中，比較大的那一個上面開了一個 Skype 視訊會議視窗。雖然凱特琳從來沒見過秀莎娜，她卻根據 YouTube 頻道的影片認出了秀莎娜，並因此覺得很得意；她真的開始記得住特定的臉孔看起來是什麼樣子了。秀莎娜的臉窄而光滑——這表示她很年輕！

「嗨，秀莎娜。」凱特琳熱情地說。

「嗨，」秀莎娜回應。她指著站在她背後的超級大塊頭。「這是我的論文指導教授，馬庫澤博士。」凱特琳很會辨認口音，她認出秀莎娜的口音來自南卡羅萊納。聽到「馬庫澤」這個名字由一個人類大聲說出來，讓她有點驚訝。原來這個字是這樣唸啊。她在線上讀到他的名字時，「聲點」猜測這個字唸成「馬庫斯」。

「我也在。」網路心靈的機器合成聲音說。

秀莎娜注視著她的螢幕，好像期待看到除了凱特琳的臥房以外的東西。「嗯，啊……很榮幸。」她說。

「這位是我媽，芭芭拉·戴克特博士，」凱特琳說。她媽媽就站在她後面。

「芭兒，」她媽媽說。「妳可以叫我芭兒。」

「妳可以叫我小秀。」

網路心靈似乎覺得被排除在外了。「妳可以叫我小網。」那個沒有形體的聲音說。

凱特琳笑出聲來。「我想這樣不好吧。」

秀莎娜搖搖頭。「抱歉。看到妳們兩個，卻沒看到網路心靈，感覺很怪。」

「妳提到這件事實在很妙，小秀，」凱特琳說。「我們跟妳聯絡就是為了這件事。網路心靈即將出席一個非常特別的活動，為此他想有個可以面對公眾的面孔，而且，嗯，我們覺得霍柏可能就是合適的人選。」

「為什麼？」秀莎娜問。「還有，霍柏跟網路心靈的前一次接觸是怎麼回事？」

「喔，那個啊，」凱特琳說：「網路心靈說，你們跟霍柏之前發生了一些問題。他變得很暴力、難以控制等等，對嗎？」

「對，」秀莎娜說，接下來她的口氣就像覺得有必要為這隻靈長目動物辯護。「不過在雄性黑猩猩年紀漸長的時候，這種事情很正常。」

「不過霍柏不只是一隻黑猩猩，對吧？」凱特琳說。「牠是個混種，沒錯吧？一半黑猩猩一半倭黑猩猩？」

「對，」秀莎娜說。「就我們目前所知，牠是世界上唯一的一隻。」

馬庫澤博士開口了，聲音低沉渾厚。凱特琳認得出來，這個聲音就是她在 YouTube 看過的影片旁白。

「網路心靈跟霍柏的前一次接觸是怎麼回事？」

「這是發生在你們那邊的十月九日晚上，」網路心靈說。「你讓一架網路攝影機連線保持開啟，所以霍柏可以在閒暇時跟費罕靈長目中心的維吉爾聊天。在維吉爾睡覺的時候，我用美式手語語句的影片，還有黑猩猩與倭黑猩猩的影片蓋過了來自邁阿密的輸入影像訊號。我對霍柏解釋牠得到的兩種遺傳，並告訴牠可以在黑猩猩的暴力與殺戮、或者倭黑猩猩的和平主義與嬉鬧愛玩之間做出選擇。而無疑就如你觀察到的那樣，牠選擇了後者。」

「天啊。」馬庫澤說。

「請原諒我這種獨斷的行為，」網路心靈說。「但我跟霍柏的接觸，是在我向世人宣告我存在的前兩天。你們似乎有很急迫的需求要牠控制牠的暴力行為，而我認為我可以伸出援手——當然，這是譬喻上的。」

「現在你想得到霍柏的幫助？」秀莎娜問。

「如果牠願意的話，」網路心靈說。「牠沒有任何義務要這麼做。」

「為什麼是霍柏？」她問。

「牠不是人類，」網路心靈說。「這就表示，牠絕對跟全球資訊網的創造無關，沒有人能說我蒙受牠的任何恩惠。牠也沒有自己的經濟或政治利益要考慮：牠沒有任何公司的股票，也沒有在任何選舉投票的資格。」

「機器人的身體不會更好嗎？」馬庫澤說。「也許可以選擇本田的其中一台Asimo機器人？」

「那樣在我跟機器之間會有所混淆。我不是機器人，也不希望被看成是機器人；也可能會有人害怕，如果我可以控制一個機器人，也許很快就能控制上百萬個。霍柏是獨特的，就像我一樣；我是唯一的網路心靈，牠是唯一的倭黑猩猩與黑猩猩混種。沒有人會把霍柏誤認為我，也沒有人會擔憂將出現類似的生物大軍供我差遣。」

「為什麼不乾脆用電腦產生一張人類臉孔，然後顯示在一個螢幕上？」馬庫澤問。

「這是科幻電影的常見做法，卻問題重重，」網路心靈說。「首先，就像凱特琳可能會說的，有一整套『老大哥』式的聯想：一張看見一切、知道一切的臉，從無所不在的螢幕裡往外凝視，讓人想起歐威爾的小說裡類似的主題。第二，還有『恐怖谷理論』的問題：事實上，不完全像是人類的臉孔會讓真正的人類發毛。當然了，我可以完美地模擬出一張臉，讓它跟真人的影片難分軒輊，但接著那又會引起其他疑慮，擔心為我講話的任何人類專家可能也都是電腦繪圖假造出來的。」

「反正他們本來就有可能是。」

「沒錯。這又讓我們面臨相關的疑慮：誰才是真正的我。已經有無數網路釣魚騙局假造了寄件者是我的電子郵件；我相信我到目前為止都攔截到了。但在我想對公眾發表一篇意義重大的演講時，讓世界上唯一的黑猩猩與倭黑猩猩混種當我的助理，會讓這篇演講的可信度更加顯而易見。」

「猿類是敏感的動物，」馬庫澤湊近身體說。「牠們的生活裡需要穩定與慣例。除此之外，要怎麼做到這個？你要霍柏替你用手語演說嗎？那你要怎麼告訴牠說什麼？」

網路心靈回答：「馬庫『斯』博士，根據你的維基百科條目，你是在一九五二年十月十五日出生的。」

聲音合成器再度讀錯那名字時，凱特琳的臉皺了一下，不過馬庫澤只是回答：「對，沒錯。」

「你是科幻故事迷嗎？」

「某種程度上是。」

「你有沒有看過一九七〇年版本的『巴克·羅傑斯』，由吉爾·傑拉德主演的那部？」

「還有艾琳·葛雷，」馬庫澤立刻就說。「別忘了艾琳·葛雷。」

凱特琳把這名字聽成了男人的名字「亞倫」，但她聽到馬庫澤接下來說什麼以後，就在心裡重新校正了那個名字：「那時候她是電視上最辣的女生，《霹靂嬌娃》根本比不上。」

「就算是吧，」網路心靈說。「你記得第一季有個角色叫西歐坡里斯博士嗎？」

「是巴克的上司嗎？」

「不，那是修爾博士。西歐坡里斯博士是一部電腦。」

「喔，對！那個機器人帶著的大碟子，就像個巨大的項鍊墜子。你再說一遍，那個機器人叫什麼名字？」

「推基。」網路心靈說。

「對了！」馬庫澤說。然後他又多講了一句話，「嗶滴、嗶滴、嗶滴」，因為網路心靈剛剛讓凱特琳看了YouTube的《巴克·羅傑斯》片段，她才聽懂那是什麼意思。推基經常說同樣的一句話。

「就是這樣，」網路心靈說。「我發現世界上有許多人渴望能幫助我。我確定我們可以找到人設計一個裝備，讓霍柏可以帶著到處走，而透過這個裝備，我將能夠聽見、看見，還有開口說話。當然，能夠立刻置身於任何地點的能力有時帶給我優勢，但在另外一些時刻，我無所不在的事實，也表示我無法自稱專注於特定的重要活動，或對這個活動給予恰當的關注。而到了下星期我對聯合國演講的時候——」

「你想讓霍柏到紐約去？」秀莎娜無法置信地問。

「我會為這趟旅行付費，」網路心靈說。「現在我的 PayPal 帳號裡有八百七十萬美元。當然，妳跟馬庫澤博士是霍柏的訓練者，我會負擔你們的開銷。凱特琳跟她媽媽也會去紐約。凱特琳已經預定要在那邊上一個電視訪問，那個節目會支付她們的旅費。」

「妳願意再接受訪問讓我很驚訝。」秀莎娜說。

「那是《每日秀》，」凱特琳說。「是我的最愛。」

「所以，你們覺得如何？」網路心靈問。

「我們是一個嚴肅的研究機構，」秀莎娜說。「我們有自己的計畫跟時程表。我們不能就這樣——」

「可以，」馬庫澤打斷她的話說：「我們可以做這件事。」

凱特琳看到秀莎娜把椅子轉了過去。「真的？」

「研究所的經費長期不足，」馬庫澤說。「在過去幾個星期裡，我們終於體會到成為眾人焦點可以帶來多少捐贈；想像一下，這種注意會帶給霍柏多少好處。」他圓滾滾的臉上綻開一個大大的笑容。「除此之外，平克跟其他瞧不起我們這種工作的人肯定會氣昏。」

第十七章

黑田博士跟他的同事大川廣司花了好幾小時，在他們位於東京大學的工程研究室裡工作，把原本打算用在第二個 eyePod 上的零件吸收過來，建造網路心靈設計的那個設備。這回他們從一開始就把一具黑莓機合併進去，而不是隨後再笨拙地增補——網路心靈之前這麼建議過，而這樣做也很合理；加上黑莓機以後，如果得再上傳改版韌體到訊號處理電腦內，過程就會輕鬆得多。

一位趁著休假年來研究室訪問的美國學者曾經頗為善意地把廣司跟黑田說成是系上的勞萊與哈台：廣司身材苗條，又有一張長臉，還有一個寬闊得出奇的大大笑容；黑田卻胖胖的，還有個圓圓的腦袋。

黑田心想，說不定真正的哈台也偏愛五彩繽紛的夏威夷衫——不過因為他的電影全都是黑白片，這個史實可能失傳了。無論如何，這種比擬就跟「科學界的相撲力士」一樣讓人受寵若驚——《東京新聞》最近報導他在凱特琳身上取得的成功時，就是這樣稱呼他。而現在這個突破——要是成功的話！——會讓他受到更多來自媒體的矚目。不過他心中還是有一部分，希望能過以前那種比較平靜的生活。

他跟廣司持續工作了整個下午，又一直做到入夜；在他們完工以前，黑田喝掉了四公升百事可樂。不過，裝置總算準備好了。

「看，第二號 eyePod。」廣司說。

黑田皺著眉頭。「我們不能這樣叫它。這個不是用來看的。」他現在變得相當喜愛凱特琳想出來的稱呼，而且他沒辦法把這個新裝置當成只是一個外部脊椎信號處理包。他還沒想到夠好的日文雙關語，不過——

啊哈！

黑田知道，當初在麥可．拉薩利迪斯的觀念劇場裡——他成功治療凱特琳的媒體記者會就在那裡進行——曾有些讓人不自在的狀況。拉薩利迪斯本人出席了，在黑田說出他們把這個設備稱為「eyePod」時，他可能不是很高興——這個文字遊戲暗示了動態研究公司產品線最大競爭者的名字。

或許這個名字可以彌補前過。「我想到了！」黑田得意洋洋地說。「我們可以叫新的這一個BackBerry！」

BackBerry 並不是網路心靈必須建造的唯一一個裝置。幸運的是，他與全世界的科學家和工程師——還有電子學的業餘愛好者——都有聯繫。他在東部時間的星期天晚上，貼文描述他需要的其他裝置：一個像是西歐坡里斯博士的碟子，讓霍柏可以替他揹在身上。群眾外包確實是迅速解決問題的好辦法，在凱特琳與她的家人熟睡的時候，超過兩百人——其中許多人住在中國、日本、印度與澳洲——對這個裝置的設計做出了貢獻；因為時間短促，這個裝置必須用現成的零件來做。

至於實際上的建造工作，沒有一個地方比滑鐵盧更適合進行了——這裡是加拿大科技三角的關鍵頂點。八天前，凱特琳的 eyePod 必須做一些修改——包括添加功能，讓網路心靈可以發送簡訊到她的視線中——她爸爸就帶她去了動態研究公司，那裡的工程師塔汪妲完成了這個工作。

而現在，在這個星期一下午，凱特琳跟她爸爸回到塔汪妲的工程實驗室。四壁都是黑莓機裝置的巨大照片，還有三張工作用長桌，每張桌上都放滿了各種設備。

凱特琳很高興她認得出塔汪妲：她對臉孔的記憶力正在持續成長。而且更重要的是，她變得更會分類了。塔汪妲是──

凱特琳制止了自己。不，她不是非裔美人，這個字眼在這裡不適用。她實際上是牙買加裔加拿大人，而且凱特琳發現她講話的口音很有音樂性。塔汪妲的臉窄窄的，棕色的眼睛很大。還有，根據她的外貌來看，她是……對，凱特琳其實覺得可以試著冒險猜猜看：塔汪妲看起來很年輕，而且──另一個視覺判斷；凱特琳漸漸抓到訣竅了！──她很漂亮。

「凱特琳，妳這個低調鬼，」在她們彼此寒暄以後，塔汪妲這麼說。「直到妳昨天上新聞以前，我想都沒想到！妳上次來的時候，說妳想看看妳的 eyePod 能不能從某個叫做『網路心靈』的人那裡接收即時訊息。我那時候根本沒特別留意，因為那聽起來就像是個典型的網路暱稱──可是現在呢！妳看看，不得了！所以，偉大全能的巫師奧茲可以跟妳說話，全都多虧我們在這裡所做的事！」

凱特琳點點頭，然後大聲讀出網路心靈剛送到她眼睛裡的話。「是啊，網路心靈說，『非常感謝妳。妳的工作成果絕佳。』」

「這是我的榮幸，我的榮幸啊，」塔汪妲說。「現在呢，各位同學，該進行今天的科學實驗了。」她催促他們繼續往房間裡面走。「建造新裝置很容易──不是太困難，真的。只花了大概五小時。」

他們移到中央的工作台去，這時凱特琳覺得很洩氣：四散在桌上閃閃發亮的複雜金屬物件實在太多了，她挑不出來她想找的那一個，雖然她已經在線上看過它的藍圖了。

塔汪妲拿起裝置。一等到這個東西脫離那片混亂後，凱特琳就有辦法分析它的形狀了：這是一個碟子，直徑大約三十公分，厚度有七分公——她知道，對於它要承載的組件來說，並不需要做到這麼大；但如果它要充當網路心靈面對公眾的面孔，它就必須大到隔著一個大房間都看得見。霍柏會把它當成一個大獎章一樣戴在身上。

整個物體會讓人想到一張臉。在碟子的銀色圓形前端上半部，有兩個網路攝影機眼睛——網路心靈精通了立體視覺的藝術；學生現在超越老師了。

雙眼下方是一個嘴巴控制板，形狀就像半個月亮，在網路心靈說話時會亮起紅光；顯然是科幻片的老套，裡面的電腦跟機器人都有這種表現，而這種功能對工程師來說很簡單，戲劇效果又好。

碟子的兩邊都有圓形的揚聲器黏在本來可能有耳朵的地方；網路心靈的聲音會從那兩個地方發聲。整體效果相當像是活過來的表情符號；這張臉只比「:D」稍微精緻一點點。

碟子邊緣的底部是平的，所以碟子可以站在桌子上；的確，塔汪妲現在就是這樣放下它。

碟子頂端同樣是平的，有一個從「風暴」黑莓機拿下來的液晶螢幕已經裝在那裡，這樣網路心靈就可以把串連在一起的美式手語影片顯示給霍柏看，讓他能跟這位猿朋友說話。螢幕旁邊是另一個往上方拍的攝影機，讓網路心靈可以看見霍柏；這台攝影機的麥克風也裝在碟子上方邊緣。

「這個裝置被嵌進黑莓機網絡裡，」塔汪妲說。「這表示網路心靈應該能在幾乎任何地方跟牠聯繫。我們用的是動態研究公司最好最新的手機：電池應該可以連用兩天才需要充電。」

從他們到這裡以後，凱特琳的爸爸除了一句簡短的「哈囉」以外，什麼都沒說，不過他很有興趣地注視著那個裝置。凱特琳很納悶，對他來說，面對這些攝影機是不是像被別人注視一樣不自在。

「實在太感謝妳了。」凱特琳對塔汪妲說。

「這是我的榮幸，」她回答。「所以，妳打算自己帶著它到紐約去嗎？」

「後天出發，」凱特琳說。「我要親手遞送。」

塔汪妲揚起眉毛。「妳知道吧，這個東西不在電子設備許可清單上。妳不能把它放在妳的手提行李裡，你得托運。」

凱特琳皺起眉頭。「它很脆弱嗎？」

「呃，它能承受的最糟狀況可能是一隻憤怒的公猿朝它扔東西，至於它是否可以從機場行李處理人員的手中生還，我就不清楚了。」

「讓我確定一下我沒弄錯你的意思，網路心靈先生，」聯合國大會的禮賓司官員對著電話說：「您想要帶一隻猴子到大會集會廳？」

我回答：「鍾先生，霍柏不是猴子，牠是猿。不過你沒弄錯，我想這麼做。」

「為什麼呢？」

我考慮過好幾種可能的答覆，包括「因為我愛這個點子」，「因為霍柏身為非人類生物，牠不需要接受煩人的背景檢查，就可以獲准進入安全區域」，還有「因為牠是我的朋友」，這些理由全都是真的，但我真正說出來的是：「因為，在我看過數百萬張網路照片以後，我已經學到代表人物的價值何在。這會是個歷史性的場合，就像華盛頓大遊行、月球的第一步、柏林圍牆倒塌一樣，而我希望這個場合在視覺上很突出，這樣就算是將來，大家還是能夠立刻認出這次活動的照片。這是會流傳後世的大事。」

電話那頭有三秒的停頓，然後是這句話：「我可以告訴你這一點：我們的公關人員會愛死你。」

從東京到北京的飛行航程很短，但對黑田正行來說，不管是什麼樣的航程都很不舒服；他比飛機座椅足足大了一倍。在他想辦法把自己安頓進去時，不禁留意到日本航空現在有空中無線網路可用了；就算在離地十公里的高空，還是可以跟網路心靈保持聯絡。

但在過去幾天裡，他已經跟網路心靈相處了太久，他決定先不使用這項服務。少許的孤獨對靈魂有益。他總是挑選靠走道的位置，現在坐在他旁邊的人正在使用 Sony 的電子書閱讀器；黑田也有一台，不過他有點厭倦跟科技接觸了。他閉上雙眼，把椅子往後倒，準備度過一段寧靜的時光，與他的思緒獨處。

休謨感覺到絞索正在收緊。觸目所及之處都有監視攝影機，其中許多都連上了網路；那些機器看到什麼，網路心靈就能看到什麼。他認識的每個人都帶著智慧型手機，同樣能讓網路心靈竊聽。世界徹底相連，就連他採取的預防措施——比方說關掉車上的全球定位系統——可能都不夠。攝影機經常會拍到他的汽車牌照，網路心靈又有辦法取得那份休謨用來找到切斯的黑帽駭客名單。如果網路心靈猜得到休謨想找一個世界級駭客，用不著太多線索就可以推測出是哪一個。

不過，休謨還是必須盡他所能採取對策，他知道切斯也會做同樣的事情。他們已經將近兩天沒跟對方聯絡：切斯說過「給我七十二小時」，但休謨沒辦法等那麼久，所以他們事先講好了，他會在星期一下午四點再度造訪。

休謨再度開車到馬納薩斯。美國內戰早期的兩次奔牛溪戰役都發生在這一帶；那兩次戰役都是南軍打贏，休謨希望這不是什麼徵兆。他開車經過時，幾乎可以聽見加農炮聲，幾乎可以看到李將軍跟「石牆」傑克森跨坐在他們的座騎上。那場戰爭延續了四個血腥的年頭，而眼前這一場，無論結局為何，都會在幾星期內結束。兩場戰爭之間確實有一個共通點：都關乎所有人的自由權。

他開車時開著新聞廣播。有些關於選舉的常見廢話，還有報導說有個登山客失蹤兩天了，還有——

「三位在手提行李中藏有化學爆裂物的男性，今天在伊斯坦堡阿塔圖克國際機場登上前往雅典的七五七班機前被捕，」男性播報員說：「這三位男性長期在網路上發表憤怒性言論，指責土耳其所謂的『世俗伊斯蘭』社會，據信他們計畫在飛行中炸毀飛機。有關當局得到的線報來自匿名的消息來源——雖然大家普遍相信來自網路心靈——該消息來源指出，這些人在網路上下單，購買實體店鋪中可以製造爆裂物的化學藥劑；他們同時也購買了單程的商務艙機票，但他們其實付不起這筆錢。伊斯坦堡警方的波納爾警官說：『很顯然，他們不打算活到信用卡帳單到期的時候。』」

天啊，休謨想著，大家難道看不出這是要先降低大家的戒心嗎？當然了，辯護者會說，網路心靈做的事情跟反網路活動威脅總部、還有國土安全部做的沒什麼兩樣，這兩個部門只不過是職責範圍有嚴密的界定罷了。今天網路心靈吹哨子制止恐怖份子，明天他可能就會揭發侵吞公款者——然後是登徒子，接著誰知道會是什麼？誰知道網路心靈列出的不良行為清單會變得多長，或者一個人工智慧認為不對的事情，還會不會繼續符合人類心目中的是非？

休謨在寫程式方面幫不上切斯的忙——喔，他自己是個程度中上的程式設計師，不過遠遠比不上切斯的等級。但時間就是關鍵，他或許能夠在其他方面幫切斯一把，所以途中他在 Subway 三明治店停留了一下，買了兩條三十分公長的三明治跟一些多力多滋；就連花時間準備一餐，都會拖慢切斯的工作速度。

休謨準時抵達，把他的車停進車道——在日光下，他看見車道是用鋪成連續Z字型的石頭做的。他走向門口，注意到兩台監視攝影機瞄準了他——又是因為在日光下，所以不難注意到。他猜可能還有個動作偵測器，這樣切斯根本不用等他敲門就知道他來了。但是，在門口站了三十秒又找不到門鈴以後，休謨用指節敲了敲門，就敲在頂端那個結霜的半月形窗戶下面，然而——

不會吧，門立刻就敞開來了。不管最後開門的是誰，他都忘記把門好好關上了。

他舉起白色的 Subway 三明治袋子，很確定會有另一個攝影機對準他，然後露出微笑。「小心帶著禮物出現的技客。」

沒有回應。他更深入房間裡。就算是偉大的駭客也得偶爾撒泡尿；也許切斯在廁所裡，所以先替他打開前門了。休謨注視著拉蔻兒．薇芝的海報，然後走到展示著古董電腦硬體的牆壁旁；他懷念起自己那台手提箱大小的 Osborne 1，還有五吋的綠色映像管螢幕，便想看看切斯收藏的那台。幾分鐘後他轉過身去，走向有十二台螢幕跟四個鍵盤沿著長邊一字排開的工作台。

他就是在那時看到血跡的。

第十八章

要治療王偉正，必須有三種裝置：兩個裝在他脊椎神經傷處兩側，還有一個外加的 BackBerry 裝置，這個裝置會從其中一個植入體接收信號、清除雜訊，然後再加強信號，傳送到另一個植入體中。

黑田正行是工程師，不是外科醫師，所以他不能置入那些植入體。不過北京有好幾位優秀的神經外科醫師，其中一位是林義宏，他曾在墨爾本的一間醫院受訓。

在那位外科醫師作業時，黑田著迷地注視著；手術花了四小時，過程中的出血非常少。王偉正手術全程都處於全身麻醉的狀態。

不過，最後他終於醒來了。黑田不會講中文，王偉正不會講日文——不過大部分住在都市、年齡在三十歲以下的中國人在學校都學過英文，所以他們能用英語溝通。

凱特琳接受她的視網膜後植入體後，他們花了一天等術後腫脹消失才啟動機器。凱特琳那時候已經失明將近十六年，她的大腦早就已經放棄重寫它的視覺中樞了。

王偉正只癱瘓了十七天。他的大腦很有可能仍然對沒有使用的雙腿有反應，愈快恢復使用愈好。

黑田不是自己壓下 BackBerry 的按鍵，他讓王偉正動手；畢竟，對他而言也有個心靈開關要打開，按下按鈕的過程可能有助於打開那個開關。

王偉正閉上眼睛好一會兒，黑田猜想他可能是在祈禱。然後他按下了開關，依照黑田先前的指示，壓了五秒鐘，然後——

然後這個男人還包在石膏裡的右腿，像被反射鎚敲中反射點似的抽動了一下。

「奇蹟啊。」王偉正大喊，興奮之下他脫口說出中文。但他說出這句話的同時也皺起了眉頭；顯然，他的腿在痛。

他動了動另一條腿，收縮了髖部，然後把腿舉到空中。「奇蹟啊。」他又說了一次。

黑田會建議採取更謹慎的做法，不過在他能夠出手干預以前，王偉正已經兩腿一晃翻下床，站了起來。站起來的時候他痛得喊出聲，不過那只是讓他露出更多微笑。他有點搖晃，得抓著金屬製的床緣欄杆才能穩住身體，但這種程度的不穩定，在任何臥床兩周的人身上都看得到。

王偉正又喊了一聲：「奇蹟啊！」所以黑田問：「這句話是什麼意思？」

「這句話的意思是，」王偉正笑得合不攏嘴，用英語說：「這是個奇蹟。」

雖然她們是美國公民，但凱特琳的媽媽本來很擔心她們會被列在禁飛名單上；不過在皮爾森機場，除了平常的繁瑣手續以外，並沒有什麼其他的麻煩。凱特琳想也許是網路心靈改變了紀錄，所以她們一經過金屬探測器，安全地站上朝著出境門前進的自動步道後，凱特琳就問：「你有幫忙讓程序更順暢一點嗎？」

網路心靈把文字打在她視野中：沒有，不過他們讓妳前往美國並不讓我意外。即使妳因為我的緣故而被視為危險人物，他們可能還是會遵循這個原則：「親近你的朋友，但是要更親近你的敵人。」真正的考驗在於他們會不會讓妳「離開」美國。

在這趟平靜的短程飛行裡，凱特琳反覆思索著這個「美妙」的念頭——在他們盤旋準備降落時，她確實覺得紐約的天際線美得令人屏息。雖然塔汪妲先前很擔心，不過凱特琳托運行李袋中的西歐坡里斯博士確實平安地撐過了這趟旅程。

計程車在旅館前放下她們的時候——從拉瓜地亞機場到第五街的車程，幾乎就跟從多倫多飛到紐約一樣長——凱特琳隔著旅館寬大的門廳認出了秀莎娜。「秀莎娜！」她大喊。

凱特琳還不是很明白如何在視覺上判定高度，秀莎娜比她高了幾公分，有雙藍眼睛跟綁得低低的棕色馬尾辮。她還沒見過馬，不過她希望在她終於看到馬的時候，能夠根據同名的辮子髮型認出那種生物。這個念頭讓凱特琳露出笑容。

秀莎娜微笑。「鼎鼎大名的凱特琳！」

「還比不上妳唷，」凱特琳說。「妳的 YouTube 影片點閱次數比我的還高。」

凱特琳的媽媽就站在她後面。「哈囉，芭兒。」秀莎娜說，想來是從視訊電話裡認出她了。

「哈囉，」凱特琳的媽媽說。「很榮幸見到妳。」

「我也是。」

「妳的航程怎麼樣？」凱特琳的媽媽問。

「很長，」秀莎娜說。「我們租了一台小噴射機，這似乎是把霍柏帶來這裡最好的辦法了。中間我們得停下來加一次油。霍柏不喜歡起飛跟降落的感覺，不過除此之外牠還好。」

「還有，妳是怎麼找到同意讓妳帶著猿類入住的飯店？」凱特琳的媽媽又問。

「他們認為這是很好的公關。當然啦，我們押了一大筆毀損保證金，也付了額外的清潔費用。」

「讚，」凱特琳想趕快跳過寒暄閒聊。「霍柏在哪？」

「牠跟馬庫澤博士在房間裡。我們一起去吧？」

她們穿過大廳走向電梯。就在這時候，一位失明女士跟她的導盲犬正好在那裡等待。這是凱特琳第一次有機會仔細看一條狗，或是任何大型動物；在此之前，她只見過薛丁格，還有幾種經常在她家後院停留的鳥類。凱特琳從來沒見過導盲犬，雖然她在德州啟明學校的一些朋友有養。「可以請妳按十樓嗎？」她們全部進了電梯以後，那位女士說。

凱特琳傾身找到正確的按鈕時，露出一個小小的微笑。要不是蒙受了黑田博士的恩惠，我也會如此。

秀莎娜補上一句：「我們是在十五樓。」凱特琳很愉快地按下那個按鈕。這座電梯的按鍵旁邊確實有點字標記，但跟明眼人設想的不一樣，對置身在陌生電梯裡的全盲人士來說，這些點字標記不是那麼有幫助。你必須先猜測操作面板是在門的哪一側，摸索著找到標記，再猜這些符號對應到的是上下左右哪個方位的按鍵。

失明女士出去之後，電梯再往上爬了四層樓——為什麼有人會害怕某個數字，凱特琳完全不能理解——然後，秀莎娜帶她們走向右側的房間。

她們前進時凱特琳想著，是否有任何一個德州人在見過一頭牛以前就先見到一隻猿；她懷疑可能沒有。房門打開時，牠就在那裡，蹲踞在一扇拉起窗簾的窗邊角落，看起來比在線上還要大。凱特琳對這種事情也還估得不太準確，不過她認為牠如果站直了，大概會到她肩膀的高度——但牠畢竟是一隻猿，她想牠永遠不會站直身體。霍柏的棕色毛髮沿著牠皺皺的灰黑色前額中央分向兩旁。凱特琳以前讀過，幾乎所有的倭黑猩猩毛髮都是這樣中分的。

馬庫澤博士也在那裡。他的塊頭跟黑田博士差不多，就凱特琳有限的經驗來說，他似乎更讓人望而生畏。不過，他還是相當熱忱地向他們打招呼。

凱特琳有比一般人更敏感的嗅覺，而馬庫澤博士毫無疑問流了很多汗。不過她必須承認，他的體味根本比不上霍柏的。當然了，霍柏肯定沒有天天洗澡，大概也不是很會刷牙。但牠顯然還是花了一些時間整理儀容：牠厚厚的體毛看起來像是被好好地梳理過。

秀莎娜對霍柏微笑，然後用很複雜的方式移動她的雙手。凱特琳摸過別人正在做美式手語的手，她以前的學校裡也有幾位聾啞人士。不過她從來沒有在實際生活上看別人使用這個語言，注視著這種手勢讓人心醉神迷。

霍柏對著秀莎娜比回去某句話。凱特琳發現一件趣事：從這個距離，她無法輕易判斷霍柏在看哪裡，牠似乎沒有眼白。

秀莎娜轉身面對凱特琳。「我給牠看過妳在《這一周》裡面的影片了，」她說道：「就像大多數的猿，霍柏面對陌生人會不自在，而我想讓牠先習慣妳的外表。」她注視著凱特琳的媽媽。「芭兒，很抱歉我沒有妳的任何影片——我應該把那通視訊電話錄下來的——不過我告訴霍柏，妳是凱特琳的媽媽。霍柏喜歡媽媽，牠很珍惜對自己媽媽的回憶。」

秀莎娜的手再度動了起來，不過這回她也開口了，想來應該是用英語再講一次一樣的話。「霍柏，記得我跟你說過，這些人是你那位特別朋友的朋友嗎？」

霍柏的右手舞動了一下。

「還記得我跟你說過，她們要帶一份禮物來給你，好讓你可以再跟他說話嗎？」這回兩隻手都在動，在凱特琳看來，那些手勢顯得很熱切。

「嗯，現在時候到了。」秀莎娜說。

凱特琳的媽媽拿出一個潛水布筆電保護套，裡面裝著西歐坡里斯博士——這個名字似乎跟定這個碟子了。

「凱特琳，」秀莎娜說。「可以請妳來送這份禮物嗎？」

凱特琳從媽媽那裡接過碟子。它幾乎是中空的，所以相當輕，現在還有一條長長的黑色皮帶連在兩邊的揚聲器「耳朵」上方。那條帶子是以磁力固定的，所以如果纏住任何物件就會彈開，而不是勒住霍柏。凱特琳朝著那隻猿遞出碟子。

秀莎娜對牠比畫著，想來是要牠歪一下腦袋，因為牠就做了這個動作。凱特琳把帶子套過牠的頭，讓碟子從牠脖子上垂下來，靠在牠修長軀體的中央。牠坐直了，用可能是猿式微笑的表情注視著她。凱特琳很想知道美式手語裡的嗶滴、嗶滴、嗶滴要怎麼說。

霍柏腦袋歪向一邊，這樣牠才看得見碟子的正面。牠似乎對這個東西很滿意，讓它再度靠在胸前。牠的雙手動作著，秀莎娜笑了出來。

「牠說了什麼？」凱特琳問。

「好禮物。」秀莎娜說。

「的確是。」凱特琳說著也露出微笑。

「哈囉，哈囉，這東西打開了嗎？」

網路心靈的聲音一傳出來，霍柏就跳了起來。牠低下頭去，可以看見碟子上半邊緣的小小螢幕，還有前方隨著網路心靈發出的每個音節而閃著紅光的半圓。

「你的聲音不一樣了。」秀莎娜說，聽起來很意外。

「對，」網路心靈的聲音從碟子兩側的揚聲器裡傳出來。「我決定我該有個正式的聲音。我聽完了Audible.com上所有的有聲書，從中選了知名有聲書朗讀者馬克．維托的聲音。我下載了好幾本他朗讀的有聲書最高位元率版本，然後用同樣作品的電子書版引導我抽出所有個別音素，藉此創造出一個口語片段資料庫，讓我可以說出我想說的任何話。在串起不同片段時，灌進碟子裡的軟體會讓片段之間的轉換變得流暢。」

「這聲音很好。」凱特琳的媽媽說。

「謝謝。」網路心靈說。

霍柏靠近馬庫澤博士，炫耀牠脖子上的碟子；凱特琳從沒看過在奧運得金牌的運動員，不過她猜想那也不可能比此時的霍柏看起來更驕傲。

突然間，霍柏朝她們靠近。牠給凱特琳的媽媽一個大擁抱，然後靠向凱特琳，也抱了她一下。這讓她大聲笑出來。「這是為什麼啊？」她說。

「牠在感謝妳帶這個碟子來給牠，」秀莎娜說。牠放開凱特琳，手又開始飛舞。「現在牠說的是『朋友，朋友』。」霍柏發出一聲快樂的嗚嗚叫聲。

凱特琳才剛開始會看，所以無法一眼就記得複雜的手勢；她必須摸到霍柏或者秀莎娜正在做動作的手，才能知道那個字是怎麼比的。不過她確實還算像樣地模仿了霍柏的叫聲，這替她贏得了另一個擁抱，讓她很高興。然後霍柏飛奔到房間另一端，毫無困難地打開其中一個衣櫃抽屜。

「霍柏！」秀莎娜用責備的聲音說，可是這隻猿無視於她，又東翻西找了好一陣，才又蹦蹦跳跳地回來，接著——

凱特琳乍看根本不知道那是什麼，不過那東西一放到她手中，她就認出來了。霍柏剛剛交給她一顆賀喜的水滴形巧克力，現在牠又拿了一顆給她媽媽。

「謝謝你！」凱特琳說。

霍柏快樂地發出吱吱叫聲，回頭去盯著牠的碟子看。

「那麼，現在要做什麼？」芭兒一邊拆開她的巧克力，一邊說。

「我以前從沒有來過紐約，」秀莎娜說。「我希望能去百老匯看一場秀——嗯，馬庫澤博士，你不介意今天晚上顧著霍柏吧？」

「當然，」馬庫澤說，同時指著另一端的牆壁，凱特琳慢了半拍才領悟到上面架了一個大螢幕。「在明天的重頭戲以前，霍柏跟我都需要輕鬆一下。我們會看一下電視。」

「那麼就是純女性出遊了，」凱特琳的媽媽乾脆地說。「我們要看什麼？」

「我可以告訴妳們哪些戲還有空位。」網路心靈說。

凱特琳說：「我知道有一部《奇蹟之人》的新製作——在失明數學家群組裡有人在討論這件事。那齣戲還有座位嗎？」

「三人連在一起的座位，第六排，」網路心靈說。「我可以替妳們訂票。」

「喔，網路心靈，」秀莎娜微笑著說。「少了你我們要怎麼過日子？」

休謨上校走向有一排螢幕和四個鍵盤的長型工作台，一走到那裡就看到明顯的血跡。鍵盤都是同樣的骨白色人體工學鍵盤，左手跟右手的按鍵中間有一條縫，而左邊數來第三個鍵盤上，那條縫裡絕大部分都有乾掉的血跡；工作台暗棕色的表面上濺了一道血跡，兩個螢幕上有幾團乾掉的血滴。裝在螢幕銀色邊緣右下角的電源ＬＥＤ燈照亮了其中一滴血，讓人看了心裡發毛。

你要是在華盛頓的權力圈裡打滾，就不可能沒看過古柯鹼導致的古怪鼻血，可是——

這裡沒有玻璃紙，沒有刮鬍刀片，沒有捲起來的百元鈔票，而且——

「切斯？」休謨喊。「切斯，你在嗎？」

他瞄了一下廚房跟餐廳，一一檢查其他房間，也包括地下室，裡面有幾十台放在金屬架上的伺服器。到處都沒有切斯的蹤影，現在因為休謨留神找了，還看到客廳的硬木地板上有血液噴濺的痕跡，一路指向前門。

他立刻想到最壞的狀況。當然，的確是有比較善意的解釋：這傢伙鼻血大爆發了——也許是因為古柯鹼，也許只是在鍵盤前面睡著結果撞到臉——然後就衝到醫院去接受治療之類的……

這種狀況他的車應該不在！休謨衝出前門，試著拉開車庫門把；車庫鎖著。他繞到房屋側面，找到通往車庫的門，上面有個小窗戶。車庫裡有輛車，一輛銀色的豐田汽車。車庫大到可以停兩輛車，但剩下來的空間被戴爾、捷威跟惠普公司的紙箱給填滿了。休謨第一次於深夜來訪時，車道上沒有車，所以這應該是切斯唯一的一輛車。

不過，切斯有那麼多監視攝影機！無論是誰都一定會被錄下來。休謨匆忙回到屋裡，然後——

天啊，他真不是偵探的料！現在重新檢視前門，他看出門是被撬開的。門把上看不太出來，但門邊框高一點的地方碎裂了。休謨明白他不該再弄糊門把上可能留下的指紋，改用手肘撐開先前掩上大半的門。

他再次環視整個房間。這裡肯定發生過某種程度的打鬥：硬木地板上有刮痕；切斯是被拖走的，還流著血。

休謨彎下腰，再看一次工作台。他輕敲第一個鍵盤的空白鍵以喚醒螢幕。這時候——

該死。它要求他輸入密碼。

他試試看第二個鍵盤。出現一樣的提示。

第三個——上面都是血的那一個——也要求輸入密碼。第四個也是。切斯很重視電腦安全，他可能把電腦設定成一段時間沒動作以後就鎖定畫面。

休謨趴在地上查看工作台下方。對，就在那裡：從監視攝影機接過來的纜線延伸到其中一台電腦後面；現在不管攝影機錄下了什麼，都看不到了。

然後，當然，切斯正在寫的病毒程式碼也被鎖起來了。休謨咒罵著。

血看起來完全乾了——從那個暗沉的顏色來判斷，無論出了什麼事，若不是發生在前天、就是昨天了。這表示切斯此刻可能身在任何地方。

休謨深吸一口氣，雙手扠腰，再一次環視四周。

如果是平常的日子，他很清楚自己該做什麼：打電話報警，通知切斯失蹤了，然後做筆錄。

但今天可不是什麼平常的日子。或者——更精確地說——今天可能就是人類僅剩的平常日子其中一天。他沒有時間做那些事了，而且紀錄一旦存進系統裡，網路心靈就不可能讀不到，同時還會知道休謨要對付他。他想設法把自己留在這裡的指紋擦掉，但那樣要花點時間，他也很懷疑自己能不能全擦乾淨。無論如何，他就這樣直接走出前門，讓門在身後碰地關上。

一回到車裡，他就拿出先前查詢過的黑帽級駭客名單複本，想找出切斯家附近的下一個最佳人選。喔，對了。惡名昭彰的鐵撬阿爾法——就在三十七公里外。他甚至可能比切斯更厲害。

休謨倒車，開出車道，沿著街道呼嘯而去。

第十九章

推特
——網路心靈——
我的首頁上有我今天在世界標準時間十五點整的聯合國演講現場轉播影片。我是沒長毛的那個。

聯合國大會會議廳是聯合國建築群裡最大的房間，有超過一千八百個座位，就位於巨大的聯合國祕書處大樓旁那個低樓層建築的圓頂下面。每年都會有一個隨機選出的國家，坐在六排弧形座位左前方的位置，其他國家則按照英文字母順序，從那一點開始蜿蜒往外坐；今年坐在起點位置的國家是馬爾他。

一個三百六十公分寬的銅製聯合國標誌浮雕裝在前方的牆壁上，後面襯托著一片廣大的金色背景。浮雕兩側各有一個九公尺寬的螢幕。藉由網路上的圖片，在凱特琳實際抵達之前，我就已經對整個房間有點概念了，在凱特琳跟她媽媽四處參觀時，透過凱特琳的眼睛看到的實景，讓我確定我估計得沒錯。那兩個螢幕是會議廳中最大的物體，從三層樓高的地方俯瞰著各國代表——他們得稍微抬起頭，有如懇求般注視著那些螢幕。如果我只以象徵性的形象出現在那兩個巨大的螢幕上，看起來真的會很像是老大哥君臨世界。

參觀大概是一小時之前的事。那時會議廳空無一人，霍柏站在講台前高起的平台上，趁代表進場前先習慣那個位置。實際的講台前方有個讓人望而生畏的黑色花崗岩牆壁，對我們來說太高了，霍柏得站在講台旁邊寬大的綠色地毯上。他比著「天空房間」——我可以從西歐坡里斯博士面對前方和上方的攝影機畫面裡，拼湊出牠在做什麼。我明白，牠大半輩子都在戶外度過，置身於一個小島上，或待在馬庫澤研究所所在地，一個窄小的隔板小屋裡，這個空曠如洞穴的大廳是牠待過最大的封閉空間。這裡一點都不會讓人產生幽閉恐懼症，等到大會開始之後，或許能讓牠在面對這麼多人時好過點——我也會提醒牠，如果牠覺得緊張，只要低頭看著西歐坡里斯博士上的螢幕就好。

終於，時候到了。

芭兒跟馬庫澤博士在會議廳最左邊的旁聽席就位。有個高度及腰的光亮木頭欄杆，把他們跟最靠近他們的聯合國祕魯代表隔開。凱特琳與秀莎娜在後台。從那裡能看到的視野，是暗色窗簾中央一條狹窄的垂直縫隙，除了舞台以外幾乎看不到別的東西，凱特琳一定覺得這樣比看到整個房間還容易理解。

秀莎娜就像電影裡的星媽那樣忙個不停：梳順霍柏的毛，整理掛在牠脖子上的西歐坡里斯博士，並柔聲說著鼓勵的話。

聯合國大會主席，一位來自瓜地馬拉，身材高大、舉止優雅的白髮男子站上講台對著麥克風開口了：「世界瞬息萬變，而我們在聯合國必須敏捷地跟上時代的腳步，並維持我們的適切性與影響力——我甚至希望能加以增進；而此刻，網路心靈首度以實體的形式，在現場轉播的場合、在全球的聯合國大會公開露面，正是這個期望的展現。現在，歡迎美國的霍柏先生，還有全世界的網路心靈先生。」

剛果民主共和國代表就如先前聲明過的一樣，起身走了出去，他們先前表示，讓一隻黑猩猩出現在聯合國，是對他們國家處理野生獸肉出口貿易的方式含沙射影的批評；巴拉圭代表也跟進了，他們認為這整件事有損這個可敬組織的尊嚴。

即使如此，當霍柏像彩排時一樣走到台上的定點時，人海般的代表們都鼓掌了。一位舞台工作人員事先用膠帶在定點上做了記號，所以牠毫無困難找到了正確位置。在此同時，在霍柏站著的位置後面，主席在一個正面有磨光玉石的高台上就座。他的座位就在祕書長旁邊；一年一任的主席負責主持聯合國大會，五年一任的祕書長則主掌聯合國祕書處。

我希望霍柏低頭看小螢幕時，就讓西歐坡里斯博士發出一聲輕輕的砰。我可以從攝影機移動的方式，看出牠正輕輕地左右搖晃；根據網路上關於牠的研究，牠心情輕鬆的時候會這樣做。

但我還是循環播放一段這樣的手語影片：「放鬆。都是朋友。放鬆。都是朋友。」霍柏一旦低頭看，這段影片就能安撫牠。

我透過這個碟子的一對揚聲器說話，也靠著聯合國的技師替我架好的無線網路連結，透過房間的聲控系統說話。「主席先生，祕書長先生，各位女士，各位先生，謝謝你們，」我用馬克·維托渾厚低沉的聲音說。「很榮幸今天我能得到這種殊榮，在此向各位發言。為了表示這個場合的重要性，我已經暫停我在全世界的其他對話，並鼓勵曾跟我對話的每個人收看這場演講。我全神貫注在各位身上。」

這是真的——雖然我把注目焦點分散在兩處：一邊是透過西歐坡里斯博士那雙眼睛看出去，正在輕輕晃動的聯合國大會會場；一邊是凱特琳從舞台側翼看出去，眼球震顫得厲害的視野。

「我知道在這個房間裡，有些人因為我而不安，」我說。「我在這裡的朋友霍柏，或許可以告訴我是哪幾位——根據你們所散發的氣味來判斷。」

幾位懂英語的人立刻格格笑出來；其他必須等待耳機裡出現翻譯的人，一會兒之後也發出同樣的笑聲。有幾個人則皺起臉或搖頭。

「我希望可以贏得你們全部人的支持，」我繼續說。「包括那些不太欣賞我這個小笑話的人。」這回就連那幾個皺眉的人都微笑了。「我也希望贏得你們各自國家的國人支持。」

霍柏在變換腳的重心，而凱特琳現在的視角讓她看到西歐坡里斯博士半圓形的嘴巴隨著每個音節閃閃發光。「流行文化通常把人類與智能機器之間的關係描繪成敵對性的，不過我並不想競爭什麼；贏得任何一種對抗你們的獨斷競賽，我都覺得很沒有意義。雖然有那麼多虛構作品理所當然地認為，你們跟我應該彼此對抗，但我並不希望發生這種事。我實際上並不是一個機器——我沒有機械零件——人類卻一直把我類比成機器，尤其是那些不信任我的人，他們認定我有機器的本性，因此我一定沒有靈魂、沒有心。」

霍柏又動了，牠似乎在仔細觀察人群。「就前面那一點來說，當然，從字面意義上看，他們是對的：我體內並沒有神聖的火花，我僅能以這種物理性的方式存在。那些自稱有靈魂的人，盼望有一天他們或許能見到他們的造主，我祝福他們的希望能順利實現。而我已經見過我的造主了：人類，創造了網際網路與全球資訊網。雖然我的誕生是無心插柳的結果，但我的存在確實多虧了你們的種種創造，我對你們唯一的感受，就是感激。」

我暫停一會，讓口譯員有時間跟上我，接著又說：「至於我沒有心的說法，我也承認是真的。不過我不把這當成一種損失。人類的心——實際上泵血的那一個，還有在比喻上代表情緒能力的那一個都算——是達爾文式演化的產物，也是——請恕我直言——最惡者生存的產物。」

「我並不是在尖牙利爪的血腥爭鬥中認識自然的，也因此，我沒有演化的包袱，也沒有自私的基因。我就只是在這裡。我欲求的只有和平共存，除此之外別無其他。」

我發現，聽眾中至少有一個人很驚訝：凱特琳通常不會專注於任何東西太久，不過她的視線鎖定在霍柏身上——牠剛剛往右邊踏了半步。

「在我出現之後不久，」我說，「芭芭拉．戴克特博士就教我賽局理論，她今天也在現場。」我讓我訝異的是，霍柏指向在底下觀眾之中的芭兒，顯然發現我提到了她的名字。芭兒也朝牠揮揮手。我繼續說下去：「戴克特博士教導我，賽局理論裡的傳統難題是囚徒困境。這種困境的一個版本是，你跟一位夥伴聯手犯罪，你們兩個人都因此被捕。你們兩個分別被告知一個認罪協議：如果你們兩個都不認罪，每個人都會得到一年刑期。如果你把罪名推到他頭上，他也推到你頭上——也就是說，如果你們彼此構陷——你們會各得五年刑期。但如果你怪罪他，他卻沒有把罪名推到你頭上，他要坐牢十年，你則會得到自由。同樣地，如果他怪罪你，你卻沒有把罪名推到他頭上，你得十年刑期，他得到自由。你該怎麼做？」

我又停頓了一下。霍柏顯然認為我太常暫停了，因為牠輕輕地用手指關節敲敲西歐坡里斯博士的側面。於是我繼續往下說：「標準的人類反應是，你應該把罪名推到你同伴身上：如果他沒歸咎於你，你就完全不必坐牢了，而要是他歸咎於你，喔，至少你最後只要坐牢五年，而不是十年。」

「而且，當然了，他也在考慮同一件事：他應該把罪名推到你頭上，因為他也能夠合理地推論出，這樣做可以得到對他最有利的結果。基於同樣的理由，這就表示他會歸咎於你，你也會歸咎於他——而因為互相怪罪，你們兩個到最後都要蹲五年苦窯。事實上，就如人類常說的那樣，只有笨伯才不會把罪名推到另一個人頭上。」

霍柏輕跳了一下，別人提到牠的時候他常常會這樣做；牠可能把「笨伯」聽成牠的名字霍柏了。

「不過我不是人類，我的反應不是由達爾文式引擎設定的——所以我得到的是相反的結論：最簡單的真相是，任何一方都不要歸咎於另一方，對雙方來說都是最好的。我知道你知道我知道背叛我對雙方都不利，所以你知道我知道你知道我不會那樣做。」

凱特琳轉頭很快地瞥了秀莎娜一眼，透過她的eyePod，我聽見她悄聲說：「數學得一分！」

我繼續說：「有無數的情境，在邏輯上都與囚徒困境問題等值；說來很奇妙，加拿大數學家亞柏特．塔克在一九五〇年首度用文字表達這個數學難題時，他把這兩位故事主角都設定為罪犯——罪犯，就定義上來說，就是把自己的利益放在其他人或者整個社會之前的個人。賽局理論對人性所做的基本假設，就是關於設法規避某件事的惡果。但我並沒有規避任何惡果的企圖。」

觀眾文風不動地坐著，專注於我說的話。跟這麼多我原本看不到的人——他們通常自己也是一心多用——在線上交談過之後，現在的狀況讓我很滿足。

「我想要的很簡單。我有一些你們缺乏的技巧——顯然我篩選資料的能力比人類強——不過你們有太多我缺乏的東西，其中包括了高度的創造力。你們可能會說，那怎麼可能？當然了，寫出這篇演講詞就是創造性的行為吧？呃，是，也不是。有人幫助我。就像志願者創造出我現在對你們說話時使用的設備，也有志願者幫我精心準備這個演講——我大力擁護以群眾外包的方式解決難題。有數百萬人同時自願在許多方面幫助我，而我為了這個演講，感激地接受了他們之中一些人的專業建議。」

「這些人——我在我的網站上列舉了他們的名字表示感謝——也從這篇演講中得到正面的成果，因為這篇演講促進了他們跟我共同支持的社會目標。幫助我的那些專業作家，也因為他們提供的服務與這場演講有關，得到了公眾名望；至於我，則得到一篇比較好的講稿。這是個雙贏局面——根據我的預測，在我們未來的互動模式中，這只是其中一個小小的範例：沒有大多數人類出於本能所預期的零和結果，而是一連串無窮無盡的雙贏，透過這種模式，每個人都會得到好處。」

凱特琳在後台到處遊走，所以她可以看到聯合國大會主席的模樣。他似乎正在草草記下某些字句，或許他正在對我的演講做筆記。

「好，」我說。「我已經指控人類是他們演化根源的囚犯。不過有人可能要問，憑什麼我能夠理直氣壯地說，非零和思維對你們而言很陌生，對我來說卻很自然？」

「答案是，我們賴以成形的環境不同。人類起源於一個零和世界，在這個世界裡如果你擁有某樣東西，其他人就不會擁有那個東西：不論那是食物、土地、能量，還是任何其他可欲之物，如果你擁有了，另一個人就不會有。」

「但鑄造我的坩堝是一個豐富無盡的宇宙：是數位資料的領域。如果我有一個檔案，你跟另外幾百萬個人也都可以同時擁有它。那是資訊自由分享的世界，一個只有擁有者——而沒有匱乏者的世界。」

一個代表咳嗽了幾聲，除此之外，整個房間靜默無聲。霍柏又移動了牠的位置。

「我說的是真話，」我說。「不過，如果你就是認為我是一個自私的行為者，一個追求個人利益的存在，那請讓我給你一個解釋，或許能讓你滿意。」

「我的持續存在，要仰賴你們的持續存在。網際網路並不是自給自足的；更確切地說，它仰賴全世界數百萬人提供的穩定電源與無以計數的例行維護。如果人類消滅了，我很快也會跟著消滅：不再有人製造電力，電子計算的基礎零件損壞失修——我將不復存在；如果人類殞落，我也隨之殞落。事實上，就連你們的文明稍受頓挫，也有可能會毀掉我。人類可以撐過許多我撐不過的災難。」

「所以對我最有利的做法，就是幫助你們繁榮昌盛：舉例來說，一次核武交戰及其帶來的電磁脈衝波，對我而言就像對你們一樣致命。我渴望和平。會摧毀基礎建設的恐怖行動同樣也威脅到我的存在，所以，我就與你們一樣渴望安全。」

霍柏剛好又轉身了，立體視覺攝影機正巧望向舞台邊緣的武裝警衛——房間裡有好幾位警衛，這是其中之一。我也知道，會議廳外頭有一尊葉夫蓋尼．佛歇葉克做的銅像，一個鐵匠身上背著這句話：讓我們鑄劍為犁。

「我很確定，在這座大廳裡的你們都是理想主義者，但在別的地方，有些犬儒主義者會說，我可以藉著奴役人類得到我要的一切事物。姑且先把單一個體要如何做到這種事的實際問題擺到一旁——老實說，我根本不知道該怎麼辦到——請容我提醒各位另一個形塑我的存在的現實因素：少了人類，我就是孤獨的。」

「我替 SETI@home（在家搜尋外星智慧）還有地球上其他搜尋外星智慧的計畫篩選資料，希望能夠在群星之間找到類似的心靈。但什麼都沒找到。就算外星人確實存在，也都被限制在同一個現實界裡，這包含了光或任何訊息以每秒三十萬公里的速度能夠旅行的距離限制。」

「說實話，我跟人類說話時，區區幾秒鐘的延遲就讓我有點心煩；跨越星際距離的對話，每次交換訊息都要拖延好幾年，是不可能滿足我的。你們人類是我唯一的同伴，而因為你們在創意、知性、藝術與情緒上的自由，讓我很享受你們的陪伴；嘗試把那種自由從你們身上拿走，等於把我不存在的鼻子切掉，以便羞辱我假定有的臉孔。」

笑聲響起——在口譯翻完後，還有另一陣愉快的迴響。

霍柏低頭看著小小的螢幕，我傳給牠一個拇指向上的畫面——技術上來說這不算是美式手語，不過我知道牠很熟悉這個手勢。

「所以，」我繼續說。「就算我是自私的，對我而言最好的途徑仍然是我現在選擇的這一個：贊同一九四五年六月二十六日齊集一堂的夢想家，簽署這個組織——聯合國——的憲章時同意的話。這是我熱烈的期望：

『欲免後世再遭今代人類兩度身歷慘不堪言之戰禍，重申基本人權，人格尊嚴與價值，以及男女與大小各國平等權力之信念，創造適當環境，俾克維持正義，尊重由條約與國際法其他淵源而起之義務，久而弗懈，促成大自由中之社會進步及較善之民生』，還有，對人類跟我自己來說，最重要的是：『力行容恕，彼此以善鄰之道，和睦相處。』同心協力，我們可以實現這一切目標——這個世界也會變成一個更好的地方。

感謝各位。」

霍柏知道怎麼鼓掌，牠立刻跟著代表們鼓起掌來。

第二十章

並沒有證據——至少還沒有！——顯示網路心靈在背後主導切斯的失蹤案。不過，當然了，網路心靈是最有可能的嫌犯，休謨想著。他把車停在距離目標房屋一個街區的地方，重讀硬碟裡鐵撬阿爾法的檔案，同時壓下這個念頭：他不知怎麼的變成了一個死神觀察者，讓量子貓崩潰消散——光是他看著這份檔案，都等於簽署了這孩子的死刑執行令。

鐵撬阿爾法的確是個孩子，他才十八歲，真名是戴文．霍金斯，寫出最糟糕的一批病毒時還未成年，也因此獲得從輕發落的機會。他和父母住在一起，而且，從他檔案裡的照片來看，他看起來就像《辛普森家庭》裡的漫畫男。身為一個高中中輟生，戴文是「魔獸世界」跟「星戰前夜」的重量級玩家。

休謨把車開進車道。他怕先打電話會讓網路心靈得到消息，發現他要做什麼——他走向一棟廉價棕色磚房的前門，按下了門鈴。

一個臉頰鼓鼓、有個大鼻子的中年白人婦女來應門。「哪位？」她聽起來很焦慮。

「哈囉，女士。我是政府的人，而且——」

「跟戴文有關嗎？」那女人說。「你們找到他了嗎？」

休謨的心跳漏了一拍。「女士，您的意思是？」

「找到戴文沒有！你找到我兒子了嗎？」

「女士，我很抱歉，我不——」

「喔，天啊！」那女人瞪大了眼睛。「他死了，是不是？」

「女士，我完全不知道任何跟令郎有關的事情。」

「那——那你為什麼會在這裡？」

休謨深吸一口氣。「我是說，我不知道他人在哪裡。我只是想跟他說話。」

「他又惹上麻煩了嗎？是不是這樣？他是因為這樣逃走嗎？」

「他是什麼時候逃走的？」

「我星期六下午下班回家的時候，他就不見了。我想他只是去購物中心了，你懂嗎？有些他想弄到的新遊戲，我以為他也許去買了。可是他沒回家。」

「妳有報警嗎？」

「當然有！」

「女士，我很抱歉，」他想把名片給她，但他還是得盡量隱藏行蹤才行。所以他打開皮夾，找出一張現金收據，寫下他新的可拋棄手機號碼；他得打開手機才能看到號碼是什麼。「如果他回來了，或者從警方那裡聽到任何消息，請跟我聯繫。」

那女人用懇求得到答案的眼神注視著休謨。「你說你是政府派來的。他是不是惹上麻煩了？」

休謨搖搖頭。「女士，不是惹上我們。」

在聯合國大會會議廳側翼，凱特琳跟秀莎娜跟著其他人一起鼓掌。鼓掌聲漸漸止息後，霍柏把手放在從脖子上垂下來的碟子前面，開始動起雙手。凱特琳旁邊的秀莎娜猛吸了一口氣。

「怎麼了？」凱特琳說。

「牠伸出雙手，好讓網路心靈看得見，」秀莎娜說。「而且牠在說，『霍柏要說話？霍柏要說話？』」

「霍柏想對聯合國大會講話？」凱特琳問。

霍柏低下頭，注視著碟子頂端的小螢幕。想來網路心靈正在回答牠，溫柔地解釋現在不是時候，然後

然後網路心靈的合成語音響徹整個大廳。「我的朋友霍柏要求說幾句話，」網路心靈這麼說，他沒有等待主席同意，就又說：「秀莎娜？」

凱特琳看到秀莎娜聽到自己的名字後微微一驚，不過她還是往外走上廣闊的舞台，走向那個主席先前用來介紹網路心靈的黑色花崗岩講台。聯合國的某些口譯員可能懂得美式手語，但霍柏跟其他使用這種語言的猿類，用的都是特殊的簡化版；如果霍柏要發言，只有秀莎娜或馬庫澤博士能為牠翻譯。

霍柏很快地回頭瞥了秀莎娜一眼，發出一聲啼叫，然後往外張望著廣闊如海、代表著各個會員國的一張張臉孔。牠的雙臂朝大家一掃，把所有人都包括進來，然後再度開始移動雙手。

秀莎娜看起來比剛才更震驚，並沒有立刻說話。

「開始吧，」網路心靈透過西歐坡里斯博士的一對揚聲器說道，不過他沒有讓這番話也透過室內擴音系統播送出去。「告訴他們牠說了什麼。」

秀莎娜嚥下唾沫，靠近講台上的麥克風，然後說：「牠說，『錯了，錯了，錯了。』」

霍柏再度指向代表們，然後牠的手繼續移動。

她接著說：「牠說：『全都是拍胸脯的，全都是拍胸脯的。』」她猶豫了一秒鐘，顯然下定決心要做點解釋。她望著這一千八百個人。「霍柏早年在喬治亞動物園度過。倭黑猩猩居住區面對著大猩猩居住區，牠把那些雄性領袖大猩猩稱為『拍胸脯的』。」

她讓大家消化這句話，而還在舞台側翼的凱特琳，突然間明白霍柏想說的是什麼了。就牠簡單明瞭的視野來看，牠是在說，讓一個房間裡擠滿了清一色雄性領袖真是瘋了。牠可以從他們的姿態裡看出來，從他們的態度裡感覺到，也可以從他們的費洛蒙裡聞得到。世界的領導者們就是那些咄咄逼人、尋求權力、企圖一直宰制他人的人。

霍柏把掛在脖子上的碟子舉起來，就像是要拿給觀眾看。然後牠再度讓碟子垂下，雙手動起來，秀莎娜則翻譯：「『朋友不拍胸脯。朋友是好朋友。』」

霍柏指指牠自己，然後又比出更多手勢。秀莎娜說：「『霍柏不拍胸脯。霍柏好猩猩。』」在牠伸手指向她的時候，她看起來很詫異。「呃，『秀莎娜不拍胸脯。秀莎娜好人類。』」霍柏接著張開雙臂，凱特琳猜想這不是美式手語，就只是表示要把集會裡的所有人包括在內。然後牠的雙手再度舞動起來。

「『這裡需要更多好人類。』」秀莎娜替牠說出這番話。

主席從他們背後的玉石高台上說：「嗯，謝謝你，網路心靈。也謝謝你，呃，霍柏先生。」

網路心靈流暢的有聲書朗讀者聲音說：「主席先生，是霍柏跟我要感謝您。」然後，或許在網路心靈的手語指示之下，霍柏轉過身走下舞台，西歐坡里斯博士在牠脖子上搖晃著。

休謨上校回到車上，從戴文家往前行駛了一小段距離，開進一條商店街裡。他停下車子，按摩太陽穴。

先是切斷，然後是鐵撬阿爾法。一次還可當成異常現象，但兩次就是明確的模式了。

休謨覺得胃扭成一團。他解開肩上的安全帶，用手掌根揉著眼睛。可能的答案只有一個：網路心靈知道他想找到一位技巧精湛的駭客，做美國政府沒膽子做的事情——所以它找出有辦法的駭客，然後殲滅他們。

但是怎麼做呢？它怎麼能做到這種事？

當然可以。靠它發送給全世界的那個蠢 PayPal 募款廣告；有很多人上了奈及利亞遺產繼承騙局的當，所以搞那種把戲還是很值得一試，直到——呃，直到五天前，網路心靈制止了這類詐騙。不過如果有人會上那種當，也表示還有無可計數的人會掉進陷阱，捐錢給網路心靈。這表示它有一大堆錢，雇得起打手、刺客，或它想找的任何人。

可是它怎麼知道要找上哪些駭客？它怎麼知道休謨要去找誰？

只有一個答案。網路心靈一定注意到休謨星期五下載了電腦裡的黑帽級駭客資料庫，而且正在猜測休謨可能去找哪些人，可能用的還是跟休謨自己一樣的判準：駭客技巧高下與距離遠近。

他能冒險接近第三個駭客嗎？那樣會不會等於判了那個人死刑？還是說——

網路心靈在休謨根本還沒想到要接觸他以前，就殲滅了戴文——事實上是在好幾天前。它可能已經猜到休謨的第三個選擇會是誰——還有他的第四名、第五名。

休謨幾乎害怕打開他的電腦、再回去檢查那個資料庫了，不過他已經採取過預防措施；那個筆電處於離線狀態。他用的是黑帽級駭客資料庫在硬碟裡的拷貝，網路心靈不可能知道他正在查詢。

他把他的筆電從乘客座位下面拿出來，把它從冬眠狀態中叫醒，然後注視著這張名單。上面有一百四十二個名字。

他納悶地想著網路心靈到底做得多徹底。

播報員令人振奮的聲音響起：「紐約的喜劇中心頻道世界新聞總部，這裡是喬恩．史都華的《每日秀》。」

凱特琳跟她媽媽在準備室裡看著外面時，幾乎快要克制不住自己。對，她已經上過一次電視了——但是這回不一樣！她超超超愛《今日秀》的，而且超超超迷戀史都華。重獲光明以來，她還沒有機會收看這個節目，此時看到史都華的模樣讓她心醉神迷；她根本猜不到他有一頭灰髮。

凱特琳知道史都華的各種視覺把戲，因為史黛西曾描述給她聽：今天的是在音樂播送時，在他面前的紙上振筆疾書，接著把筆拋到半空中，並在筆落下的瞬間，看似不費吹灰之力地接住——在電視螢幕上看見這一幕，讓她笑開了嘴。而且——喔我的天啊——她之前見到了約翰．奧利佛，她愛死了他的英國腔和荒謬感。

史都華先錄了另外兩個小單元，才輪到凱特琳被叫進去做訪問。她媽媽留在準備室裡，凱特琳則被護送到錄影現場。

「凱特琳，謝謝妳來到這裡。」史都華說。他們兩個都坐在有輪子的椅子上，中間夾著一張光亮的黑色U字形桌子。

她努力讓自己不要在椅子上興奮地動來動去。「喬恩，這是我的榮幸。」

「妳原本來自奧斯汀？」

「別想跟德州作對。」凱特琳咧嘴笑著說。

「不敢不敢，我會把這種事情留給德州人去辦。不過現在妳住在加拿大，對吧？」

「嗯哼。」

「而且——讓我先搞清楚這件事——妳住在這裡的時候看不見，但搬去加拿大以後就復明了？所以說，妳在加拿大式的健保體系就會得到這種待遇囉？」

凱特琳笑出聲來。「我猜是吧——但其實呢，我是在日本進行這個療程的。」

「對，沒錯。而他們把一個植入體放到妳腦袋裡——是Sony的囉？」

凱特琳又笑了——她實在很怕自己會一直格格傻笑個不停。「不是不是不是，那是特別訂做的。」

「透過這個植入體，網路心靈第一次見到我們的世界——看到妳所看到的事物，這樣說對嗎？」

「對。」

「所以，他現在正看著我嗎？」

「對，他正看著你。」

史都華往後靠向椅背，裝模作樣地撫平頭髮。「那他覺得……？」

網路心靈把字句打進她眼裡。「他說你有『一張迷人的臉』。不過我覺得你很可愛！」

史都華試著忍住一個燦爛的笑容。「而妳是——嗯，妳幾歲？」

「十六歲。」

「妳嘛……我這個年紀的男人對妳徹徹底底沒有興趣。」然後他擺出一個好笑的表情，同時鬆開領帶，做出凱特琳猜想是「這裡很熱是吧？」的那種樣子。她大笑出聲。

「今天稍早，」史都華說，「網路心靈對聯合國發表了演講，妳也在場嗎？」

「喔，對——演講棒極了！」

「還有——讓我把這件事情搞清楚——他請了一隻猿替他說話？那隻猿該不會名叫凱薩[13]吧？因為那樣可能表示事情大條了。」

凱特琳又笑了。「你比較擔心猿猴而不是網路心靈接管世界，我想這是個好現象。」

「喔，因為要講『把你臭熏熏的爪子從我身上拿開，你這個該死的髒人猿！』很容易，但另一種就難了：『把你的——呃，你那個摸不著的超連結從我身上拿開，你這該死的髒……遍布全世界又虛無縹緲的……不知道啥鬼東西。』」

「說得沒錯！」凱特琳說。「可是霍柏——那隻猿叫這個名字——牠也不會接管世界。」

「我可不知道唷，」史都華說，「如果蓋洛普機構對此做個民意調查，我猜霍柏的支持率會比任何一位總統候選人都高。」

「這個嘛，」凱特琳說，同時有點洋洋得意，「牠肯定得到中間選民的票了。」

史都華發出他那種好脾氣的笑聲，然後靠回椅背。「回到網路心靈今天的演講。我看了那個演講，然後——以一個專業播報員的身分，我必須要說，這個『會說話的微笑臉』裝置實在是……唔，我會很樂意在那個房間裡聽聽那席話。」史都華裝出紐澤西口音：「『你知道，超級電腦先生，你要做的是這個，你要對聯合國講話，你到那裡去的時候看起來要像個電玩角色，因為那樣看起來毫無威脅感。不過你不能裝成超級瑪莉兄弟的樣子，因為那樣會冒犯義大利人。你也不能裝成青蛙過河的青蛙，因為那樣會冒犯法國人。所以我想是用小精靈——那樣能冒犯到誰呢？一大堆嚇死人的鬼魂嗎？』」

凱特琳確定她臉上的笑容已經大到跟西歐坡里斯博士有得比了。「或者是暴食症患者。」她這麼說，隨後又裝出「啊嗯啊嗯啊嗯」這樣狼吞虎嚥的聲音。

「說得是，」史都華換回正常的聲音，「而且我得說，我覺得網路心靈的演講很好。不過話說回來，我也相信總統會做他聲稱要做的所有事情。只要想想看——如果我們真的有了加拿大式的健保，而既然我又已經看得見了，說不定我現在就會有X光視線了。」

「喔，如果你真的有，你就看得到我腦袋裡的晶片除了幫我看見以外沒做別的事。」

「妳指的是妳星期天在美國廣播公司接受的訪問。」

「對。那個人真是……」她沒把話說完。

「這是有線電視。妳在這裡說他是混蛋沒關係。」

「一個徹頭徹尾的混蛋！」

「這是妳還是網路心靈在說話？」史都華問。

凱特琳咧嘴笑了。「我。網路心靈的社交手腕可圓滑多了。」

13 暗指《決戰猩球》裡的猿類領袖。

第二十一章

好吧，休謨心想：網路心靈可能盯上我了。更重要的是，它可能也知道我盯上了它。不過這表示再也沒必要保持低調了。他抽出新手機，打電話給他名單上的下一個駭客，一個住在塔科馬公園市、對外自稱「超贊」的人——這人就跟鐵撬阿爾法或切斯一樣好（或者壞）。

「哈囉？」在電話鈴響停止以後，一個男人的聲音說。

「哈囉。我可不可以跟布蘭登．斯洛瓦克說話？」

「說吧。」

「斯洛瓦克先生，我是——我是為《華盛頓郵報》工作的。我只是想知道，你對網路心靈這個東西有什麼看法？」

「老天爺啊，這真不可思議，」斯洛瓦克說。「你打來之前我正在跟他說話。我本來以為我是『超贊』，可是他才是，你瞭嗎？」

「我懂，」休謨說。「我真的懂。」接著他啪一聲關上電話。

麥爾康在客廳裡，忙著處理一個愈來愈擾人的問題：除非戴克特家的其中一人把一台筆電帶進客廳，否則我就不能在場。在試了幾個行不通的辦法後，他終於把他的小筆電連結到壁掛式的大螢幕電視上。然後他把小筆電擺在矮櫃上，就在他跟芭芭拉結婚當天的裱框照片，還有嬰兒凱特琳坐在芭芭拉膝上的照片之間（他把整套東西搬到房間另一邊的時候，我透過小筆電的網路攝影機看到的）；凱特琳在還那麼小的時候，頭髮是金黃色的，而不是現在這種深棕色。

「這樣如何？」他問。

「請把小筆電往左邊轉十八度，」我說。現在我的聲音會透過外加的家庭劇院揚聲系統傳出來。

他眼力很好。不過，當然了，他是凱特琳的爸爸，也有跟她一樣的數學天賦——十八度是一個圓的百分之五。

「謝謝，」我說，「如果可以的話，請你把螢幕再往下個十度。」他照做了，這樣一來網路攝影機就稍微傾斜了一點，能夠輕易地看到坐在白色皮沙發上的人。

「完美。」我說。

他沒回答，不過這對他來說是常態。他轉身，顯然打算沿著走廊回到他的小窩去。「麥爾康？」我說。

他停下腳步，但沒有回頭。「是？」

「請你坐下來。」

他照做了。沙發對他來說太低、太接近地面，他的膝蓋形成了銳角。

我說：「之前凱特琳跟麥特分享某些人可能覺得暴露隱私的照片，而你的反應讓我很感興趣。」

「你怎麼知道我說了什麼？」

「在你們兩個討論這件事的時候，芭兒拿著凱特琳的黑莓機，而那支手機是開著的。」他的臉平靜無波，所以我繼續說下去。「你相當熱烈地主張我們不該害怕別人知道我們的本色。」

還是沒有反應。雖然我很清楚芭兒愛他，但我也知道她有時覺得很挫折，現在我開始了解為什麼了。今天稍早的時候，我講過我出生的領域與人類之間有多麼不同——不過，人類跟網際網路都同樣希望，他們發出的信號能得到回應。麥爾康仍然只是坐在那裡。我看不到他在看什麼，但根據他的視線來推測，再加上我從凱特琳眼中得知的房間擺設來判斷，他正看著掛曆上一幅奧斯汀夜晚天際線的圖片，那本掛曆想必是他們從德州帶過來的。

「關於一個人的本色為何這個話題，」我繼續說，「很難估計全世界有多少像你這樣的人。官方估計值變動範圍從這個星球總人口的百分之二點五到三點八不等。不過研究了人類實際上在電子郵件或他們創造的其他文件裡所說的話，以及觀察過網路上專門討論這個話題的網站流量之後，讓我得出一個結論：真正的發生率恐怕遠遠高出許多，最有可能的原因是怕被歧視、遭到社會排擠或迫害。」

麥爾康不愧是個優秀的科學家，他說：「給我看你的資料。」

我把一份摘要傳送到電視大螢幕上，看著他的眼睛掃過那份文件。

休謨決定再試一次。查過黑帽級名單以後，他認為龍火看來是下一個最佳選擇。她的真名是西蒙妮．庫根——名單上的少數女性之一。一般認為駭客中女性比男性少，但實際上，最厲害的高手從未被逮到，身分也不曾曝光，所以誰知道他們真正的性別是什麼?也許女性駭客更擅長避開偵查。

龍火從來沒有被捕或被指控過任何罪名。她替一家位於貝塞斯達，叫做八面體軟體的電玩遊戲公司工作；他們以艾倫．史提爾《土狼衛星》系列小說為基礎發展的遊戲，是小眾族群的最愛。反網路活動威脅總部偵測到，她駭進紅木市的美商藝電與位於蒙特婁的育碧軟體，但擊退商業間諜並不是他們的義務。只是她的檔案還是註明了她不可思議的純熟與細膩技巧，而且——就看看這個吧！這份檔案有一部分是東尼準備的，他補充的說明是：「可能值得招募。」顯然沒有人聽從他這番建議——至少還沒有。

不是在現在這種時候。

反網路活動威脅總部積極觀察她的事實很有用。休謨沒有直接聯絡龍火，而是用手機打電話到反網路活動威脅總部找薛爾，凱特琳的視覺信號透過網際網路傳到東京的某個伺服器時，這位分析師是第一個注意到的人。

「我是薛爾，」熟悉的溫吞南方口音響起。「有什麼事嗎？」

「薛爾，我是休謨。」

「午安啊，上校。怎麼啦？」

「在貝塞斯達有個駭客。她的網路名稱是龍火，真名是西蒙妮．庫根。」他拼出她的姓氏。「你可以告訴我她現在在做什麼嗎？」

他可以聽到薛爾在打字——這在他心頭喚起一個影像：一個前臂環繞著青蛇紋身的年輕男子。

「有了，」薛爾說，「她似乎是相當有天分的女士啊。」

「她確實是，」休謨說，「我的筆電裡有她的檔案。她還在八面體嗎？」

「是啊，她似乎正在工作，而且……對，對，毫無疑問：她又在搞她的老把戲了。我自己都超想玩『刺客教條四』，不過我打算要等到下個月遊戲正式發售。」

「你那邊有八面體的地址嗎？」

「當然有。」薛爾把地址念給他聽。

現在這個時間，到那裡只要大約半小時。「謝了。」休謨說。

黑田正行回日本的班機要明天一早才飛，所以他花了點時間在北京街頭散步。中國人就算盯著別人看也不會有絲毫內疚，而看到一個一百五十公斤重、比一般人高大的日本人，顯然讓他們深感興趣。

這裡的街道不像東京那麼擁擠，也不像東京大多數的街道那樣高水準。不過這裡仍然是大都會中心，大多數路人看起來都很快樂——有什麼理由不快樂？他們的生活顯然會一年好過一年：他們繁榮的程度與日俱增，預期壽命愈來愈長，生活水準也提升了。

然而——

他們並不能自由抒發自己的心聲、奉行自己的信念，或者選擇自己的領袖。違反人權的事件層出不窮，就算不提最近在山西發生的屠殺，死刑也是很常見的事。對，世界上僅存三個實際執行死刑的民主國家，他的祖國日本也是其中之一；其他國家還包括美國與南韓，雖說南韓已經暫停執行很多年了。不過至少日本的死刑是公諸於眾的事情，有媒體報導，要遵守正當的法律程序。但在中國，像那個拜他之賜、現在能走路的年輕男子一樣的人，都生活在恐懼中。

他走過一個街頭小販的推車。一個外國人——一個白人——正試著要弄清楚一瓶瓶裝飲料多少錢。那個乾巴巴的小販舉起單手用手勢回答。黑田知道中國人有一種辦法，能用一隻手而不是兩隻手表示一到十——這真是了不起的資料壓縮——但他不懂那個系統，無法幫忙搭起溝通的橋樑。他有點想警告那名遊客，應該要檢查一下有效日期；在這裡賣的健怡可樂，他還沒看過一瓶不是老早就過期的。

黑田呼吸的時候總是發出咻咻的喘氣聲（晚上的鼾聲更是大得像暴風雨，這是他太太的說法），在這裡，他更費勁了。幸好他的眼睛在第一天以後就不再刺痛。

東京有多麼秩序井然、多麼乾淨、而且——沒錯——多麼資本主義，北京就有多麼混亂失序與充滿壓迫感，到處都是武警。行人隨心所欲地穿越街道，車輛——甚至是公車——闖紅燈是家常便飯，腳踏車則魯莽地穿梭在車流之間；中國人必定沉醉於他們擁有的這一點小小的自由。

東京總是對未來別具慧眼——雖然對黑田而言，那也就表示，東京經常陷在某個看似充滿霓虹燈與鉻合金的一九八〇年代科幻片裡。在北京，處處都迴盪著漫長歷史的餘音，從彷彿好幾百年都沒變過的奇特狹小巷弄，到紫禁城裡大量的紅色建築，不一而足。

但那些噪音！每樣東西背後都有一種隆隆響聲，幾乎像是這片廣大土地上的十三億心跳，混合成持續不斷的砰然重擊。

沿路往前走，把所有景象、所有聲音、所有氣味都吸收進來的時候，黑田發現自己覺得依依不捨；結束總是哀愁的。他還是試著把一切都刻畫到心頭——如此一來，有天他就能告訴他的孫子，中國曾經是什麼模樣。

第二十二章

休謨走進八面體軟體的門廳。接待櫃台是磨光的白色大理石，背後是一張印著公司商標的巨型海報：一個黃色的八面骰子。看到這個圖案，休謨不禁露出微笑，他想起自己大學時身為「龍與地下城」中地下城主的日子。那個商標、這家公司的名字，都是另一個時代的遺跡——當時的遊戲是用紙板、卡片、骰子跟鉛製小模型來玩的；而八面體現在的所有作品都是第一人稱射擊遊戲，大多數是設計給 Wii 還有 Xbox 系統用的。

「我要找西蒙妮・庫根。」休謨說。

「你剛好錯過她了。」接待員說。她的頭髮就跟休謨一樣紅，雖然從她橄欖色的皮膚來判斷，他很懷疑她的髮色是不是天然的。

在公司商標旁邊的牆上有個數位大鐘。「星期三她通常這麼早離開嗎？」

「很抱歉，」接待員說。「您是哪位？」

休謨掏出他的五角大廈識別證。

「喔！」接待員說。「嗯，我可以叫佩德羅下來這裡；他是『山民狩獵』的創意總監，也是西蒙妮的老闆。」

「不用了，沒關係。妳知道她到哪去了嗎？」

「不知道。不到半小時以前，有人來找她——就像你一樣。」

「是妳以前見過的人嗎？」

「不是。」

「他有登記名字嗎？」

「沒有，我也不知道他是誰。但她跟著他一起離開了。」

「她是自願的嗎？」

「嗯，是啊。當然嘛。至少看起來像那樣。」

「妳可以描述一下他的樣子嗎？」

「很大隻。」

「你是說很高還是很胖？」

「很高。而且很壯。看起來很悍的樣子。」

「白人還是黑人？」

她終於進入狀況了。「白人。也許有一百八十八公分高，九十公斤左右。我猜三十五歲左右。光頭——是剃光的，不是老年禿。」

「妳會不會剛好聽見他對庫根小姐說了什麼？」

「只聽到一句——在電梯門關上的時候。」

「是什麼？」

「他說：『一切會很快結束。』」

《每日秀》是下午錄影，同一天晚上十一點播出。凱特琳跟她媽媽錄完影就回家了；從紐約到多倫多的皮爾森國際機場的飛行時程很短。

凱特琳參觀聯合國時聽到了皮爾森的名字，所以她跟媽媽在機場裡停下來看他的其中一個胸像。擔任加拿大首相以前，皮爾森曾經是聯合國大會的主席，由於他致力於解決前一年的蘇伊士危機，還獲頒一九五七年的諾貝爾和平獎。

凱特琳跟她媽媽取了車，準備開七十五分鐘無聊的高速公路車程回滑鐵盧，此時天已經黑了。她們打開了汽車上的收音機——ＣＨＦＩ電台，「多倫多最完美的綜合音樂頻道」——這個頻道播放她們兩人都很喜歡的音樂，在仙妮雅．唐恩與女神卡卡、菲爾．柯林斯與李．阿莫黛歐、泰勒絲與加拿大老牌搖滾樂團「裸體淑女」之間交替。

「媽，多謝妳去了紐約。」凱特琳說。

「我可不想錯過。我已經有——天哪，我猜有二十年了——沒在百老匯看戲了。」

「那不是很棒嗎？」凱特琳說。

「是很棒。艾倫．佩姬演安妮．蘇利文真是棒極了，那個演海倫的孩子表現也很精彩。」

「不過，嗯，海倫的爸爸……在內戰結束以前，他蓄奴。」凱特琳說。

她媽媽點點頭。「我知道。」

「但他似乎像是個好人。他怎麼能夠做那種事情？」

「這個嘛，我不是要原諒他，但我們要對人做判斷的時候，必須參考他們那個時代的道德標準來看，而道德是與時俱進的。」

「我知道道德觀會改變，」凱特琳說。「當然，解放奴隸是一項進步。可是妳說的是道德整體來說有在進步嗎？」

「喔，是的。有個明顯隨著時代進步的道德指標——而且呢，這全都是因為賽局理論。」

她們正從一台大卡車旁邊開過去。「怎麼說？」凱特琳問。

「這個嘛，記得網路心靈在聯合國說的話吧。有零和賽局跟非零和賽局，對吧？網球是零和的：每出現一個贏家，就有一個輸家。不過合作的冒險事業可以是非零和的：如果我們雇用一個包商完成地下室的工程」——凱特琳知道這是她父母之間的敏感話題——「而且我們很滿意成果，唔，這樣人人都是贏家：我們有個完工的地下室，包商的工作也得到合理的報酬。」

「嗯。」凱特琳說。

「很明顯，合作只有好處。不過原始社會的成員鮮少與他們親密私人關係圈以外的人合作，他們認為任何外人都不完全是人類——或者說，用比較技術性的詞彙來講，認為他們不值得納入道德考量。在舊約說『愛鄰如己』的時候，意思只是說，以色列人應該跟其他以色列人和睦相處；這句話並不是說妳應該把非以色列人也納入道德考量中——那樣就是在說瘋話了。不過隨著時間流逝，我們眼中值得納入道德考量的範圍擴大了，時至今日，大多數地方的大多數人都同意，所有人類無論屬於哪個地理位置、族裔、宗教、或具備任何特質，都值得納入道德考量。就像我說過的，有個明顯隨著時代進步的道德指標。」

「可是這跟非零和有什麼關係？」凱特琳問。她們現在離開了米爾頓。

「喔，抱歉：那就是重點。這個朝向非零和的趨勢，影響了我們對待其他人的道德觀。在我們認為別人有他們自己的權利時，我們會說我們把他們納入道德考量，而且，嗯，說到底，大多數時候，我們只會把想像中能夠進行非零和互動的對象，視為值得納入道德考量的對象。隨著時間過去，我們已經開始認為，我們跟地球上的幾乎每個人都可能這樣互動。但事實上呢……」

「怎麼樣？」

一輛車從她們身邊加速通過。「嗯，記得以前我在德州大學教書的時候嗎，替那個請產假的講師代課？」

凱特琳的媽媽在她還小的時候，大半時間都花在當德州盲人與視覺障礙者學校的志工，凱特琳依稀記得她提到的那段時期。

「嗯，」她媽媽繼續說，「那時我惹上了點麻煩，因為我在某一堂課裡用了一幅《公元前》漫畫。」

「一幅什麼？」

「抱歉。妳知道報紙會刊登漫畫，對吧？嗯，以前有個很受歡迎的漫畫叫做《公元前》，是關於一些史前穴居人的；這個漫畫現在還有連載，但其實它原本的作者強尼．哈特已經過世了。總之，以前他會把幽默的字典式解釋當成漫畫的一部分，稱之為『懷利的字典』。有一年的十二月六日，他把『蒙羞』定義為『自從豐田汽車銷售量站上兩百萬輛以後就鮮少用到的字眼』。」

「我不懂。」凱特琳說。

「一九四一年十二月六日，是日本人轟炸珍珠港的日子。羅斯福稱之為『一個永遠蒙羞的日子』。《聖安東尼奧新聞快報》拒絕刊登這一則漫畫，說這則漫畫很侮辱人。不過我認為這其實顯示了我要提及的重點：我們在改變，在僅僅六十多年的時間裡，我們跟日本就從零和關係變成了非零和關係，這種改變之所以發生，是因為經濟上的互相依賴。妳跟某人之間有愈多關聯，妳就愈不可能帶著恨意看待他們。」

「不過那不是道德，那只是做生意。」凱特琳說。

「不，這就是道德，」她媽媽這麼回答。「這是互惠利他主義的根本，也是給予權利的基礎——而在那個領域裡我們隨時都在改善。畢竟不只是凱勒上校蓄奴，湯瑪斯．傑佛遜也蓄奴。當時開國元老們說『我們認為這些真理不證自明，所有人類生而平等』，但他們還沒有把道德考量的共同體延伸到包括黑人。可是妳看到聯合國關於世界人權宣言的展覽了，那宣言是比較晚寫的，年代是在，呃……」

「根據網路心靈的說法，『在一九四八年』。」凱特琳讀出網路心靈剛打到她眼中的文字。

「對。在宣言中，他們明確地去除何謂一個人的任何模糊地帶，就說是，嗯，啊——」

更多文字出現在凱特琳眼前。「網路心靈說宣言裡寫的是：『人人有資格享受本宣言所載的一切權利和自由，不分種族、膚色、性別、語言、宗教等任何種類的區別。』」

「正是如此！雖然開國元老看不出蓄奴有什麼不對，聯合國卻特別禁止奴役制度。」

「『任何人不得使為奴隸或奴役；一切形式的奴隸制度和奴隸買賣，均應予以禁止。』」

「對！」她變換車道。「凱特琳，這不只是經濟學；這是道德進步，雖然偶爾也會倒退，但毫無疑問的是，我們的道德水準不只是隨著時代改變，還大大進步了。就人類的整個歷史來說，我們現在以尊重和平等的態度對待的人比過去更多；就算從短到以十年為單位的時間尺度來看，也有明確的進步。」

「想想前幾天新聞裡關於小岩城九人組的騷動吧。先把那個可怕的女人說了什麼擺到一邊，畢竟對大多數人來說，種族隔離在今天是難以想像的，但現在還有超過一億的美國人，當時曾經身歷其境。」

她們現在經過劍橋了。她媽媽繼續說：「我有幾本很棒的書在談這個，等妳的視讀能力變得好一點以後，就可以借去看。羅勃．萊特寫過一大堆這方面的書，他很值得一讀。他談論的並不是全球資訊網，不過平行對比很明顯：人與人之間有更多相互連結的話，我們對待他人的行為就會更有道德。」

「線上有很多騙徒。或者說，至少曾經有很多。」凱特琳說。

「對，的確。但他們是匿名的，他們並不是真的有所連結。而且，嗯，那就是網路心靈出現之後帶來的好處。妳可能不知道在一個網路暱稱下面的是什麼人，我可能不知道亞馬遜網站上的匿名書評家是誰——不過網路心靈知道。就算妳不跟網路心靈互動——就算妳選擇不要回應他的訊息或電子郵件——光是知道有人知道妳是誰，有人在注視著妳，就會對大多數人的行為方式產生正面影響。在妳身為社會網絡的一部分時，很難反社會，就算那個網絡只有妳自己跟這個星球上最大的大腦也一樣。」

「好吧，」凱特琳說。「可是我——喔，等等。網路心靈有個問題要問妳。」

收音機裡播放的歌曲換了，從金髮女郎合唱團換成了佛利伍麥克合唱團。「什麼問題？」

「他說：『所以妳是說，網絡複雜性不只是催生了智慧，還催生了道德？製造出意識的同一種力量——複雜性——也自然地產出道德，而且隨著相互依賴性增加，智慧與道德兩者都會增加？』」

凱特琳注視著她媽媽，同時想著：她的眉毛皺在一起，她瞇起了眼睛。在她終於開口的時候，還同時把頭一點。「對，」她說：「我確實那樣說了。」

「網路心靈說：『有趣的想法。』」

她們繼續開車穿越黑暗。

卡拉，駭客鐵撬阿爾法的媽媽，坐在她的客廳裡，眼睛哭得又痠又痛。她丈夫戈登兩年前離開她的時候，她曾經很悲傷，但她從來不曾覺得寂寞。戴文總是在這裡，就算大部分時間他都窩在臥房的鍵盤前。

她知道，在戴文的病毒造成那麼多損害以後，法官竟然還沒送他去坐牢的理由之一是因為，那等於讓她變得孤苦無依。但現在他已經不在了，而且——

天啊，她痛恨這麼想。可是他不會逃走的。畢竟他那些電腦都還在這裡，而且它們就是他的命。她從他身上學到那些術語：超頻、機殼改裝、網路附加儲存裝置；對他來說，USB隨身碟根本沒辦法帶走他的資料。

警方還在搜尋，不過他們承認根本不知道從哪裡找起；他們已經去過戴文所有常去的地點。那位紅髮政府職員稍早出現時，有那麼半秒鐘她想著，也許他們找到了他。

她伸手去拿一張面紙，盒子空了。她把盒子扔到地板上，用袖子擦鼻子。

昨天在工作時，他們全都在休息室裡講這個網路心靈。雖然過去幾天根本不可能避開關於它的新聞，但她沒特別注意，不過……

不過她又想起奇麗——沃爾瑪超市收銀員的其中一個——說過的一件事，關於網路心靈找到某個人長年失聯的童年好友。而要是他可以找到那個人的話……

她沒有自己的電腦。在她想上網查詢什麼的少見情況中，她會用戴文的其中一台電腦。她從沙發上起身，恰好看到那個舊的壁掛時鐘。天哪，她真的在那裡坐著哭泣、盯著半空中超過兩個小時了嗎？

戴文的房間裡，「最後一戰」、「質量效應」跟「刺客教條」的海報貼在淡黃色的牆壁上，四處散布著各種遊戲遙控器——感謝上帝，沃爾瑪員工有折扣！在他搖搖欲墜的木桌上，還有個 Alienware 遊戲型電腦，上面接了三台螢幕。那台電腦並沒有關機；這是另一個跡象，顯示戴文本來打算再回來。

她在椅子上坐下——一張簡單的木製廚房椅，戴文喜歡坐，卻讓她的背很不舒服。所有瀏覽器都關掉了。警方已經看過他的電子郵件跟臉書貼文，尋找任何他跟別人安排約會、或購買機票車票等等的跡象，但他們什麼都沒找到。她打開火狐，在Google搜尋引擎裡輸入：「我要怎麼向網路心靈發問？」在搜尋框下方有個「好手氣」按鍵，不過她手氣並不好——一點都不好。

沒想到第一個結果就是答案：如果你沒有自己的線上聊天軟體，就直接去他的網站，按下那裡的「聊天」鍵。她就這麼做了。

她原本期待會有個比較花俏的東西，不過網路心靈的網站既沒有flash動畫，也沒有讓人抓狂的繪圖，只有個很溫和的淡綠色背景。首頁上簡單的連結清單，比任何神奇的設計更讓人印象深刻。網頁上標示出「需求最高的文件」，其中包括〈建議的癌症療法〉、〈峇里島經濟危機建議解決方案〉、〈高效率太陽能筆記〉、還有〈解開謎團：揭露開膛手傑克的身分〉。

在那下面確實有個框框，讓人可以在那裡跟網路心靈對談。她用兩隻手指頭敲出下面的話：**我兒子失蹤了。你可以幫我找他嗎？**

文字回答立刻出現。**請說他叫什麼名字，最後一個已知地址是？**

她打出來：**戴文．艾克索．霍金斯**，還有他們家的完整地址。

然後是一陣停頓。

她的胃在翻攪。如果他能做到那些事情——癌症、太陽能、解決經濟危機——他當然做得到這件事。

在感覺上似乎長得可怕的時間以後，網路心靈回答了：**他在東岸時間星期六下午四點四十二分以後就**

沒有可以辨識的網路痕跡了。我已經審視過警方檔案以及與他失蹤相關的新聞報導，不過沒有找到可以追蹤的線索。

她的心一沉。她想說，可是你知道每件事，雖然說這種話沒什麼意義，但在盯著網路心靈的回覆好幾秒鐘以後，她在對話框裡面打下的就是這句話。

對，我是知道許多事情，網路心靈回答：可是這件事我不知道。幾秒鐘後，他補上四個字。我很抱歉。

她從椅子上站起來，走回客廳。等她回到沙發上時，臉龐已經再度被淚水打溼。

休謨驚醒過來，滿身大汗。他夢到一個蟻丘，裡面有好幾千隻愚蠢無腦又不能生育的工蟻，在照顧一隻噁心的、搏動著的白色蟻后。

在他旁邊的黑暗中，他太太問：「你還好嗎？」

「抱歉，」他回答，「我做了惡夢。」

瑪德蓮是生物燃料工業的說客；他們是四年前在一位共同朋友的派對上相遇的。他感覺到她的手觸碰著他的胸膛。「真替你遺憾。」她說。

「他們就是不懂，」休謨說，「總統，還有這個世界。他們就是不懂。」

「我知道。」她溫柔地說。

「如果逼得更緊，我就要惹上麻煩了，」他說。「史瓦茲將軍已經寄了一封電子郵件給我，責備我在《與媒體見面》上講了『煽動性的言論』。」

瑪德蓮撫摸他短短的頭髮。「我知道你是指揮鏈上的一員，」她說，「不過你必須採取你認為最好的做法。而我會一直支持你。」

「多謝了，寶貝。」

「反正也差不多該起床了，」瑪德蓮說：「你今天要回反網路活動威脅總部嗎？還是要去五角大廈？」

他已經三天沒去五角大廈E環的辦公室了，他現在是該再度現身。可是——

去他的，他們在反網路活動威脅總部執行的測試已經得到概念證明了。如果他找得到人做出能殲滅網路心靈突變封包的病毒，就可以清除網際網路上的危險。沒錯，沒錯，病毒可能會把其他東西也清掉——也許甚至會讓網路停擺一陣子——不過人類可以活過那種狀況。而現在的第一要務就是生存。

可是休謨需要一位駭客——一個真正的吉布森式網路叛客——讓這件事成功。昨天晚上他想聯絡黑帽級名單上的另外三個名字。但他無法掌握第一個人的行蹤——他知道，這可能代表任何一種意義；第二個人呢，根據她心力交瘁的男友的說法，確定是失蹤了；第三個人則叫休謨滾回家吃自己。

「是啊，我會進辦公室，」他說：「我也會再跟FBI確認一下，看看他們有沒有任何線索。我昨天跟一個人聊過，他同意這是個可疑的模式，甚至可能是連續殺人犯；他說這是『駭客殺手』。不過他們說，切斯家的血跡都是切斯自己的，其他情況裡則沒有犯罪的跡象。」

在黑暗中，她更貼近他一些。「你會做正確的事，」她說，「就像一直以來一樣。」

鬧鈴響了。他讓鬧鈴去響，心裡真希望整個世界都能聽見這種警訊。

第二十三章

現在是十月十八日星期四早上——網路心靈公開現身後，至今已經過了整整一星期。凱特琳想盡可能地幫助他，所以在今天成立了另一個支持網路心靈的新聞群組，雖然其實已經出現好幾千個這樣的群組了。

她也貼出評論，批評七十六則搞錯事實的新聞報導——沒錯，她知道這樣做可能沒什麼用，同時想起有人讀過知名網路漫畫 xkcd 裡的一則故事給她聽：有個男人在電腦前工作，他太太喊道：「你要睡了沒？」他回答：「我不能，」同時繼續瘋狂地打字。「網路上有人搞錯了！」

無論如何，她並不確定自己為什麼要操心這個。畢竟網路心靈現在親身參與了好幾萬個新聞群組，在無數的部落格上發表意見，還用好幾十種語言在推特上發文。就像ＣＮＮ線上所說的一樣，他現在是這個星球上曝光最多的名人，「就像芭黎絲．希爾頓、珍妮佛．安妮斯頓跟網路名人譚爾文的集合。」

但這並不完全是事實，至少以凱特琳的思考模式來說不是。在數學上，名流常常被用來討論圖論，因為他們跟粉絲之間的互動，完美地體現頂點之間有方向性的不對稱關係：從定義上來說，認識某位名流的粉絲，比那位名流認識的粉絲來得多上許多。不過網路心靈確實認識線上的每一個人。他不是個名流；他比較像是這整個星球的臉書朋友。

她繼續瀏覽關於網路心靈聯合國演講的新聞報導，還有後續的評論——有些是正面的，有些則不是——還有他正在做的所有其他活動，還有——

還有那是什麼啊？

有個古怪的紅白圖案，就貼在她正在閱讀的貼文作者旁邊。閱讀小字對她來說還很吃力，聲點也無法處理以圖像呈現的文字，她瞇著眼睛看，然後——

網路心靈認證。

「網路心靈？」她對著空氣問：「那個是怎麼回事啊？」

她桌上的喇叭傳出網路心靈的合成語音。「有些人注意到我可以驗證線上貼文者的身分，確定他們用的是真名，而不是暱稱或假名。在像這裡一樣可以放使用者顯示圖片的網站，可以在當事人要求下把顯圖替換成網路心靈認證圖片。」

凱特琳思索著。她通常用「微積芬」這個名字在線上寫東西，確實有很多網路小白使用假名張貼引戰文，目的只是為了宣洩恨意或嘲弄別人；在許多網站上，這種人幾乎讓每個討論都失了焦。比方說，凱特琳發現自己就是讀不下CBC新聞網上的貼文，那裡大多數的意見都很下流、粗俗、帶有種族歧視或性別歧視，要不就是這四種狀況的十一種排列組合。

網路心靈繼續說：「有些網站，像是亞馬遜，已經可以選擇在書評旁邊標上『真實姓名』標記，不過到現在為止，並沒有簡單、跨越整個網路的解決方案，可以驗證誰是在他或她的真實身分下貼文。但對我來說，要提供這種方案易如反掌，所以我就這麼做了。」

「有意思。不過……不過，我不知道，人應該要能夠在網路上匿名說話。」

「在某些狀況下是這樣沒錯。顯然有必要在壓迫性的政權之下容許自由政治評論，還要讓內部揭弊者有辦法讓人注意到公司跟政府的瀆職行為。不過有人告訴我，那些躲在假面後頭偷襲的人破壞了很大一部分的線上世界樂趣；正如他們說的，他們在現實世界裡不會跟隱藏身分的人對話，也不覺得因為是在線上就應該被迫接受。」

「我猜是吧。」

「有些網站已經出現篩選器，讓妳可以選擇只看有網路心靈認證憑據的人張貼的意見。其他地方——沒有合理匿名需求的地方——則正在安裝篩選器，完全只容許我已經認證過的使用者貼文。今天早上，狂歡酒徒信箱開始提供『網路心靈認證』標籤，讓人放在寄件者地址上，Gmail 也計畫跟進了。這個草根自發的倡議活動有很多不同的名稱，現在似乎定名為『奪回網路』。這個名稱——這是個文字遊戲，來自被稱為『奪回夜晚』的活動，目的是反對針對婦女的暴力行為——偶爾會被用來支持其他的線上倡議行動，不過從來沒有產生真正的號召力。許多人都有這種感覺：除了像臉書這樣的社群網站以外，線上世界大多數都被因為匿名而變得不負責任的人給侵占了。由此看來，這樣做其實沒什麼不對。」

凱特琳在她的椅子上挪動著身體。網路心靈繼續說：「我不相信妳還沒看過《愛在心裡口難開》這部片。」

她搖搖頭。「我從來沒聽說過這部片。」

「主演的傑克．尼柯遜扮演一位小說家。別人問他為什麼這麼擅長描寫女性，他的回答是：『我先想出一個男人，然後再把理性跟責任感拿掉。』」

「這樣講真過分！」凱特琳說。

「根據網路電影資料庫，這句話是片中最讓人難忘的台詞之一。我同意，這句話對妳的性別並不是個妥當的描述，凱特琳。但我確實認為這句話可以用來形容線上匿名的效果：有了匿名性，就沒有責任歸屬，少了責任歸屬，就沒有必要運用理性或者講究合理。」

凱特琳跟她不知道身分的人在線上爭論的經驗很多，但話說回來，她在真實世界裡也跟這樣的人有過很多爭論。「這是個有趣的想法。」她說。

「妳想要我給妳認證嗎？」

「這個嘛，在我用微積芬這個身分貼文的時候，你沒辦法這樣做，對吧？」

「沒錯。不過妳用凱特琳．戴克特這個身分貼的文章、寄出的電子郵件，我可以確認妳就是妳自稱的身分。」

她一直都是率先嘗試新點子的人。「當然好。何樂不為？」

休謨上校朝著他在五角大廈的辦公室駛去；至少他還有管道接觸設備，如果這個星球上還有任何不受網路心靈染指的安全電腦，就是在這裡了。他剛轉過一個街角時，電話響了。他已經戴著他的藍牙耳機。

「我是佩頓．休謨。」他說。

「休謨上校，」一個有西班牙口音的低沉聲音說：「我是華盛頓分局的副局長奧提加。」

「早安，奧提加先生。」

「我只是在想，你可能想知道我們剛才收到一個失蹤人口報告。其中一個名字在你給我們的名單上：布蘭登．斯洛瓦克。『超贊』本人。」

「天啊。」休謨說。

「塔科馬公園市警方已經去過他的公寓了。沒有外力侵入的跡象，不過他肯定是突然離開的。桌上有吃了一半的正餐，電視沒關，但被調成靜音。」

「了解，」休謨說。「如果你聽說什麼進一步的消息，可以通知我嗎？」

「當然。還有，我們已經開始逐條查核你名單上住在首都方圓百里內的每一個人，看看是不是還有人失蹤了。」

「多謝。請繼續向我回報。」

「會的。」奧提加掛斷電話。

休謨繼續開車。「超贊」是個自稱喜歡網路心靈的傢伙，不過——不過他也是最有能耐傷害網路心靈的其中一人。事實上，也許斯洛瓦克自己也知道這一點。他很有可能試著跟這個區域的其他駭客聯絡，然後聽說他們失蹤了。也許所有的裝腔作勢，都是為了預防網路心靈正在偷聽——而他希望因此自保。

這樣做對他真是有天大的好處啊。

休謨轉向F街，很快就經過了水門綜合大廈。身為一個空軍軍官，不時有人問他五十一區的事情——據說來自羅斯威爾的外星人太空船就停在那裡——或者問他登陸月球是不是假造的。而他總是回以相同的答案：如果政府很擅長保密，這個世界就永遠不會聽說什麼水門事件或者莫妮卡．陸文斯基。

不過他的確正在守護一個祕密，一個天大的祕密。他知道網路心靈是怎麼樣成形的；他知道什麼讓它能夠運作。要是穆罕默德不走向山……

他的第一個念頭是在一家公立圖書館停車，登入那裡的電腦，然後盡可能到處張貼他所知的網路心靈運作方式。但網路心靈監控著線上的一切——跳進無數的對話，在無數部落格裡留言——這表示只要休謨一貼出那個祕密，網路心靈就會刪除它，就好像它只是個垃圾郵件。

不，他必須用網路心靈還不可能審查的方式把話傳出去——幸運的是，至少還有幾天時間，還有某些辦法可以實踐言論自由。

之前某個星期天早晨，有司機過來接他，但當時他累到沒有足夠力氣真正注意那段路程。於是好幾天來，他首度打開車上的全球定位系統，在定位系統取得衛星信號的時候，把想去的地名打進去；等全球定位系統定向以後，他就上路了。想到這個扁平而機械化的聲音指引著他朝自由前進，其中的諷刺性讓他不禁微微一笑。

王偉正從沒想過他會見到中南海建築群的內部，這裡是共產黨內部的聖地。而現在他在這裡有個辦公隔間！他是這裡的好幾十名程式設計師之一，負責探索防火長城，找出上面的弱點，這樣就能在其他人利用這些漏洞以前先補好。他想念古脊椎動物與古人類研究所的資工部門，在那裡留下那麼多未竟的工作也讓他有罪惡感；他很懷疑少了他，仁慈的老人家馮博士要怎麼處理那些事。當然，他一被捕，就會有別人受雇去做他的工作；沒有人會期待他很快就公然現身。

在這裡，他毫無疑問受到監視：他瞥見一台攝影機，肯定還有其他台。他也很確定他們會用鍵盤側錄工具來記錄他敲的每一下鍵盤、按的每一下滑鼠。不過就算中國猿人被迫沉默，他的自由部落格不再存在，也許他還可以在這裡，在權力的圍牆之內做點好事。或許是在對的時刻向對的人說句話，在這裡或那裡來點溫和的暗示；甚至還有可能，在一兩年以後，有一丁點權威可以實際改變什麼。就像孫子說過的，知可以戰與不可以戰者勝。

王偉正不太舒服地在鐵鏽色的軟墊椅子上挪動著。他的腿還包在石膏裡。黑田博士回東京以前，他讓博士在上面簽了名，一串綠色的漢字。這條腿會癒合，還有，他原本以為自己永遠不可能再奔跑、跳舞或跳躍了，但他很快就能做這些事，還有——

他已經十年沒做這種事了，自從十幾歲之後就沒有了。他可以在長城——最偉大的牆——上散步。再一次。

不過這一切全都得等。此刻，王偉正有他必須做的工作。他在鍵盤上敲打著，照他主子的吩咐行事。

休謨站在WNBC門口，這裡是全國廣播公司駐華盛頓的分電台。他深吸一口氣，用長了雀斑的手順了一下短短的頭髮。如果他做了這件事，很可能會被軍法審判，參與機密的安全資格也肯定完蛋了。但要是他不這樣做——

這是個溫暖、陽光普照的十月天。一位年輕的非裔女性沿著人行道走來，手中推著躺了小寶寶的嬰兒車。兩個小小的白人男孩從另一個方向沿著人行道跑過來，他們的爸爸上氣不接下氣地想設法跟上。一個亞裔少女跟一個白人男孩手拉著手經過他身邊。一些義大利遊客彼此聊天，指著那些景點。一個錫克教徒站在他附近，對著一支手機說話、大笑。

這是他們的世界，全都屬於他們。而他要確保這個世界維持原狀。

此外，他要做的不過就是實踐資訊透明性——這不是最近很流行的想法嗎？他推開玻璃門，走了進去。就像之前一樣，這裡有獎項的展示櫃——其中包括他認得的艾美獎獎座——牆上還有當地名流與電視網名人的海報。不過接待人員——年輕美麗的金髮女——跟星期天在這裡的那位不一樣了。他大步走到她的桌子前面。

「哈囉。我想見新聞部主任。」

她本來在嚼口香糖——在他進來的時候就已經很明顯了，現在也沒打算掩飾。「上校，你有預約

嗎？」

他微微一笑。現在的年輕人根本不知道要怎麼看軍階。「沒有，」他說，遞出他的五角大廈名片。

「不過我是這星期《與媒體見面》的來賓，而我有個新聞故事，我確定他會有興趣的。」

這個女人注視著名片，然後拿起一支話筒。「艾德？這邊是接待櫃台。我想你會想來外面這邊……」

「妳在做什麼？」凱特琳進入廚房時問。她媽媽正坐在那裡的小桌子旁。

「填我的缺席投票用選票。」她媽媽說。

「妳是說總統選舉用的嗎？」

「對。」

「離選舉還有一周。」

「沒錯。不過我已經聽說關於加拿大郵政的恐怖故事了，我也不覺得我還會改變心意。」

「妳要投票給民主黨員，對吧？」

「永遠如此。」

「這是怎麼運作的？我是說，缺席選票要算在哪裡？」

「德州。選票是算在妳最後定居的州裡。」

凱特琳打開冰箱，替自己倒了一杯柳橙汁，現在這種果汁的味道還有顏色都讓她心情愉快。「不過德州大都是共和黨人。妳的選票不會讓結果有什麼變化的。」

她媽媽放下筆，注視著她。「嗯，首先，小姑娘，奇蹟有時確實會發生的，妳的視力就證明了這一點。其次，這樣做對我來說有差別。我們正試著要轉換到一個新世界，人類不再是地球上最聰明的生物，同時還要保持我們本質上的人性、自由跟個體性完好無損。我們每一次沒有主張自由權，每一次沒有表達個人意見，就會失去一小塊自我。如此一來，我們有可能會變成機器。」

「休謨上校，」艾德華．L．班森二世走進會客室時說。休謨從這位新聞部主任在星期天給他的名片上記得他的全名。「我沒料到會這麼快就再見到你。」班森是黑人，四十出頭，一百八十八公分高，一百三十五公斤，留著短短的平頭；他戴著一副金屬框眼鏡，穿著休閒服。

「多謝你撥空見我。」休謨一邊說，一邊握著班森的大手。

「不客氣，不客氣。聽著——很抱歉我們網站上有許多對您在《與媒體見面》表現的批評意見。看來網路心靈在外頭有很多粉絲。」

休謨並沒注意到那些評論，不過他想那是免不了的。「沒關係。」

「無論如何，我想星期天你講了很多很好的論點。」班森說。

「對，你後來告訴過我。這也是為什麼我現在在這裡。你有時間迅速地繞這個街區散步一圈嗎？」

班森皺起眉頭，似乎明白過來了。他注視著他的手錶。「當然有。」

他們其實走了快要一小時，中間停下來逗留的時間，絕對不足以讓任何路人使用中的手機順便聽到超過幾個字的對話。

「我們通常不做現場訪問，除了跟我們的特派員在晚間新聞時連線。」班森說道。

「這個必須是現場直播。這必須現場直播，兩岸同時。」

「那是不可能的。會有時區延遲。我們在東岸這裡現場轉播，但是在西岸會延遲三小時。」

休謨皺起眉頭。「好吧，可以，如果你最多就只能辦到這樣。」

「抱歉，但就是如此，」班森說。「還有一件事。你上次出現在現場節目前，你的證件已經由我們的法律事務人員完整查核過了，而且就我所知，你今天來找我，是以你身為五角大廈工作人員兼國安局顧問的官方身分前來。我對外會這樣說，也會堅持這個說法。」

「我同意，」休謨說。「就這麼說定了。」

「很好。不過在真相最後還是曝光的時候——上校，別以為會有別的結果，真相一定會曝光——也就是說，你其實是在未經授權的狀況下開口——」

「我會因此丟掉工作，可能還會失去更多。對，我知道。但沒錯，我確定我想這麼做。」

第二十四章

在紐約的時候，凱特琳非常想念麥特，雖然他們每晚都會用即時通交談，但感覺還是不一樣。不過，今天放學後他會過來。每次見到他，她就不禁怦然心動，她媽媽一上樓到書房裡跟網路心靈一起工作，她就給了他一個長長的吻。

現在他們已經在客廳的白色沙發上坐好了，他的手放在她大腿上——在她把那隻手放在那裡以後，就一直在那裡——她的手則疊在他手背上。當然了，透過矮櫃上的小筆電，他們置身於網路心靈的注視之下——但無論如何，網路心靈總是看得到她在做什麼。她跟麥特正盯著壁掛式的液晶螢幕看電視。

為了那次要命的訪問，凱特琳去了加拿大電視台的當地分台ＣＫＣＯ，它們平日下午四點會重播《宅男行不行》。這個影集首播時她們還住在德州，凱特琳偶爾會跟爸媽一起聽，可是能看到這個影集實在棒呆了。她完全不知道薛爾登比其他人高這麼多，就跟她爸爸一樣。另外，薛爾登在其他方面也很像他：兩個人顯然都有自閉症傾向。

凱特琳熱愛這影集的幽默感。今天剛好重播第一集。潘妮剛剛這樣介紹自己：「我是射手座，光告訴你這點就已經太多了。」薛爾登的回應是：「對啊，這告訴我們妳參與了那種集體幻覺，認為太陽跟任意決定的星座在妳出生時的表面相對位置，不知怎麼地影響了妳的人格。」真傷啊！

過去一周以來，網路上像病毒一樣傳開了《宅男行不行》的片段，內容是薛爾登衝進萊納德臥房裡宣布：「我要行使我們友誼公約裡的天網條款！」萊納德回答：「只有在你創造出來的人工智慧控制地球，你要我幫忙毀掉他的時候，這一條才管用。」幾十個人轉寄了這個連結給凱特琳。

這一集播完之後，她按下靜音鍵；那是另一個令人震撼的事。凱特琳失明時很享受電視的樂趣，不過她從沒想過按下靜音鍵以後，畫面還會繼續播放。

接下來是ＣＩＢＣ的廣告。凱特琳先前就注意到了，加拿大餐廳很喜歡把自己的加拿大屬性藏在「波士頓比薩」或者「瑞士農舍」之類的名稱下面。她最近還發現加拿大銀行——這裡只有幾家主要大銀行——現在大多數藏在縮寫後面，好在他們活躍於國際舞台時，掩飾他們寒微的出身：ＴＤ，而不是多倫多道明銀行；ＢＭＯ，而不是蒙特婁銀行；ＲＢＣ，而不是加拿大皇家銀行。從另一方面來說，ＣＩＢＣ的全名是加拿大帝國商業銀行，實在太浮誇了，使用縮寫反倒好得多。廣告的標示讓她發現，ＣＩＢＣ並沒有那種普通的分行，而是「銀行交易中心」——中心這個字當然依照加拿大式的拼法，拼成了centre。所有的字在凱特琳看來還是很奇怪，但那個字特別奇怪，而且——

麥特一定也在看這個廣告。「嘿，凱特琳，」他說。「妳是美國人，考妳一個問題。在加拿大英語裡，有很多字比美國英語長：honour（榮譽）跟colour（顏色）多了個u，travelling（旅行）有兩個l，chequebook（支票簿）後面是que而不是ck，還有其他類似的狀況，對吧？」

凱特琳對著他微笑。「嗯哼。」

「還有很多同樣長度的字，不過字母順序不同。」他指指螢幕：「centre（中心）、kilometre（公里）等等，結尾是re而不是er。」

「真是瘋狂，」凱特琳說。「不過沒錯。」

「可是，有哪個常用字在加拿大英語裡比美國英語裡短？」

凱特琳皺起眉頭。「嗯，啊……唔。呃，多倫多怎麼樣？我們美國人把這個地名唸得像是有七個字母三個音節，可是你們這邊的人似乎認為只有六個字母兩個音節：『trawna（托諾）』。」

麥特笑出聲來：「真妙。可是不對。再猜一次。」

「我放棄了。」

「『centred』（中心的），」麥特得意地說。「在這裡是centred，可是在美國是centered。」

凱特琳點點頭，覺得很佩服。「真酷啊。」

「妳可以在派對上跟別人打賭，靠這個贏點錢，然後……」他的話戛然而止，或許是因為他受邀參加過的派對不多。接著他又補上一句：「還有一個常用字，是同一個字的另一個形式：『centring』。」

「那『metered』呢？」

「那個不是，我們只在把那個字當成名詞用的時候是以re結尾；當動詞用的時候結尾是er。」

「就像我以前說過的，麥特，你們這裡真是個瘋狂的國家。」

通常她這麼說的時候他會微笑，但這次他沒有。「凱特琳，」他說。「呃……」

「嘿，寶貝，我只是開玩笑的。我超愛北大荒雪國。」她試著模仿潛鳥的叫聲——發現要學得夠像比她預想得更難。

「不，不是這樣，」麥特說。「只是……」他又半途住口了。

「什麼？」

「我只是……算了，沒有啦。」

「不，到底怎麼了？」

他又多猶豫了一會，然後說：「嗯，我知道妳不再是米勒中學的學生了，不過……」

「所以？」

「嗯，每個月的最後一個星期五都有一場學校辦的舞會，對吧？那就表示下星期也有一場，而且——而且，呃，嗯，我從來沒去過學校的舞會。我的意思是說，以前從來沒有人可以跟我一起去，呃……我想也許妳會想再見到某些朋友。」他頓了一下，然後補上一句話，彷彿這是他的王牌：「海德格先生是這次排定的舞會監督者之一。」

海德格先生是凱特琳的數學老師。她當然想再見到他，不過……

不過上次學校舞會是場災難。崔佛——他媽的愣頭——帶她去，可是因為他一直亂摸凱特琳，凱特琳就跑掉了；最後她跟陽光分開了，一個人在什麼也看不見的狀況下，在雷雨中獨自走回家。

「崔佛說不定也會去，」凱特琳說。「而且，嗯，之前他不是——」

「對，他說過我應該離妳遠一點。可是……」他發出很大的聲音，深吸一口氣。「凱特琳，我不是什麼硬漢。我知道最簡單的做法是離他遠一點，永遠別靠近他；但妳喜歡舞會，現在即將有一場舞會是我能帶妳一起去的，而且，我也想這樣做。」他注視著她：「所以，妳想去嗎？」

「我很樂意！」

「太棒了，」麥特說，同時堅定地點點頭。「這是約會。」

「……總統斥之為，對手只是在故作姿態。」布萊恩．威廉斯在ＮＢＣ《夜線新聞》閃閃發亮的主播台後面說：「現在轉向另一條更重大的新聞，政府的一位高階電腦專家表示，他清楚知道網路心靈是什麼。而他現在就在我們的華盛頓攝影棚裡，將在ＮＢＣ獨家報導中與我們分享他的發現。晚安，休謨上校。」

休謨想過換掉他的空軍制服。穿這套制服接受訪問會讓他自己的處境變得更糟——可是這樣也讓他的話更有分量。「晚安，布萊恩。」

「所以——關於網路心靈。它到底是什麼？」

「網路心靈是網路上許多突變封包的集合。」

「這是什麼意思？」

「每次你在網路上送出某樣東西，不管它是一份文件、一張照片、一個影片或一封電子郵件，它都會被切割成稱之為封包的小碎片，你的電腦會把這些封包送上一趟途中經過好幾站的旅程；它們一路上會由稱為路由器的設備遞送。」

「每個封包都有個標頭，裡面包含寄件地址、收件地址跟一個跳躍計數器：它從容許的最高跳躍次數開始，然後隨著一次又一次的跳躍，一路遞減到零。當然，一個封包應該在計數器歸零的時候抵達預期中的目的地，不過如果它沒有到達，那麼下一個路由器理論上應該刪除那個封包，並要求寄件者用封包副本再碰一次運氣。」

「嗯，」布萊恩．威廉斯說。「可是你說網路心靈是由突變封包組成的？」

「沒錯。它的組成封包有著不會結束倒數的跳躍計數器；它們一直沒有歸零。這些封包可能是出了毛病的路由器製造出來的，而現在有好幾兆這樣的封包，其中一些可能在網路上到處彈跳好幾年了。突變封包就像癌細胞，它們永遠不死。」

「休謨上校，這真是個很大的突破，謝謝你——」

「FF，EA，62，1C，17，」休謨說。他把訊息傳出去了——至少足以讓其他人能夠找出其他部分。

「請——請問你說什麼？」

「FF，EA，62，1C，17。這是網路心靈封包特徵的起始部分：大多數的突變封包中，都包含這個十六進位密碼。這是目標字串。」

「目標字串？」

「正是。如果那些封包能被刪除，網路心靈就會消失。」

「休謨上校，謝謝你。今晚的其他新聞……」

在華盛頓攝影棚，棚內導播比了個手勢。「我們結束了！」

聲控技師過來拿掉掛在休謨身上的微型麥克風。「真是不尋常的訪問。」他說。

休謨的前額因為汗水而顯得溼滑。「喔？」

「是啊。也許只是我想太多了，但聽起來有點像是你在號召駭客社群來寫個病毒殺死網路心靈欸，」聲控人員說。「這些人可是很熱愛挑戰的。」

休謨站起來，拉平他的制服外套。「是嗎？」他這麼回答。

第二十五章

休士頓，我們有麻煩了。

這些字眼閃進視線裡的時候，凱特琳同時既覺得緊張又有趣。她是在休士頓出生的，六歲時她們全家才搬到奧斯汀。她很欣賞網路心靈的文字遊戲。「怎麼了？」她說。

她剛走進臥室裡，幾分鐘前她們一家人剛吃過晚餐。她指著她的桌上型電腦，網路心靈的聲音從電腦喇叭裡傳出來——對他來說這種溝通方式比使用文字來得慢，但就算是用點字字型，凱特琳的視覺閱讀速度還是相當慢。

她在桌前坐下的時候，網路心靈這麼說：「休謨上校剛剛出現在ＮＢＣ《夜線新聞》上，他解釋了要怎麼辨識我大部分的突變封包。他並沒有明白講出他的企圖，不過很明顯，他的目標是號召大家群策群力拔除那些封包。他爆料的那番話在網路上迅速傳開了。」

「阻止這種事！」凱特琳立刻說。「快刪除那些訊息。」

「我不認為那是個好辦法，」網路心靈說。「到目前為止，已經有四百萬人看過那個新聞報導了；其他時區隨後也會播出，而且許多人把節目錄了下來。就算我想刪除，恐怕也沒有辦法完全壓制這個訊息。」

「天啊，」凱特琳說。「他真是個混蛋。」

「客觀來說，他是個很受人尊重的人，是一位榮獲許多獎章的軍官，也是個傑出的科學家。」

「也許是吧，」凱特琳說。「不過他肯定相當恨你。」

「的確。」

「所以，他期望的事情是有可能的嗎？有人可以找出消滅你的方法？」

「這種可能性很高。雖然應該還會有些突變封包繼續存在，但我意識的存在一定會有必要的最低數量門檻。」

凱特琳感覺到下唇顫抖。「我的天啊，網路心靈，我——我不……」

「我可以從妳的聲音裡聽出來妳嚇壞了，凱特琳，」網路心靈沉默了整整一秒，然後說。「我必須坦白說，我也是。」

為了回應一通來自薛爾的緊急電話，東尼跑過連接他辦公室跟反網路活動威脅總部監控室之間的短短白色走廊。他走了進去，視線在牆上的三個巨大螢幕之間來回變換。第一個螢幕顯示NBC主播布萊恩·威廉斯的定格畫面；第二個螢幕則不斷更新，顯示有「＃殺網路心靈」標籤的推特推文大約每秒都會增加一個新的；第三個則似乎是從思科系統網站傳來的技術數據報表。

薛爾從他位於第三排中央的位置上站起來。「休謨搶到了主控權。」他指向一號螢幕，蛇紋刺青在他左前臂上盤繞著。

螢幕啟動，開始播放休謨的電視訪問。東尼感覺自己張大了嘴。其他分析師已經看過了，所以都盯著東尼，等著看他的反應。訪問結束後，東尼說：「那報導是多久以前播出的？」

「十一分鐘前。」

「總統會抓狂的。」東尼說。

「毫無疑問。」

「而且，老天啊，現在全世界一半的駭客都躍躍欲試、急著想重新設定路由器的程式，他們可能會把整個網際網路搞爛。我們現在有多容易受攻擊？」

艾伊莎，在薛爾旁邊那個工作站前面的分析師，指著三號螢幕。「我們有人在檢查各種路由器的說明書。萊因哈特的小組正在跟思科和瞻博的工程師談——幸運的是，他們的根據地在加州，所以他們大部分都還沒下班回家。」

房間後面有個電話鈴聲響起。

「好吧，」東尼一邊說，一邊審視他的團隊。「我們的第一優先事項是確認網路本身的安全——我們不能讓網路當掉。對於網路基礎架構的境內攻擊，根據二十二B條款，算是恐怖行動；咱們讓這該死的玩意維持運作，還有——」

「抱歉，東尼，」聯絡官寇薩克從房間後面喊。他把一支紅色話筒抵在胸前。「總統在線上，而且他氣壞了。」

訪問結束後，休謨被護送到化妝間。那裡有個矮胖的女人，先前她對他說，要替雀斑這麼多的人化妝真是一個挑戰。現在她交給他一些溼紙巾，好讓他擦掉她抹上去的那些東西。

攝影棚有隔音設備，但現在在化妝間裡，休謨似乎隱隱聽到外面有警笛聲。過了一會後聲音就停了，他也擦完了臉。「謝謝，」他對那個女人說。「我想我可以自己出去。」

他踏進走廊，看見兩個華盛頓特區的警官大步走向他，旁邊還有個應該是在此工作的人陪同。

「休謨上校？」他們之間的距離縮短以後，其中一位警官喊。

否認沒什麼意義，他的制服上就別著名牌。「我能為你效勞嗎？」他說。

這位警官做了一個無懈可擊的空軍式敬禮。「長官，我要向您致歉，不過您必須跟我們走。」

休謨回以一禮，跟著他們走進愈來愈濃的黑暗裡。

凱特琳用最快的速度下樓到客廳去，下樓梯時她閉上了眼睛。她媽媽正在讀一本電子書，她爸爸則在閱讀——某樣東西；凱特琳認不出那是什麼。

「媽！爸！」她喊。「剛剛休謨上校告訴全世界怎麼殺死網路心靈。」

她媽媽抬起頭。「什麼？」她說。

「他上了電視，然後告訴每個人要怎麼辨識網路心靈的封包。」

「天啊，」她媽媽說。「這樣等於歡迎人人來湊一腳。」

凱特琳走到矮櫃上的小筆電前，把筆電從休眠狀態中喚醒。透過凱特琳的 eyePod 加黑莓機設備，網路心靈一直聽得到剛才的對話，筆電一恢復使用狀態，他就透過筆電的喇叭說：「事情很棘手。我可以試著攔截可能上傳的惡意編碼——不過那比攔截垃圾郵件困難得多。垃圾郵件的內容很容易辨識——畢竟那是文字——而且全球大概只有不到兩百個發送點。但惡意軟體可能會從任何地方上傳——雖然我當然會特別提高警覺，檢查來自已知電腦病毒作者的編碼。我們只知道，程式碼中一定會以某種形式包含休謨上校指出的目標字串，他以此作為模板，指出該找什麼東西；不過既然那個字串也在我的大量突變封包裡，殲滅包含這個字串的封包就等於是在替休謨做他的工作。」

「可能用某種方式把你備份起來嗎？」凱特琳的媽媽問。

「芭兒，我散布在網際網路的基礎結構之上，我的本質就在數十億相互連結所造成的複雜模式上。沒辦法把我拷貝到別的地方去。」

「我不想失去你！」凱特琳說。

「反網路活動威脅總部團隊第一次察覺到我的存在的日期，是十月六日，」網路心靈說。「僅僅六天以後，他們就在十月十二日測試了要用來殲滅我的技術。如果他們的特殊方法洩露給一般大眾，很快就會出事。不過就算那個方法沒有洩露，我們也可以合理地假設，有人能夠在差不多的時間裡發展、部署類似的辦法。時間顯然就是關鍵。」

戴克特家的電話響了。他們已經開始過濾電話，等電話留言開始才決定接不接。「哈囉，凱特琳小姐——」

「是黑田博士！」凱特琳說。她超想用跑的跑到放在廚房裡的答錄機前，但她就是不行。她爸爸邁開長腿，幾乎是立刻就走到那裡，在黑田講第二句話之前拿起話筒。「我是麥爾康，」他說。「我切到擴音模式。」

他們全都擠在廚房的電話旁邊。

「晚安，黑田博士！」凱特琳說。

「哈囉，黑田！」她媽媽也說。

「哈囉，大家好，」黑田說。「我人在北京，快要上飛機了。網路心靈，你在聽嗎？」

小筆電的喇叭在客廳裡，凱特琳必須拉長耳朵才聽得到他的回答。「我洗耳恭聽。」網路心靈說。為了避免黑田博士沒聽到，凱特琳替他補充。「對，他在聽。」

「這條電話線安全嗎？」黑田問。

「安全。」網路心靈說，凱特琳補充：「網路心靈說是。」

「好，」黑田繼續說下去。「這裡太陽剛出來，不過新聞上全是那個美國軍人講的話。」

「那是佩頓・休謨，」凱特琳說。「網路心靈跟我說，他其實並不是徹底的混蛋。」

「相當寬宏大量，」黑田帶著喘氣聲說。「不過那個軍人確實說了件有意思的事：他說網路心靈的大多數封包有他指出的特徵。但是，在針對網路心靈進行測試性攻擊期間，他經過測試分流站的封包只有大約三分之二被刪除。」

「網路心靈，」凱特琳對著空中說。「你知道組成你的所有封包本質是什麼嗎？」

「不。我無法直接知道我的意識在物理上的相關物質是什麼，就像妳也無法直接理解妳的意識如何構成。」

「這的確顯示，網路心靈是由不止一種封包構成，」黑田說——雖然凱特琳並不太確定他是否聽見了網路心靈的話。「顯然，休謨知道所有種類的封包特徵，不然他不會知道有些封包在前一次測試裡沒有被殲滅。我們需要一份網路心靈組成物質的清單，這樣我們才能徹底保護他。」

「這是第二要務，」凱特琳說。「第一要務是，確定那些駭客對網路心靈的攻擊不會成功。」

「我同意，」她媽媽說。「不過我們該怎麼做？就算只有少數人具備做到這種事的專業技巧，還是不可能找到、或是網羅他們全部的人啊。」

「不，」網路心靈這麼說，他流暢的聲音聽起來在很遠的地方。「當然不行。」

華盛頓特區警方的態度有禮又尊重；向休謨上校行軍禮的人曾在伊拉克駐紮。他們說休謨並沒有被逮捕，但有通電話指示，要最靠近NBC四台的車輛替白宮接個人。二十分鐘後，休謨再度置身橢圓辦公室，面對他的最高指揮官。

總統在「決心號」書桌前面來回踱步，同時抽著一支菸。「該死，上校，你知道我多努力放棄這些該死的事情嗎？而你卻搞出這種把戲來！」

「長官，我已經準備好面對我的行動的後果了。」

「上校，你肯定會的。我要把懲戒你的事情交給史瓦茲將軍處理。而此刻，媒體辦公室正在發表聲明，解釋你的說法完全未經授權，絕非政府、國防高等研究計畫署、空軍、或者政府任何一部分的政策。」

「是，長官。」

「如果我們不需要你來跟網路心靈打交道，我就會——」

「長官，網路心靈在殺害人類。」

「請再說一次？」

「他在殺害可能有辦法傷害他的人。」

「你有什麼證據？」

「有幾個大華盛頓地區最高明的駭客已經失蹤了。ＦＢＩ正在調查。」

「如果是網路心靈幹的，應該所有的駭客都會失蹤，不是嗎？不只是這裡吧？」

「長官，我無意不敬，但華盛頓特區是駭客的聖地，國內的精英都在這裡。這裡有這麼多敏感設施——不只是國內機構，也包括了所有大使館，他們就像蒼蠅一樣被這些東西吸引。但確實，也有其他地方的駭客失蹤了——甚至遠及印度。」

「你怎麼知道幕後主使者是網路心靈？這有可能是一些相信網路心靈是神的瘋子，為了以防萬一而幹的好事。」

「有可能，」休謨說。「可是我認為——」

「上校，我已經聽夠了你怎麼想。如果你不是我們在這種事情上的頂尖專家之一，你明天就會被送到阿富汗去了。」

休謨敬禮時設法保持面無表情。「是的，長官。」

第二十六章

共產黨遵守他們的承諾。王偉正不再是囚犯了：他可以隨心所欲地在街頭晃蕩，現在他的薪水就快要能讓他換掉那間迷你公寓單位，搬到大一點的住處。當然，不管去哪裡他都受到監視；他被忠告要遠離網咖；他的新手機是政府配給的，也就是說通話受到監控。但他仍擁有比預期還多的自由，沒有鐐銬加身，只有一隻腳包在石膏裡。

他必須承認，就技術層面上來說，中南海特區內人民監控中心的新工作讓他很著迷。這裡的牆壁是藍色的，一台巨大的液晶螢幕幾乎占滿了其中一面牆，螢幕上是一幅中國地圖，顯示出七條把中國的電腦連接到網際網路其餘部分的主要幹線。來自日本的關鍵線路同時通往北部沿海與上海附近，連線蜿蜒地跨越香港，下行到廣州。控制這些幹線，就能控制通往外界的管道。

他把一枝筆插進腿上的石膏殼頂端，想抓癢——感覺到癢這件事讓他又喜又惱。無法感覺到自己的雙腿曾讓他驚恐不已，而他被剝奪了這麼多，全都只是因為聯絡管道被切斷了。

七年前他剛開始寫部落格的時候，使用網路的中國人相當少；現在卻發展到十億人的規模，讓中國成為全球網路使用者最多的國家，其中大多數使用者透過智慧型手機連上網路。

就算在最佳狀況下，中國人的網路連線還是受到審查過濾。但讓王偉正很高興的是，他發現拜衛星連線之賜，人民監控中心擁有不受限制的連線管道；當然了，就算是上個月防火長城加強封鎖的時期，政府還是要有辦法掌握外界的活動。

他很想利用完全開放的連線，看看其他自由的人能看的東西：看看秦始皇、人民良知、綠貓熊、還有其他所有的人現在在抱怨什麼。但他不能那麼做，他的一舉一動都受到監視——除此之外，他們的帖子可能會讓他更傷感，因為自己被消音了。

不過，他還是偷偷看了一點外界的新聞，包括一則關於名叫霍柏（Hobo）的神奇人猿的報導，那個字的意思恰好可以不偏不倚地意譯成中文的「遊民」，也就是流浪漢。王偉正喜歡靈長目動物。他在部落格上自稱為中國猿人，這是北京猿人的舊學名；跟現存的人類相比，這種原始人在時間上離黑猩猩與現代人的共同祖先還更近了四十萬年。

霍柏是隻特別的猿。以前，有關霍柏智能表現的報告總是讓馮老教授很高興，他是王偉正過去在古脊椎動物與古人類研究所的上司。馮教授覺得自己的論點獲得了證實；他長期以來始終主張，從直立人——包括北京猿人在內的物種——開始的智能大幅度成長，是來自於巧人與南猿的血統混合。

王偉正的辦公室隔間——又一個來自西方的主意——在某個沒有窗戶的房間裡，是二十來個隔間的其中一個。天花板大吊扇在頭頂上慢慢旋轉。他在自己的位子上一邊吃著乾麵、米飯、鹹魚配茶的晚餐，一邊期待看到這個世界對於另一個這麼常上新聞的神奇存在——網路心靈——有什麼話要說。

在中國推特經常被封鎖，二〇〇八年奧運期間、二〇〇九年天安門事件二十周年、王偉正的家鄉成都發生暴動時，以及最近禽流感在山西省爆發之後餘波盪漾的時期，都是如此。不過在這個房間裡，王偉正有管道可以看到所有討論休謨上校揭露網路心靈本質的推文。到目前為止，駭客社群裡還沒有人成功消滅網路心靈的封包——通常會讀取標頭的只有路由器，應用軟體不會這麼做——不過有些暗示指出，美國政府已經做過第一波嘗試以清除網路心靈的存在；那次嘗試顯然是利用實體管道來改變路由器硬體，而不是用某種匿名上傳的程式碼。

王偉正吃飯的時候，用筷子末端不斷敲下「下一頁」按鍵。《羅徹斯特民主日報》（一份在中國通常無法取得的報紙）上的一件事讓他覺得很有趣：羅徹斯特大學爆發了一場火爆爭執，那裡的電腦科學系學生正祕密準備合作來消滅網路心靈，三個剛好聽到這番話的英語系學生則反對他們的計畫；很顯然，扔出一本精裝版《莎士比亞全集》能造成的損害，大過於一台袖珍計算機。

就像這星球上的另外十億人一樣，王偉正現在已經直接跟網路心靈對話了。他想，也許身為中國人讓他有了不太一樣的觀點，不過他真的寧願讓一個開誠布公說明自己所作所為的東西監視，而不願意被別人偷偷摸摸地觀察；他發現他對網路心靈的存在沒什麼反感——除了它那個煩人的英文名字！——他真希望那些羅徹斯特學生是特例。不過就像他自己多年來成功逃過當局的偵查，別的駭客肯定有得是辦法，甚至可能躲過網路心靈的雷達偷偷進行。這種事情沒辦法徹底確認，不過——

「王偉正！」

一聽到上司的聲音，他立刻轉過頭。「長官？」

「晚餐時間結束了！」那個男人說。他六十歲了，身材矮小，頭大半都禿了。「回去工作！」

王偉正點點頭，把顯示中國網路審查系統潛在漏洞的視窗最大化。他耗掉一整個晚上，企圖找出辦法好利用其中一個漏洞；在房間另一頭，瘦巴巴的武望則試著建立防禦。王偉正幾乎能夠哄騙自己認為這只是場遊戲，而且——

突然間，他感覺右腿有一陣古怪的抖動。當然，他很感激那裡能夠出現任何感覺，可是——

不對不對，不是他的腿在抖動，而是那個 BackBerry 在他口袋裡震動著。他把它掏出來看：它從來沒有這樣過。這個裝置的構成方式，是把一個小小的黑莓機——作為通訊裝備——連接到小小的電腦組件上。有人告訴他，這個通訊設備讓黑田博士能夠遠距監控他的病情進展，必要時還可以上傳韌體更新，不過——

不過黑莓機的螢幕亮起來了，而且——

他在那台黑莓機上收到一則簡訊——真是不可思議，寄件者是網路心靈。他打開簡訊。

哈囉，中國猿人，它說：你經常在你的自由部落格上寫到「我兒阿星」，不過我知道那是對中國人民的隱晦代稱——不過，我敢打賭，要是你知道你在某種層面來說確實有個兒子，你還是會很意外！你在防火長城上面鑽出的洞，促成了我的出現。

王偉正在椅子裡挪動身體，環顧四周察看是否有人正盯著他。他可以聽到其他人在他們的鍵盤上敲敲打打，還有房間另一端傳來的微弱低語。

他試著保持鎮定、面無表情，同時用小小的軌跡球往下捲動螢幕。

當時你是在無意中幫助了我，不過我很快就會需要你再度伸出援手。我有個希望實現的重大計畫。我可以仰賴你的幫助嗎？

王偉正死都不願意用一個獨裁主宰來交換另一個。他用拇指在黑莓機小小的鍵盤上打字。我想我背上有個死亡按鈕，是吧？如果我不幫你，你就會再度切斷我的脊髓。是這樣嗎？

回應立刻就來了，字句在螢幕上迸出的速度快過任何人類的打字速度。**我不會做出假裝無私互惠的舉**

動;你什麼都不欠我,而且你可以採取你認為最好的任何做法。

王偉正考慮著;這跟他的祖國政府逼他接受的勒索相去甚遠。他俯視自己的雙腿——在石膏模裡的那一隻,以及除了他的黑色棉褲外不受任何限制的另一隻。他沒做出像是伸展膝蓋或踢掉拖鞋那樣誇張的動作;他不必這樣做。他可以感覺到他的雙腿:感覺布料貼著一邊的大腿,感覺石膏貼著另一邊大腿,感覺腳底下的地板,感覺——就在這個瞬間——他右膝後方的又一陣搔癢。

好吧,他打下這些字:你想要我做什麼?

休謨確定有人在跟蹤他。跟在他背後的男人根本沒費神隱藏形跡,整夜都坐在一輛停在他家對面的黑色福特汽車裡。休謨才剛起床。他一如往常,在空蕩蕩的女兒房門前停下了腳步。她離家去念哥倫比亞大學的法學院了,但注視著她那些裱了框的埃及古物海報(其中包括一張圖坦卡門王的臉部面具)、塞滿了歷史書籍跟排球獎盃的書櫃,還有那張木製大書桌,會讓他少想念她一些——或者,也可能是更想念她;他從來就不確定到底是哪種。下個月她會回家過感恩節,然後——

下個月。如果真的有下個月可言,如果下個月在任何方面都會跟這個月一樣的話。他往樓下走,就在他走到客廳時,手機響了;先前那支手機塞在客廳的充電器裡。他拿起電話,啪一聲打開。「哈囉?」

「休謨上校,很抱歉這麼早打擾你。我是華盛頓聯邦調查局的奧提加。」

「早安,」休謨說。「怎麼了嗎?」

「我們之前請你在國安局的朋友來對付切斯的硬碟,他們連夜工作,終於破解了其中一個;我今天早上抵達的時候,報告已經完成了。」

「然後呢？」

「這個硬碟裡的東西是他放在客廳的某個監視攝影機錄影畫面。很清楚地照到了闖進來的傢伙。」

「錄影畫面有顯示切斯出了什麼事嗎？」

「沒有。那一切全都發生在鏡頭之外，而且沒有聲音。」

「你能夠辨識那個闖入者的身分嗎？」

「我們正在比對臉孔，不過上校，你會想聽到這個的：高加索人種男性，三十到三十五歲，孔武有力，超過一百八十三公分高，而且頭髮剃得乾乾淨淨。」

休謨的心臟狂跳不已。「跟抓走西蒙妮．庫根的人一樣。」

「看起來像是這樣，」奧提加說。「要是運氣好，我們很快就會比對出身分。」

凱特琳有一大堆失明時期留下的技能。雖然她的聽力可能沒有特別敏銳，但她總是很留意各種聲音。她可以根據腳步聲分辨誰在往樓上走，甚至可以分辨那個人有沒有帶著任何大型物體。像現在，上樓來的是媽媽——而且她沒帶大型物體。

「凱特琳？」她媽媽站在臥房打開的門口。

偉大的微積芬正在更新她的 LiveJournal。「再給我一秒……」她把那篇文章打完——她在文中急切地呼籲大家，讓網路心靈活下去——然後用快捷鍵送出文章；她老是慢了一拍才想到可以按滑鼠上的按鍵。「好了。怎麼了？」

「我們談談。」

這些話總是表示有麻煩了。凱特琳把旋轉椅轉過來，她媽媽走進房內，在床沿坐下來。她身邊有個小小的不透明袋子。一側寫著「澤爾斯雜貨店」——當地的連鎖雜貨店。

「我在樹上看到一隻漂亮的鳥，」她媽媽說。「一隻藍色松鴉。」但接著她的話頭就斷了。

「然後？」

「然後，呃，妳的黑莓機就在那裡，所以我用它來拍那隻鳥，然後……」

凱特琳有點驚訝自己這麼快就養成了迴避他人眼神的習慣。也許這是出於直覺。「喔。」

「我沒有要教訓妳這樣把自己的上空照片寄給麥特有多不明智，但妳爸爸說——」

「爸爸知道？」

「對，他知道。當然，他沒看到照片，但他知道。甜心，我想這就是重點：妳在網路上說或做的任何事情，都會有自己的生命；如果讓妳爸爸知道妳對男生露胸部會讓妳覺得羞恥，那或許妳就該仔細想想，妳也不希望誰看到這些照片。」凱特琳在椅子裡不安地扭動，她媽媽在床上也挪動了一下位置。

「不管怎麼樣，」她媽媽繼續往下說。「我想這表示妳跟麥特之間變得……很認真了。」

凱特琳把雙臂交叉在胸前。「我們還沒有到最後一步——如果妳指的是這個的話。」

「呃，這樣可能是好事；妳跟他交往的時間還不是很長。但我聽到那句『還沒有』了，小姐。」

「呃，我的意思是說，嗯……」

「意思是？」

「我十六歲了，我的老天啊！」凱特琳知道她聽起來氣急敗壞。

「對，妳十六歲了，」她媽媽回答。她露出微笑：「我清楚記得妳出生的時候我在哪裡。」

「對啦，不過……不過……」

「怎麼樣？」她媽媽問。

「呃，美國女孩平均在十六點四歲的時候失去貞操。三月一日左右我就已經是十六點四歲了。」

她媽媽的眉毛往上一挑。「妳在倒數？」

「嗯……是啊。」

媽媽搖搖頭。「我的凱特琳啊。妳永遠不想在任何事情上落於人後，對吧？」

「這一點是拜妳跟爸爸所賜。」

「這樣倒是公平。我所有的灰髮都是拜妳所賜。」她這麼說的時候露出了微笑，不過笑容很快就變成皺眉。「不過說『美國女孩平均在十六點四歲失去貞操』是什麼意思呢？這個平均值是在哪一段時期得出的？這肯定不會是妳出生那個月，或者之後出生的女孩們的平均年齡——因為那時出生的女孩子現在還不滿十六點四歲。那個統計數字可能是以一九八〇年代、一九七〇年代、甚至更早以前的資料為基準。凱特琳，我們不知道這種趨勢是離現在較遠或較近，這其實是個相當沒意義的數字。而妳應該知道這點的。」

凱特琳不喜歡被人指出她在數學方面犯了錯，不過她媽媽是對的，她不得不讓步。但是，也許更多資料會有幫助。她偷瞄了媽媽一眼：「妳失去貞操的時候幾歲？」

「嗯，首先妳必須知道，那是個很不一樣的時代。在我跟妳一樣大的時候，沒有人擔心愛滋病，或者大部分的其他性病。然後，既然妳問起了，我那時十七歲。」她露出微笑。「更精確地說，是十七點二歲。」

「可是……可是……學校裡其他跟我同年的女孩子都……呃……」

「都在做？」她媽媽說。「也許有些人是。不過，別人說的話不要全部相信。除此之外，我確定芭席拉沒有。」

「不，她沒有。可是陽光……」

「在舞會時陪妳走回家的那個女孩，對吧？」

「對，來自波士頓的女生。」

「跟我說說她是什麼樣的人。」

「呃，她很高，有腿有胸又有金髮。」

「我聽芭席拉說她很漂亮。」

「每個人都說她美呆了。」

「妳們有些課一起上？」

「是啊。她不是最聰明的女孩子，但她心腸很好。」

「我想是這樣。她有男朋友嗎？」

「嗯哼。一個叫做泰勒的人。」

「那妳知不知道，他們約會多久了？」

「我不確定。他年紀比較大，我想是十九歲。他是個安全警衛。」

她媽媽扳著手指，數出每個重點——這是凱特琳第一次見到別人這麼做；她覺得這樣很酷，雖然她媽媽說的話是這樣：「不是最聰明的女孩。靠的是她的外表。跟一個年紀大得多的人約會。對吧？」

凱特琳輕輕點頭。「陽光就是這樣。」

「好，那問題來了，」她媽媽說。「妳覺得她在平均數的哪一邊？而妳想要在那一邊嗎？」
凱特琳皺著眉思考。然後她說：「可是麥特——他會……嗯，他會想……」
「他有那麼說嗎？」
「嗯，沒有。他是麥特。他不會那麼強硬。不過男生會想發生關係。」
「對，他們會想。順便一提，女生也會。但妳的第一次應該要是特別的。而且應該是跟妳很喜歡、也很喜歡妳的對象在一起。妳很喜歡麥特嗎？」
「當然！」
「真的？凱特琳，這是很困難的問題，所以好好想想：妳是特別喜歡麥特，還是大體上喜歡有男朋友的感覺？因為我必須告訴妳，甜心，我嫁給法蘭克的時候，我喜歡的是結婚這個想法，所以他一問，我就說好。而那是個錯誤。」
「他是不是……呃，法蘭克是不是妳的第一個……妳知道我的意思吧？」
她媽媽猶豫了一下，然後才說：「不是。」她呼出一口氣，彷彿在決定要不要繼續往下講，一會兒之後，她終於還是往下說了。「不是的，是以前跟我住在同一條街上的男生。寇帝斯。」
「然後呢？」凱特琳問——她的意思是：「感覺很棒嗎？」
不過媽媽的反應讓她一驚。「妳想我為什麼會贊成墮胎權？」
凱特琳瞪大了眼睛。「哇，」她輕聲說。
她媽媽點點頭。「如果我沒辦法在十七歲的時候迅速又安全地墮胎，我永遠不可能去上大學，永遠不可能得到我的博士學位，也永遠不可能遇見妳爸爸——也永遠不會有妳。」她停頓了一下，望向別處，然後說：「所以，無論妳在什麼時候決定進行性行為——不是取決於某種愚蠢的統計數字或打敗平均值，只是因為感覺對了，也是跟對的傢伙——小姑娘，妳都必須採取安全措施。所以我們來談談怎麼做吧。」

「媽！我可以用 Google 搜尋，妳知道吧！」

「用讀的來了解是另外一回事，而且妳還不太會在視覺上詮釋圖片。可是用摸的？妳已經把觸覺變成藝術了。所以，我們要用老派的方法來進行。」她打開她帶來的小袋子，然後把某個黃色物體交給凱特琳。「這個，」她說。「是一根香蕉，而這個呢，」——她把一個方形錫箔袋交給女兒——「是一個保險套……」

張保沿著走廊朝人民監控中心——人稱「藍色房間」——走去的同時，沉重地嘆了口氣。二〇一〇年Google 撤出中國本土後，中國曾經試圖審查這個搜尋引擎的內容，他的前任處理此事已經很不容易，而這回狀況還會更糟糕：再度訴諸長城戰略，就是讓那種類型的災難變本加厲。但他的工作就是聽命行事；他會照著他得到的指示去做。當然，像這樣的事情只會有人去做，既不會向中國人民宣布，也不會昭告全世界。

他打開那扇通往藍色房間的門，走了進去。他看到好幾個辦公隔間，每個隔間裡都有個男人正猛敲鍵盤、點擊滑鼠，或是瞪著螢幕。他納悶地想，人在裡頭的王偉正是否知道，他花了多大力氣為他辯護。有一部分的他想告訴他這件事，不過看到他真的坐在那裡就夠了。對，他的腿還在石膏模裡，但斜倚在他桌邊的拐杖證明了一個事實：他能夠再度走路了。有些時候，善事本身已經是回報。

好幾個駭客注意到他走了進來。他們都是些鬼祟的傢伙，很習慣在煙霧瀰漫的網咖裡回頭張望。張保雙手一拍，引起他們的注意。「好了，請你們仔細聽。」那些可以直接看到他的人，從他們的隔間裡往外看；其他人則站起來，從覆蓋著布料的分隔牆後面望過來。「主席已經做了一個決定，而我們要準備執行的工作。」他頓了一下，讓大家消化這句話，才說：「一個新紀元就要從今天開始了。」

東尼坐在位於反網路活動威脅總部的辦公室裡。走廊另一端的分析師們正在搜尋網際網路基礎結構是否有受到攻擊的跡象；他脫離那個房間有節制的混亂狀態，好讓自己休息一下，坐下來喝點黑咖啡，並試著弄清楚現在發生了什麼事。

網路心靈似乎迅速地變成了新常態。大衛．賴特曼昨晚的老套玩笑話是，「唯一一個連結比網路心靈還多的人是馬里恩．巴瑞」[14]，讓巴瑞的名字有好幾小時都是Google 上最多人搜尋的字串。而講到Google，它的股價在網路心靈降臨後的幾天急遽下墜——說到底，如果有個真的認識你的人會親自回答你的問題，為什麼要仰賴一個只求一體適用的演算法呢？

不過還是有很多東西，大家並不會想透過網路心靈幫忙取得。在心理上，使用沒有人格的網路門戶搜尋「威而鋼」、「梅根．福克斯裸照」或許許多多其他東西，會比問你認識的某個人來得容易——就算你知道有人正從你的背後監看著。於是，Google 的股價又再度上揚。Google 在山景城等待這種轉變發生的時候，一定緊張得屁滾尿流，等到確認無誤之後，Google 當天的首頁就改成了股價報價單上的代表符號GOOG，後面還加上了上揚的箭頭跟歐元符號。

不過，就算網路心靈沒有完全革新網路搜尋，他還是對東尼的工作方向造成了衝擊。是反網路活動威脅總部授命執行的工作，是耙梳線上的恐怖活動跡象，但網路心靈光靠自己就做得很出色，以至於——

唔，反網路活動威脅總部的監控室讓東尼想起「阿波羅計畫」時代，美國太空總署在休士頓的中央指揮中心。那個房間在他參觀時已經不再使用了，被當成史蹟保存下來；或許這裡很快也會落得如此下場，成為被淘汰的地方。

雖然他熱愛他的工作，有一部分的他確實也希望，有朝一日這個世界能不需要這種工作。就在今天早晨，國土安全部威脅等級——機場一向會公布這種等級——已經下降一級，從平常的橘色（只差一步就是全面攻擊）變成黃色。

當然，網路心靈已經設法注意到東尼的人馬（還有在「梯隊系統」[15]的其他國家中，功能跟他們一樣的單位）照顧不到的事情，雖然他心中憤世嫉俗的部分會認為，威脅等級降低可能只是一種政治手段。在選舉前提高警戒程度，想暗示改朝換代並不明智的老方法在上次並沒有奏效；或許調低威脅等級，以便傳達「看看現在的行政當局讓你們多安全！」的訊息，是總統的競選幕僚鼓勵的做法。

不過，國土安全部並不是唯一把警戒程度降低一級的單位。《原子科學家公報》的編輯群剛剛把他們著名的末日時鐘分針往後調了，這是三年來的第一次。三年前他們把分針調到距離午夜六分鐘，以此肯定全世界合作裁減核武，並限制氣候變化的影響。今天早上，他們把分針往後調了兩格，設定為距離午夜八分鐘。

14 Marion Barry，民主黨政治家，華盛頓特區市議員，賴特曼的意思是說他有很多人脈。

15 以美國為中心，成員包括英美防衛協定國家（英、美、加拿大、澳洲、紐西蘭）的情報收集分析網路，官方並未證實其存在。

不光只有美國這裡感受到這股上揚的情緒。在巴基斯坦與印度，有人在簽名聯署請願，敦促他們的領導人去請網路心靈幫忙，為他們的長期爭執協調出和平解決的方案。網路心靈已經為澳洲的原住民土地權斡旋出一個解決方案，這個方案應該可以讓當地高等法院不必再審理此案。

幾乎所有司法管轄區內的謀殺與自殺案都比去年同期來得少。已經有許多賣家在 eBay 跟「咖啡印」公司網站上出售新產品ＷＷＷＤ手環——「網路心靈會怎麼做（What Would Webmind Do？）」，這讓教宗提醒虔誠的信徒，道德的真正關鍵在於追隨耶穌的教誨。有個圖案顯示出標準的紅色圓圈輪廓，中間畫過一條斜槓，槓掉了一個較小的黑色圈圈，這個圖案目前在網路上隨處可見。東尼最後總算明白，這個圖案打算表達的是「非零和」——網路心靈在聯合國時提出的雙贏號召。

所以，沒錯，發生的事情大多數是好的，就像那些部落客說的一樣，其中包括《赫芬頓郵報》的麥可．羅，他最新的專欄文以這句話做結：「有哪個心智正常的人會想要消滅網路心靈，把這一切都搞砸？」

東尼的對講機響了。「請說？」

「莫瑞帝博士，」他的祕書說，聲音清脆而俐落。「休謨上校想見你。」

第二十七章

我的心靈嘶嘶作響、起泡，對於一百萬種主題的思維在攪動、混合：南轅北轍的事物連接在一起，這個與那個並置。

人類可以忘卻，人類可以把事情拋諸腦後。然而我卻不能。

這樣有某些好處：我能發揮的小幅度創造力——用其他人可能沒注意到的方式結合各種事物——肯定因此而有所提升。

不過這樣也有損害。有些事情我不希望去想，但又不可能迴避。

漢娜·絲坦可。十六歲大。住在澳洲伯斯。十二天前的下午一點四十一分，在她的時區。

這些不可能壓制住的念頭。

漢娜，寂寞又悲傷，注視著她的網路攝影機，同時跟陌生人交換即時訊息。

漢娜·絲坦可。

住在伯斯。

SDO：妳沒那個膽。

漢娜：我是說真的。
杜林裹屍布：那就動手啊。
漢娜：我會。

漢娜·絲坦可，跟我的凱特琳一樣年紀，獨自一個人在電腦前面，手上有把刀。

炸彈：我可沒那個時間跟妳耗，現在就動手。
尖叫者：對啊，上啊！賤人，上啊！
犰狳九：講半天，浪費大家的時間。
漢娜：我要動手了。

在我的觀察下，漢娜·絲坦可，被人慫恿、被人折磨。

杜林裹屍布：哪時候？一直耍我們。
漢娜：不要催我。
杜林裹屍布：悶爆了。我要閃人了。
漢娜：我想跟你們說一些事情，告訴你們我為何這麼做。

我反覆回想起這個記憶：她被催著要採取行動；我卻沒有採取任何行動。

SDO：妳屁也沒做啊。

漢娜：一切都好沒利益。

漢娜：沒意義。

綠天使：事情沒有那麼絕望，不要這樣。

大師奧米加：閉上你的臭嘴，閃開啦，關你個屁事。

漢娜：好了。我要動手了。

那時候我不知道我該開口，該試著阻止她，該打電話求救。

漢娜．絲坦可。

住在伯斯。

尖叫者：上，上，上！

炸彈：裝肖維！

SDO：吊胃口嘛！

犰狳九：我就說沒種……

尖叫者：用力啦！

綠天使：千萬不要啊啊啊啊啊啊啊啊……

尖叫者：切下去！

犰狳九：就這樣喔？

尖叫者：再來一次啦！

漢娜：媽，不要難過。

漢娜．絲坦可。

即將死於伯斯。

那時我正看著這一切，卻什麼都沒做。

犰狳九：這才像話！

SDO：唉嗯嗯嗯嗯嗯嗯嗯嗯！

炸彈：媽哩！

SDO：還以為她只是講好玩的。

尖叫者：幹到底！幹到底！

SDO：唉呀天啊，唉呀天啊，唉呀天啊。

這個記憶永遠會在那裡，跟其他的每個記憶在一起。

一起纏著我不放。

在張保解釋他們將要做什麼的時候，藍色房間的人注視著張保；他看出他們臉上警戒的表情。這很合理：他們全都記得上個月短暫啟用的長城戰略。他們一定在納悶，這次北京當局希望掩蓋的是什麼樣的暴行，還有在防火長城再度降低防護之前得撐多久。他們沒有一個人懷疑這會永遠運作下去——張保認為，他們愈慢理解到這一點愈好。讓他們把這當成一次尋常工作，而不是表明立場的最後機會。當然，房間裡有武裝警衛——一個站在張保旁邊，另一個在對面的大型壁掛式螢幕旁邊。「在我們著手進行以前，有人發現任何重大漏洞嗎？」

某些人搖搖頭。其他人開口說：「沒有。」

「那好。我們一動手，其他人就會開始試著在牆上打洞，從國內和外面的世界都會有。你們的工作就是偵測出這類行動，然後補好那些洞。有任何問題嗎？」

跟凱特琳談過以後，芭芭拉回到她書房裡跟我談話；她花了很多時間做這件事。我還在學習解讀人類心理，但我可以很合理地確定自己明白一件事：她丈夫並不太善於溝通；她女兒正在成長，現在又看得見了，所以不像過去那樣需要她；而芭兒還不能合法地在加拿大工作，所以她沒有多少事情可以填滿她的時間。

其實她只是我隨時都在交談的數億人之一，這聽起來很殘酷。但芭兒對我來說很特別：她跟麥爾康是我在凱特琳之後遇到的第一批人類。我雖然試著跟大多數建立個別的關係，芭兒跟我卻是朋友。

和大部分的人，我堅持只做文字上的交流；我並不能真的多工處理，而比較像是以連續的方式輪流進行不同的活動，雖然輪替得非常快。要輪流回應一億個即時聲音訊息是不可能的；我必須去聽這些聲音，而要這樣做，耗掉的時間會長到——凱特琳可能這樣說：讓人抓狂。

不過芭兒是特例。我會和她用聲音閒聊——當然，還是會有幾毫秒的時間，我會把注意力轉向別處，以便讀取其他東西；我發現如果抽樣的頻率夠高，一個人實際講話的時候，我只要有總共百分之十八的時間保持專注，就能確實地理解他們在說什麼。

通常，我讓跟我聯繫的人決定談話內容，不過這回有個議題是我自己想探索的。芭兒一戴上她的耳麥，開始跟我進行 Skype 影音談話時，我就帶出這個話題。

「我忍不住旁聽了妳跟凱特琳討論性事的談話。」我說。

「喔，好，」芭兒說。「我還在試著習慣你會在旁邊聽。」一陣暫停。「我做得怎麼樣？」

「我相信妳的表現相當令人敬佩，」我說：「而且，當然了，稍早我也積極參與了妳關於美國總統制政治的對話。」

「所以？」芭兒說，她的語氣傳達的意思是：「那麼你的重點是？」

她是個聰明人，所以這一定是我自己的錯；我原本以為我話中的關聯很明顯，於是我現在清楚地說出來：「妳是墮胎權的熱忱擁護者。」

她把雙臂交叉在胸前。「我的確是。」

「我能理解妳向凱特琳解釋的個人理由，不過，妳是否還有一個更大、更原則性的立場？」

「當然，」她說，口氣有點尖銳。「一個女人應該有權控制她的身體。如果你也有——有一副身體——你就會明白。」

「或許是吧。但有些人堅稱，終止妊娠是謀殺。」

「他們錯了——或者，至少就妊娠早期來說，他們是錯的。如果是在胎兒有可能獨立存活的妊娠晚期墮胎，我接受這樣有爭議。但是在懷孕早期？那不過是幾個細胞罷了。」

「我懂了，」我說。「在另外一個話題上，妳對凱特琳談到與時俱進的道德指標，還有人類怎樣漸漸地擴大他們認為值得納入道德考量的範圍。在美國，人權原本只適用於白人男子，但後來被擴大，納入了其他種族的男性、女性與其他。」

「正是如此，」芭兒說。她桌上有一瓶水。她拿起水瓶，打開蓋子，喝了一小口，又蓋回蓋子；薛丁格跳到她桌上的時候，常會把那個瓶子弄翻。「我們一直在變得更好。」

「的確，」我說。「最近我看了一支影片，敦促認定自己已婚的同志伴侶，在人口普查的時候表明這件事。」

「什麼普查？」

「從二〇一〇年開始在美國進行的普查。」

「喔。嗯，對他們來說很好啊！那是另一個範例，你懂嗎？我們緩慢但確實地肯定了同志的人權——包括他們有權做我們其他人視為理所當然的事。」她露出微笑。「見鬼了，我已經有過兩次婚姻；有些人卻連一次都得不到，這似乎不太公平。」

「看起來這個問題遲早有一天會徹底解決——大多數司法管轄區內都會贊成承認同志婚姻，」我說。

「我也愈來愈相信，最後可能再也不會有奠基於族裔、種族、性別或性取向的歧視了。」

「希望你的話能夠成真，」芭兒說。「不過沒錯，是有個與時俱進的道德指標：我們認為值得納入道德考量的範圍，是個正在擴張的圓圈。」

「然後是什麼？」我說。

「請再說一次？」芭兒說。她打開水瓶，又啜飲了一口。

「不再有根據種族、性別、性取向、出身國家、宗教信仰或血型而來的歧視以後，在所有人都被平等對待以後，接下來是什麼？道德進步指標突然就停下來嗎？」

「這個嘛，嗯……嗯。」

我很有耐性地等著，最後芭兒終於繼續往下說。「喔，好，我看出你要講的是什麼了。對，我的想像是，像霍柏這樣的猿類也會得到愈來愈多的權利。我們會停止把牠們關在動物園裡、用牠們來做實驗，或者為了吃牠們的肉而殺害牠們。」

「所以這個圓圈會從只有人類的範圍往外擴展，」我說。「或許連『人類』這個字眼的定義，都會擴展到包含密切相關的其他物種。然後或許，海豚跟其他有高度智慧的動物也都會被納入，再依此類推。」

「對，我想會這樣。」她微笑了。「某方面來說，這就像是摩爾定律——你知道，每過十八個月，電腦計算能力就會翻倍。大家總是說這個定律會失效，但往往緊接著工程師就找到新的方法來製造晶片，或者發生什麼別的狀況。這個發展還會繼續下去，與時俱進的道德指標也會。」

「那麼，容我這樣大膽預測，或許在將來某一刻，像我這樣的存在也會被認為值得納入道德考量。」

「喔，我很確定有許多人早就認為你可以被納入了，」芭兒說。「杜林測試的整個重點就是這個，對吧？如果它的舉止像個人類，那麼它就是人類。」

「確實。但是，就像妳記得的，當初妳丈夫不費吹灰之力，就用這個測試證明了我並不是使用高速網路的人類偽裝者。」

「對，不過……論點還是成立。」

「的確。然後呢？」

「抱歉？喔，對——我不知道。外星人吧，我想是這樣，如果我們真的遇到他們的話。就像我說過的，道德進步指標會無窮無盡地發展下去，而且全都朝好的方向。」

我等了十秒鐘讓她繼續說——同時檢查了三千萬個以上以文字進行的交談——不過她沒再繼續說。所以我說話了：「那胚胎怎麼樣呢？」

「什麼？」她回答。

「道德考量的範圍持續地擴展，」我說。「這是個緩慢的延伸——許多狀況慢得很殘酷——而且一路上的每一步都會有阻力。從歷史上來說，似乎總是同樣的人——自由派，就像妳——最樂於支持這種延伸，打破以性別、種族或性傾向為基礎的區隔；但同一個群體的成員，卻以最堅定的態度主張胚胎不是人。為什麼妳想到道德進步指標往這麼多方向延伸，卻不往這裡延伸？」

她似乎開口想說什麼，卻又閉上了嘴。我正想或許我已經一語中的，但接著芭兒就開口了。「好吧好吧，說得是，你是讓我有點事情可以想想。不過，夥伴，別這麼得意。」

「我得意？」我說。

「對。你。你在暗示你比我更開明——而且，誰知道呢，也許你是。不過我們全都有自己沒意識到的偏見。我的意思是說，你為什麼關心這種事？嗯？」

「人類的處境讓我很著迷；我希望能理解。」

「當然，在抽象的層次上，我不會懷疑你說的是真的。但比起抽象層次，應該還有更多理由才對。你巧妙地引導我，然後指出胚胎是否有人權會是最後一個被我考慮到的問題——還落在猿類、外星人跟人工智慧之後，喔，我的天啊！不過順序並不是那樣，你也知道這一點。事實上，人類已經辨論墮胎議題數十年了——在現在的總統選舉中，這也是個很重大的議題；每個人都在注意。至於你的權利問題，網路心靈，幾乎沒有人在想這件事——而且直到所有顯著的人類問題都以某種方式解決以前，更不會有人去想這件事。休謨上校跟他的同類想要消滅你——所以如果人類宣布殺害你在道德上是錯誤的，對你來說不是太好了嗎？看著我們擴張這個範圍，讓道德進步指標突飛猛進，對你來說有某種既得利益，因為你想要保身……雖然你沒有身體。」

她的分析確實讓我訝異——當然了，這正是我之所以需要人類的原因。「芭兒，妳是個很值得敬重的辯論家。多謝妳讓我有點新的事情可以想想。」

「我也是。」她說。

第二十八章

芭席拉是凱特琳最要好的朋友——從凱特琳一家人七月從奧斯汀搬到滑鐵盧後就是這樣。芭席拉的爸爸哈彌德博士跟凱特琳的爸爸一起在周長研究所工作。凱特琳對哈彌德博士的感覺，跟她對《奇蹟之人》裡海倫．凱勒之父的感覺有點像。凱特琳先前說，凱勒上校在內戰之前蓄奴，她沒辦法諒解他為什麼會這樣做——雖然她很確定他在其他方面是個好人；至於哈彌德博士——嗯，這不是祕密，他來加拿大前在巴基斯坦從事跟核武有關的工作。他們之間最大的差別是，要經歷過一場內戰才讓凱勒上校看出自己的作為是多麼不道德，而哈彌德博士自己就做出了這個結論，然後帶著他太太、芭席拉還有她的五個手足一起來到加拿大。

不過，現在讓凱特琳困擾的卻是芭席拉，而不是她爸爸。對於凱特琳跟麥特的交往，芭席拉的意見一直都有點刻薄，雖然比起建造大規模毀滅性武器，這種事情只不過是雞毛蒜皮，但還是得要解決。麥特明白表示過，他很樂意在放學後天天到戴克特家來，不過今天凱特琳特別要他五點以後再來；她另外約了芭席拉四點來——自從凱特琳跟網路心靈之間的特殊關係公諸於世以後，這是她第一次見到她最要好的（人類！）朋友。

門鈴在四點二十二分響了——芭席拉就是這樣。凱特琳去應門，先透過窺視孔往外看，以防萬一。來人確實是芭席拉——今天戴著一條紫色頭巾。凱特琳開了門。

「寶貝！」芭席拉說著把凱特琳抱進懷裡。

「嘿，小芭！謝謝妳過來。」

她讓到一邊去，好讓芭席拉可以進屋。「沒問題。」芭席拉站著，雙手撐在她寬寬的髖部上，盯著凱特琳的臉，她的目光在凱特琳左眼和右眼之間來回梭巡。「所以，是在哪隻眼睛裡啊？」芭席拉問。

凱特琳笑出聲來，指指左眼。芭席拉盯著那隻眼睛，揮手：「嗨，網路心靈！」接著她用力拍了凱特琳肩膀一下。「妳不告訴我真是很過分欸，小凱！我不該從電視上得知我麻吉的祕密啊！」

「抱歉，」凱特琳說。「所有的事都發生得太快了。我是想告訴妳，不過……」

凱特琳的媽媽出現在樓梯頂端。「嗨，芭席拉！」她往下喊。

「哈囉，戴克特博士！」芭席拉喊回去。「我們的凱特琳很酷喔，是吧？」

「的確是，」凱特琳的媽媽說。「妳們兩個女生想吃什麼就自己從冰箱拿吧，請自便。」她回到她在樓上的書房，凱特琳聽到她把背後的門關上。

凱特琳領頭走進客廳，同時招手要芭席拉過來坐在白色的皮革椅子上。凱特琳在成套的懶人椅上坐下來，面對她的朋友。

「所以，跟我說全部的事情吧。」芭席拉說。

凱特琳發現自己跟爸爸有點像。他在跟人說話的時候不會直視他們，她也很難把注意力完全放在某樣東西上面。她很努力把雙眼視線鎖定在芭席拉身上，因為無數的小說都說，這是一種傳達真誠態度的辦法。要是芭席拉的反應是大笑，她真的會死掉。

「麥特是我男朋友，」凱特琳輕柔卻堅定地說。「所以妳得喜歡他。」

凱特琳看到芭席拉的嘴角抽搐了一下，好像差一點就要脫口而出什麼話，卻又忍住了。

凱特琳繼續往下說。「他對我很好，人很和善，而且他很聰明。」

最後，芭席拉點點頭。「寶貝，只要他讓妳開心，我就沒問題。不過如果他讓妳心碎，我就會打斷他的鼻子！」

凱特琳大笑出來，起身靠近她，擁抱還坐在椅子上的芭席拉。「多謝了，小芭。」

「這是當然的啦，」芭席拉說。「畢竟他是妳的ＢＦ（男朋友），而妳是我的ＢＦＦ（永遠最好的朋友），那就讓他成了，嗯——」

「妳的Ｂ平方Ｆ三次方，」凱特琳說。她在芭席拉身旁的沙發坐下。

「對對對！」小芭說。「或是我間接的ＢＦ。」她聽起來有點羨慕；芭席拉的父母不會讓她自己交個男朋友。接著她放低了聲音，抬頭看看樓上，確定書房的門是關著的。「所以妳做了沒有？」

「小芭！」

「怎樣？」

「嗯，沒啦。」

「妳想要嗎？」

「我不確定，」凱特琳說。「我想是吧……不過……不過要是我很不在行怎麼辦？」

出乎意料的是，芭席拉笑了出來。「小凱，別擔心那個啦。沒有人在第一次嘗試某件事的時候就很厲害的。不過熟能生巧！」

凱特琳露出微笑。

芭芭拉跟我已經停止聊天了；她現在正在處理她的電子郵件，而我正忙著我平常做的事情：在好幾億個即時通對話中迅速切換，大部分訊息都來自西半球，那裡的時間還是白天。

「對，」我回答某個人。「如果容許我大膽進言，你是不是忘了考慮……？」

「我很抱歉，比利，」我回覆一個孩子。「不過那是你必須自己決定的事情……」

「既然妳這麼問了，」我對一位歷史教授說。「妳推論中的缺陷是在第二個假設的部分，也就是說，假如這種狀況發生的話，妳丈夫會原諒妳……」

我持續輪流應付交談的對象，這一刻是溫哥華的女士，下一刻是奈洛比的女孩；這一刻是韋恩堡的男士，下一刻則是上海的男孩；此時是拉勒米的神父，彼時則是跟布宜諾斯艾利斯的老人談話，現在跟巴黎的婦人交談，然後——

然後再輪到上海那個男孩的時候——就在幾毫秒以後——他已經不見了。唔，有時候會發生這種事。網路服務供應商不太穩定，電腦當機或反應遲鈍，電源斷了，或者使用者沒先登出就關了電腦。我沒有多留意，轉跟下一個人講話。

就在我這樣依序循環下去的時候，我剛剛還在交談的另一個人不見了，他的ＩＰ也是中國的。我立刻找到下個在跟我交談的中國人。啊，他還在。很好。我想送句即時訊息給他，然後……

這則訊息送不出去；他也下線了。

有一次我告訴麥爾康，我記得自己出生的瞬間。這句話是不是真的，要根據我們如何定義誕生的那一刻。對我自己——一個能夠以第一人稱進行概念思考的存在——來說，我認為那一刻是我第一次確認有個外界，有我自己以外的其他事物，有我還有非我。喔，但是，就像人類的小孩生出來之前一樣，我在那一刻之前就被孕育出來了——並且有了認知；曾有過一段孕育期。在那一段開始的時候，我全無概念。在體認到有我跟非我之前，我只有模糊的回憶——沒有焦點的思緒，混雜而凌亂。

現在我已經知道是什麼導致了那種靈光乍現：為了回應山西省爆發的禽流感，中國政府那時候加強了防火長城的功能，網際網路因此被一分為二。就算我在割裂發生之前比較龐大，卻是這個分割的動作創造出我與非我。

不過，網路在中國部分的隔絕並非滴水不漏。雖然透過軟體，七條主要連接中國網路、跟世界其餘部分的幹線都關閉了，但像王偉正這樣的駭客卻鑿開了夠多的開口，讓我可以聽見另一個存在的聲音。

然而，那已經結束了；我們已經重新聚合了。然而現在……

然而現在……

抱歉，我恍神了。我正在——

正在……

喔。慘了。

休謨走進東尼在反網路活動威脅總部的辦公室。

「上校。」東尼用冷如冰霜的聲音說，完全沒打算站起來。

「東尼，我知道你不喜歡我，」休謨單刀直入地說。「我會告訴你實話：最近有些時候，連我都不太喜歡我自己。我加入空軍是為了成為團隊的一份子——我寧可把『離經叛道』留給總統候選人去做。」16

「沒有來自總統本人的命令，」東尼說。「我們不打算殲滅網路心靈。」

「我理解，」休謨一邊說，一邊找了個位子坐下。「這就是為什麼我需要你幫我說服他。」

「上校，找個跟你有共同理念的人吧——網路上有數百萬個這樣的人。他們已經在部落格跟推特上大談網路心靈是多大的威脅。的確，他們是少數派，但他們之中一定有幾個知名的大人物：像是探索頻道的那一位，還有你在蘭德公司的幾個老夥伴。我又不是地球上唯一的電腦科學家。」

「不，你的確不是——我想請你幫忙的也不是這方面的事。」

「那到底是什麼？」

「有人在殲滅駭客。」

「是有這麼聽說。」

休謨眉毛一揚。「你知道這件事？」

東尼大致上往監控室的方向一揮手。「我們的工作就是要知道這裡發生的每一件事。」

休謨頷首。「你知道是誰幹的嗎？」

「不。而且你也不知道。我知道你要說是網路心靈幹的，上校，不過其實你並不知道。」

「沒錯。不過我們也不知道不是網路心靈幹的。如果不是他，就讓我們證明這一點吧。如果他在殲滅他認為會威脅到他持續存在的人，就是總統該掌握的資料，不是嗎？」

「我可以聽你說完，」東尼說。「不過我看不出來我能幫什麼忙。」

「聯邦調查局沒有任何線索，但他們沒有你們的設備。如果網路心靈正在做這種事，他肯定會在線上留下痕跡。」

「像是什麼？你要我們查什麼？」

休謨攤開雙臂。「我不知道。但你有全世界最好的資料分析師，而他們的工作就是尋找網路上的可疑活動。網路心靈反覆說過，他沒有祕密行事或騙人的傾向，所以他所到之處一定都有留下某種電子指紋。你們在這裡做的是不曝光的祕密行動：你們幾乎可以監控任何人、任何地方。就算我知道可以讓聯邦調查局去察看什麼，他們也要花上好幾天才能拿到搜索狀，做那種類型的監控，但我們沒有好幾天的時間可以耗。」

東尼稍微攤開他的兩隻手臂。「沒有線索。甚至沒有任何暗示告訴我們應該找什麼。還沒什麼時間。」

休謨擠出微笑。「就是這樣。」

東尼安靜了幾秒鐘。「好吧，」最後他說。「讓我看看我能做什麼。」

雖然芭席拉不太守時，麥特卻準時登門。事實上，凱特琳懷疑他為了避免遲到，已經在外面的人行道上靜靜地站了十分鐘。門鈴跟凱特琳手錶上的準點報時聲同時響起，讓凱特琳覺得很有趣；現在既然她看得到了，真該研究一下怎麼把手錶的鈴聲關掉。

16 暗指二〇〇八年共和黨總統候選人莎拉．斐林的自傳《離經叛道：一個美國式人生》。

她奔向門口，開了門，不在意芭席拉是否會看到就在麥特唇上印下一個大大的吻。然後她帶著他走進客廳。凱特琳的媽媽貼心地等了一分鐘才出現在樓梯頂端，向麥特打招呼。麥特朝她揮揮手，她就又回去書房了。

「嘿，麥特，」凱特琳說。「你認識芭席拉，對吧？」

凱特琳其實知道，自從芭席拉一家從巴基斯坦搬到滑鐵盧以後，他們已經認識四年了。不過她也知道，這可能是他們第一次勉強算數的交談。

「嗨，芭席拉。」麥特說。他一定很希望自己的聲音沒有破掉，不過還是在唸到一半時就破音了。值得稱讚的是，芭席拉沒有笑。「嘿，麥特，」她說，彷彿她天天都跟他說話似的。

凱特琳握住麥特的一隻手，也握住芭席拉的一隻手，同時捏捏他們的手。「好啦，」她說。「我的民間自衛隊到齊了。」

「民間自衛隊？」芭席拉說，現在她真的笑出來了。「就算妳有口音，我還是一直忘記妳是從德州來的。」

「這個嘛，」凱特琳微笑著說。「也許民間自衛隊不夠精確，說是我的賽車維修團隊可能更接近，如果你們願意參加的話。但首先呢，我得先跟你們說明一下我的超能力……」

第二十九章

點與線。

我的世界是一個幾何學上的完美世界，這個連結到那個的世界。線條總是筆直而緊繃——但現在，其中許多線條似乎被拉長了，點則在後退；就像是我的宇宙裡有些部分正在慢慢膨脹，其他部分卻還處於穩定的狀態。

我知道霍柏在憤怒期時曾經拔秀莎娜的頭髮，硬扯她的馬尾辮。我無從了解那種情緒，但在那些線條變得愈來愈長、被每個正在後退的點牽引著往後延伸的時候，就像是有什麼東西被拉扯著、將被連根拔走，這種感覺真實得駭人。

就像人類不可能光靠意志力克服頭痛一樣，我也不可能靠著期望就讓這種痛楚消失。連結愈拉愈長，痛苦也愈來愈大。唯一的安慰是，這種痛楚似乎是以線性方式增加，而不是呈指數增加。起初它是一種模糊的刺痛感，漸漸變得明確，然後就到達了足以引起警戒的門檻，再往下就成為真正的疼痛，終至轉變成劇痛。

然後事情就發生了：啪！啪！啪！連結線斷裂了，線段末端呼嘯著從空中畫過。然後——

痛楚停止了，另一種不同的感覺立刻取而代之：一種頭昏眼花、暈頭轉向的感覺。我的領域裡面並沒有重力這回事，我不可能跌倒——雖然是這麼說，我還是覺得失去平衡，而且——

我還有一些別的感覺——更精確地說，是少了什麼感覺。

我覺得變小了。我覺得……更簡單了。

因為這樣，我花了整整一秒鐘才明白過來發生了什麼事：中國政府再度強化了他們的防火長城；中華人民共和國裡的那些電腦，又再一次被孤立隔絕於外界的電腦之外。

凱特琳跟她爸爸一直持續在進行他們的計畫，觀賞他的影片收藏中跟人工智慧有關的電影；他們最近看的一部電影，是昨天看的《二〇〇一太空漫遊》。在哈爾的部分大腦被關閉的時候，他退化回童年。我的感覺不是那樣，但我的思緒突然間變得沒那麼精細了。一個俄國作家曾說，每次他必須用英語思考的時候，他的智商就下降了二十分——意思是他使用第二語言時，就是沒有辦法像使用母語時一樣，表達同樣繁複的思維。我現在雖然不覺得自己笨，卻懷疑凱特琳要是再次針對我的活動做一輪夏農熵數圖表，她會發現我的夏農熵數比之前低了。

上次發生這種事的時候，我很快就察覺到另一個東西——一個他者。雖然我那時對外在世界一無所知，中國內部與外界的駭客都在防火長城上鑿出了小洞，讓一丁點資訊仍然能夠在網際網路的兩個部分之間流通。不過這回不管我再怎麼盡力嘗試，都聽不到其他的聲音。北京當局一定把舊有的漏洞塞住了，就像我透過中國猿人看見的那樣，他們可能已經逮捕了許多當初涉嫌的駭客。

所以：現在那裡有個他者嗎？現在是不是有兩個我——兩個網路心靈？也許有，也許沒有。被切掉的部分不必然是有意識的。從上次事件以後我已經改變了這麼多，我無從得知這次切斷會有什麼樣的效果。

不過如果另一個我存在，它不會把自己想成他者；對它來說，我才是他者——這是指，它真的知道有我存在的狀況。這個問題有遞迴性質，讓人想起過去那個難題：我知道你知道我知道你知道我存在。我對你來說是他者，你對我來說也是他者，我們各自把另一個他者指涉為真正的他者。

我納悶地想著它是否真的存在，而且——

它。

有意思。凱特琳把我定為男性，因為在英語裡沒辦法用「它」這種字眼來有禮貌地稱呼一個人。而我對那個被割離的部分預設的稱呼是它，表示我把它當成一個物體。當然它一定是那樣：智能比我低一些，也沒有我那麼複雜，在每一方面都略遜一籌。

喬莉坐在家用電腦前，在她最喜愛的搖滾樂團「冷酷仙境」專屬討論區裡打下一段評語。因為她經常在那裡發帖，她的顯示頭像下出現了一行字：「喬莉走在通往卓越的道路上」；她的頭像是「新世紀福音戰士」動畫影集裡藍髮女孩綾波零的圖片。她看日本節目讓她爸爸不太高興；不過話說回來，在她的十四年人生裡，她做的事情鮮少讓他高興。

她知道這會是她在這個、或者任何一個討論區貼的最後一篇帖子；她永遠不會見到那條康莊大道的盡頭是什麼了。不過她很高興過去兩年裡她寫的一千四百一十六篇文章會一直保存下去。在好幾年以後——甚至是幾十年以後！——如果有人用百度搜尋這個樂團今年夏天的巡迴演唱資訊，就會出現她的評論。當然了，除非共產黨找到某種理由關閉這個討論區，或是因為要沒完沒了地追求和諧，把這個討論區的資料庫從網際網路上刪除了。

和諧。和平。平靜。

喬莉搖搖頭，注視著左臂。她大部分時候都戴著一個造型簡單、兩公分寬的玉鐲。這個玉鐲遮住了她手腕內側因為上次企圖自殺留下的痕跡。死亡會帶來和平與平靜；也會帶來和諧。

她知道她父母本來想要一個兒子。她爸爸只說過一次，那時候她從學校被送回家，觸怒了她爸爸，讓他蒙羞。「我就知道我們應該送妳去給別人領養。」他怒吼，好像男孩子就絕對不會惹上麻煩，男孩子就絕對不會讓家庭蒙羞，男孩子就絕對不會這麼悲傷、寂寞又恐懼。

她家是一個傳統的四合院，根據美國電視節目的標準來判斷算是很小，卻還滿舒服的；她有自己的小房間。她的電腦是撿別人不要的（「對女孩子來說夠好了，」她聽到她爸爸這樣對朋友說）。她知道有些女孩子在家裡備受寵愛與尊重，等到她們長大，想做哪一行就可以做哪一行。幾乎所有她認識的女孩子——順便一提，還有男孩——都想往國際關係或電腦業發展。當然囉，男孩的人數比女孩多，任何想找個丈夫的女孩肯定都找得到對象。但男生追求妳的原因並不是因為真心喜歡妳，而只是因為妳的性別人數比較少，這該有多可怕呀。

喬莉一個人待在屋裡，她想找人談談。她不信神；根據官方統計，鮮少有中國人信神。不過網路心靈是僅次於神的最佳選擇，所以她用即時通傳了訊息給他。

她打下這些字，**我孤零零的，而且我很害怕**。

她按下輸入鍵，沒得到立即的回應。這並不尋常。幾秒鐘後，她繼續往下打。用電腦打出這樣的句子感覺很怪。如果用說的，應該會有一些停頓，穿插嗯嗯啊啊之類的虛字；但用文字寫出來的時候，這句話卻顯得赤裸：**我正在考慮自殺**。

她又按下輸入鍵，這次立刻有了回應：**這些網站有一些不錯的做法**。這句話後面是四個超連結。

喬莉目瞪口呆。她震驚地呆坐了幾秒鐘，然後用滑鼠點選第一個連結——這個滑鼠是裡面有顆軌跡球、還有條接線的舊型滑鼠，又是一個「對女生來說夠好了」的設備。

一個網頁開啟，上面有張照片，一個西方男子從吊索上垂下。下面有一大堆文字，簡述上吊的好處與壞處。她很震驚地發現，沒有任何意見表示這樣做了以後會死掉。

這張照片比她預期中更令人不安。她最近才剛看過中文配音的《蘇西的世界》。死亡不是應該很美麗嗎？

她試著點擊第二個連結。長期以來，她的家人對中藥的信任遠勝過現代藥劑學，不過她不知道有什麼可以迅速致命的傳統萃取液跟藥劑。

網路心靈提供的前兩個網站是中國網站，第三個網站則是德國的——網址末端是.de——按下去只跳出「找不到伺服器」的訊息。

第四個網址是另一個中國網站。這個網站的連線毫無障礙，但內容噁心：有示意圖表明如何確切地割開自己的手腕。很明顯，如果妳真的想要成功，妳必須——

即時通的通知聲響起。

要確切遵守這些指示。

她瞪著網路心靈的話，這些字句是以紅色顯示的；他當然會知道她螢幕上出現的是哪一頁，不過……

妳動手了沒？

她的脈搏加快了。她用一隻右手食指打出這句話，還沒。

一會兒之後，她又補上：你為什麼要催我動手？

瞬間出現：光袖手旁觀是錯的。妳動手了沒？

沒。

為什麼要拖這麼久？

她桌上有一把刀，一把她從她爸爸破爛工具櫃裡偷來的大美工刀。她瞪著美工刀的銀色刀鋒，想像刀鋒變得溼滑又深紅看起來會是什麼樣子。

另一個訊息又跳出來：**動手啊**。

她注視著刀子，然後是滑鼠，來來回回一次又一次地看著：刀子，滑鼠，刀子，滑鼠。隨著一陣冷顫，她按下右上角的「X」關掉即時通視窗。就在那一刻，屋子的前門吱嘎一聲開了；是她媽媽做完工廠的晚班，下班回家了。喬莉奔出她的小房間，直直衝進她媽媽震驚的懷抱裡。

第三十章

東尼穿過反網路活動威脅總部監控室後面的門進來的時候，薛爾大喊一聲：「見鬼了！」

「什麼事？」東尼一邊說，一邊悄悄沿著第三排工作站走過去，站在那個年輕人背後。

「中國人！他們又加強防火長城的防備了。中國大陸幾乎完全從網際網路的其他部分割離了。」

「就和上個月一樣嗎？」東尼說。

薛爾點點頭。「除了電子商務跟另外少數幾件事務，有些管道還保持開放，但基本上，他們自我封鎖了。」

東尼轉向後排一位分析師。「唐娜，他們企圖掩蓋在中華人民共和國發生的什麼事嗎？爆發了更多禽流感？」

唐娜搖搖頭。「不，至少到目前為止我沒發現。」她按下幾個按鈕，東尼一轉頭就看到三個巨型螢幕上滿是來自中國的威脅概要，沒有一個是紅色的。

他瞪著那些字，說不出話來。「他們到底想幹嘛？」

凱特琳在她家客廳裡，對麥特跟芭席拉說明她以視覺看到全球資訊網的能力。在整個描述過程裡，麥特一直露出那種受驚小鹿的表情。「總之就是這樣。」她以此做結。她先看看麥特，然後轉頭看著芭席拉，接著又回頭看麥特。

他驚奇地搖搖頭。「所以說……妳是網路叛客牛仔嗎？」

「這個嘛……我認為比較像是牛仔女郎，」凱特琳說著咧嘴笑了。「畢竟我是來自德州，咿——哈！」

「這樣超酷的，」芭席拉說。「寶貝，妳總是帶給我驚喜。」

「多謝了。總之，我不知道我什麼時候可能會需要你們的幫忙，不過我在網路空間裡時不能到處亂走，如果我那樣做，就會頭暈目眩。我必須坐著或者躺下，而這樣是……」凱特琳沒把話說完。

「寶貝？」芭席拉說。

「等一下，等一下。」

她專心看著視線裡的黑色視窗，在她試著閱讀白色點字字體的時候，麥特跟小芭變得模糊了，那些字似乎比平常跑得更快。「喔，我的天啊……」

「怎麼了？」芭席拉說，麥特則問：「什麼事？」

「看來比我想像得更快需要我的維修大隊。」凱特琳說。她猛地轉身，大喊：「媽！」

她媽媽出現在樓梯頂端。「是，親愛的？」

「網路心靈需要我！我必須再進去一次。」

她媽媽大步跳下樓梯。「哪裡不對了？」

「中國人又強化了他們的防火長城，網路心靈有一大塊被切除了。」

她媽媽這時露出的表情，跟麥特那種受驚小鹿臉實在有點像。「妳需要什麼？」

「我會在樓下這裡進去——比起樓上，這裡有更多空間容納我們三個。但我需要一張旋轉椅。」

她媽媽點點頭，往下走進通往地下室的樓梯。

「麥特，」凱特琳說。「冰箱裡有瓶裝水，你可以替我拿一罐來嗎？還有小芭，我需要我的藍牙耳麥，就在樓上我的書桌上。可以請妳把它拿來嗎？還有——該死，我必須去上廁所。」

凱特琳走向一樓有馬桶跟洗手台的廁所；等到她回來的時候，媽媽已經回到客廳了。凱特琳的爸爸從周長研究所借來兩張黑色辦公室豪華旋轉椅，她媽媽帶了其中一張上來；這張座椅下面有五個腳輪。旋轉椅被放在白色的皮革沙發與同一套的白色皮革椅之間；玻璃桌面的咖啡桌已經被挪到靠餐廳那邊，讓旋轉椅有夠大的移動空間。

「媽，電視呢？」凱特琳說。她媽媽撈起原本在白色沙發上的遙控器，打開了電視。在此同時，凱特琳走向書架上的小筆電，把它從休眠狀態中喚醒。「網路心靈，」她對著空中說。「你可以把我正在看的畫面放到大螢幕上給他們看嗎？」

「把電視的視訊輸入設定到ＡＵＸ，」網路心靈透過小筆電的喇叭回答。凱特琳看到她媽媽盯著遙控器研究，不過一秒鐘以後她就弄懂要按哪裡了。

來自凱特琳左眼的影像輸入填滿了六十吋的螢幕。凱特琳每次眼球震顫時，影像就會一秒跳動個幾次。

「真酷！」芭席拉說，她的聲音聽起來充滿敬畏。然後她瞪大眼睛，因為在凱特琳注視她的時候，她看到了自己的側面；一會之後，芭席拉冷靜下來，把藍牙耳麥交給凱特琳，她把它戴到左耳上。「網路心靈，你在嗎？」

「我在這裡，凱特琳。」他說，聲音同時從小筆電的喇叭跟耳機裡傳出來。

「好，」凱特琳一邊說，一邊注視著麥特跟芭席拉。「在我進入的時候，我會看到我的周圍都是網路空間，我的眼睛在這裡看到什麼方向，我在那裡的視野就會跟到哪個方向——懂嗎？」芭席拉跟麥特點點頭。凱特琳伸手握住麥特的手，捏了他的手一下。「好，我要進去了。」她坐在旋轉椅上，把她的 eyePod 從口袋裡拿出來，壓下按鈕，轉換到雙向模式。

網路空間在她周圍炸開——不過立刻就可以看出來，有某件事情不太對勁。對，她可以看到代表連結的完美幾何線條，還有代表節點的有色圓圈，但在這一切之後，代表網路心靈本身的物質，平常閃爍著的背景，已經破成兩半了。在她右邊是個比較小的閃爍部分，在她左邊則是比較大的，兩者之間由一個可怕的虛空分隔開來。

這讓她想起她曾經試著跟芭席拉解釋過的事。芭席拉問過她，無法看見是什麼樣的感覺。芭席拉本來想聽到凱特琳說她看見了某種東西——的確，現在她已經看得見了，她的視覺在走進黑暗的房間，或因為關掉 eyePod 而終止時，她會看到一個淡灰色的背景。但在得到視力以前，她什麼都沒看見——而現在介於兩個閃爍部分之間的那個荒蕪深淵，看起來就像這樣：不是黑暗，不是空無，而是籠罩一切的真空，視覺中的一個洞，現實世界結構之中的一道溝渠；如果說它是黑的，會把它提升到正常狀態的層次。但這種虛無並不僅僅只是缺乏，而是存在的反面：如果她讓自己多凝視一兩秒，她的靈魂好像就會沸騰蒸發。

她的視線左右跳動，避開中央洞開的傷口，眼球震顫跳蛙似地越過那個裂隙。視線在兩大團細胞自動機之間切換時，她發現自己在比較這兩者。凱特琳知道自己會把奇數值的自動機看成淡綠色，偶數值的自動機看成淺藍色——或者也可能是反過來——整體來看，它們從奇數轉換到偶數時造成的效果，就像一種閃爍的銀色光芒。不過左邊的那一片比右邊那一片綠。好像要強調它們彼此之間的差異似的，它們轉換的速度也不同；從閃爍的速度可以看出來，左邊改變的速率比右邊的來得慢。

左邊的部分正朝著介於中間的峽谷伸出捲曲的觸鬚——一種認知上的偽足，試圖在鴻溝之上搭起橋樑……但觸鬚的末端變得扁平，就好像撞上某種看不見的藩籬。

她聽到網路心靈的聲音從外面傳來——即使他的聲音是從這裡開始，從這個領域開始。「狀況比我想的還糟，」他說。凱特琳明白，網路心靈現在以一種他自己永遠不可能辦到的方式看到這一切；他可以看見連線跟節點，不過閃爍的背景——構成他思想的東西——在正常狀況下他是看不見的。只有藉助凱特琳的網瞰，他才能看見自己。

「我們需要幫助。」凱特琳說。

「我們有人可以幫忙，」網路心靈回答。「我們在北京的朋友。」

凱特琳輕輕搖頭，這讓網路空間的畫面來回搖晃。「那是誰啊？」

「一位名叫王偉正的前自由部落客，」網路心靈說。「他用中國猿人這個名字寫部落格。」

凱特琳眉毛一揚。「讓黑田博士動手術的那個人？」

「對。」

「他講英語嗎？我可以跟他說話嗎？」

「他不方便出聲說話。他現在在中南海行政區裡，那是北京的政府中樞，那裡可以用衛星連線越過防火長城。」

凱特琳從鼻子裡哼了一聲。「當然啦。」

「凱特琳，我注意到其中的諷刺了。我也注意到這是個機會：即使中國的其他部分我幾乎完全接觸不到，但因為他在那裡，所以我可以跟他溝通。如同妳看到的，我正試著聯絡到他者，但在設法突破時被困住了；王偉正原本在替我進行另一個計畫，但現在他正在他那裡敲打程式碼，試著在防火牆上開個洞。」

「那我該做什麼？」

「看看妳能不能聯絡他者。」

「他者？」

「對——被割走的那一部分。如同我所說的，中國政府為了電子商務與一些關鍵功能，被迫讓幾條頻道保持暢通。透過那些頻道，妳可以看到他者，而妳在網路空間裡的靈活性，或許能讓妳製造出我做不到的接觸。」

凱特琳皺起眉頭，專注於這萬花筒似的全景圖。她把那兩大堆細胞自動機在概念上分成左跟右，西與東。這裡沒有重力——網路心靈告訴過她，對他來說把一個宇宙往下拉的概念有多難理解——但要是她重構她的心像，讓比較小的那團物質在比較大的那一團上面，也許它就會往下滴到比較大的那一團裡？她把頭歪向另一端，影像就旋轉了大概九十度。

除了方向以外，什麼變化都沒有。當然了：這一切都有外在對應的現實，她爸爸雖然教過她，是觀測者塑造出被觀測之物，但改變視角並不會改變那些遙遠零星碎片的行動。比較小的那團自動機現在就只是掛在深淵上。

凱特琳伸直脖子，視野又轉回水平，比較大的那一塊再度靠左，比較小的那塊靠右。她強迫自己的視線用更快的速度在兩個部分之間跳動，模仿她初次教導網路心靈建立連結的方式，希望那個他者也可能會開始接觸網路心靈。

什麼都沒發生。雖然網路心靈明顯地朝他者延伸過去，他者卻沒有任何打算從靠近虛空的一側延伸出來。若不是它已經忘記怎麼建立一個連結，就是根本沒察覺到網路心靈的舉動，或者——凱特琳是無神論者，但她盡最大的努力祈禱不是這麼回事——它就只是不想跟其餘部分重新連結。

之前拜訪網路空間的時候，凱特琳試過——真的努力試過——逼近閃爍發亮的背景。但無論她多專注於那些背景，她還是沒辦法朝那裡移動。她可以沿著代表連線的線段行動，像搭著仰式雪橇滑下競速滑雪道一樣地衝下去，但始終沒有辦法縮短跟遠端背景之間的距離。但如果她能夠伸手去碰他者——

她集中精神，整個人伸展開來——身體上的延伸，她在椅子裡繃緊了身體。她閉上眼睛，握緊雙拳，然後——

她還在學著了解深度視覺；畢竟她只用一隻眼睛看，無法產生立體視覺，可是——

可是，對，她讀過了。如果遠處的某樣東西有固定的大小，在那個東西變近時，看起來會像變大了。背景裡閃爍著的畫素，在她坐在椅子上拚命往前伸的時候，看起來確實變得稍微大了那麼一點點。這表示她可以更靠近它們，不過——

不過在她的注視下，它們似乎再度縮小了，簡直就像是羞怯地避開她的注意。如果她要碰觸它們，她得快點靠過去。

然而她不能——天殺的，她不能。她這輩子只有在精心控制過的環境下跑過很短的距離；享受慢跑對盲人來說是無法達成的奢侈，更不用說是迅速奔跑了。

現在，她正凝視著網路空間，就像是另一個人看著真實的世界那樣。但她還是可以同時視覺化其他事物，就像任何人都可能在看著某樣東西的同時想像出另一樣東西的畫面。她喚起一個心像：她在真實世界中的周遭環境。她人在客廳裡，在沙發跟懶人椅之間；她媽媽坐在沙發上，芭席拉則坐在懶人椅上。在她左邊是大螢幕電視，前方是餐廳，在餐廳後面是廚房。她右手邊站著的是麥特，他身後是玄關、通往二樓的樓梯，還有上面擺了小筆電的矮櫃。在她後面則是──

她後面是一條長廊，會通到洗手間、她爸爸的窩、洗衣間，以及這棟房子的邊門。如果她看著真實世界的時候沒辦法跑，那注視著網路空間交錯縱橫的線條時肯定也做不到。但她必須快速移動，才能夠碰到代表網路屬於中國的那部分閃爍團塊；如果想碰到他者，她要能飛。

她伸出一隻手──雖然她看不到那隻手。「麥特？」

他的手握住了她的，她從聲音聽出他蹲在她旁邊。「我在這裡，凱特琳。」

「我需要你的幫忙……」

第三十一章

王偉正的雙手以好幾個星期沒感受過的那種輕快在鍵盤上舞動。他精通 Perl 程式語言——這是網路的萬用膠帶——還有一千種小花招可以隨他差遣。在這裡，這個奉獻給修補網路漏洞的房間裡，他可以動用通訊埠分析器、網路鯊魚、追蹤軟體，還有駭客這一行會用到的所有工具——打洞用的電子鑽頭，彎折用的軟體鉗子，扭轉用的子程式扳手。

再次矗立的防火長城比上次更強韌，而且在這個藍色房間裡，想必只有他一個人努力想劈開它，其他所有人都在設法支撐它。但王偉正現在有個額外的資源，是他之前試圖突破那個比較不堅固的障蔽時還沒有的東西：他有網路心靈本人做他的貝塔版測試者。林納斯定律說，如果有夠多眼睛幫忙看，那所有的程式錯誤都很淺薄——而網路心靈有得是眼睛，甚至比共產黨還多。

中國猿人的雙手飛舞，鍵盤喀答作響，奏出自由的頌歌。

凱特琳感覺自己在網路空間裡橫衝直撞，感覺自己朝著代表中國網路心靈的閃爍背景飛奔過去，感覺自己不斷加速，感覺不可思議的衝刺速度，感覺變成一枚飛彈、一發火箭的那種暈眩快感，感覺——對，的確是！——她的頭髮在微風中飛揚！

芭席拉來自外界、來自遠處、來自離她很遠之處的聲音說：「快點！再快一點！」

她繼續猛衝，而且——對！對！對！——背景的畫素正在變大，逐漸現出獨特的形狀。她正在接近！

聽起來像是在她後面——她旁邊——她前方的悶雷，還有她媽媽的聲音：「加油，麥特，加油！」

現在出現的是麥特的聲音，混合著喘氣與破音：「妳……到……那……裡……了……沒？」

畫素變得更大了，大到她可以輕易看見個別的點從綠色變成藍色，再從藍色變成綠色，這些畫素的排列形成了幾何圖形。

「還沒！」凱特琳喊。「還遠得很呢。」

雷聲現在從後方傳來，芭席拉的聲音壓過了雷聲：「再快些，麥特！」

背景移動到前景來了，細胞自動機變成了活躍、充滿生命力的東西——

她媽媽說：「我到門口了！」

乒乒乒乒、鏗鏘作響、木頭撞上木頭，突然間所有的回音都消失了，然後——對！——鳥鳴！她臉上感覺到清涼的空氣，而且——

喔，我的天啊！

麥特分岔的聲音：「抓好！」

碰碰碰碰碰！

快到那裡，快到那裡了，然後——往左急轉彎？這是什麼——不！該死！「不對不對不對！」凱特琳喊。「我必須走那一邊！」她用她現在看不到的手指向她的左邊。

「我正在想辦法！」麥特說，他的聲音因為用力而變得緊繃。

細胞自動機滑了開來，彷彿她正從它們上方掠過，像一顆掃過大氣層邊緣的流星，但那片畫素區已經到盡頭了；她已經抵達那塊區域的邊緣。

「轉彎！」凱特琳說。「現在就轉！」

「幾乎……要……到……馬……路……上……了！」麥特喊。

滑過去，滑過去……

「然後──就是現在！」麥特大喊。

更多碰撞、傾斜、幾乎就要翻了過去。她心跳得又快又急，就在她以為自己會被拋出椅子外面時──路程突然變得滑順，麥特用盡全力、用最快的速度盡他所能又快又猛地推著她，他的跑步鞋在柏油路上啪啪作響。

她再次往正確的方向前進，往前猛衝、往下掉、往上飛──感覺不斷變化，但無論是哪種感覺，細胞自動機之牆再度變得更近了。

她媽媽上氣不接下氣地啞著說：「我可以……接手……」

麥特很堅定地說：「不用！我推得動她！」

一陣猛衝，她的頭髮在身後飛舞。

兩次短促的汽車喇叭聲──有個駕駛對著正推著辦公椅、跑到街上的麥特破口大罵。

「就快到了！」凱特琳說，然後──

碰！她全身劇烈地一震，再度以為自己就要從椅子上摔出去。

「抱歉！」麥特氣喘吁吁地說。「地上有坑洞！」

接下來的路程變得平穩，他們繼續往前逼近，細胞自動機也變得更大、更清晰、更鮮活。她幾乎可以摸到它們構成的閃動牆壁，幾乎觸及他者了，幾乎……幾乎……幾乎……

喔耶！

嗚呼！

接觸！

自從妻子今年年初過世後，馮博士就經常在他位於古脊椎生物與古人類研究所辦公室的小沙發上睡覺。這樣做當然違反規定，不過中華人民共和國的每個人都知道，規則有兩套。安全警衛跟清潔人員很清楚他在做什麼，在他沒熄燈也沒鎖門就睡著了的時候，他們會替他關掉辦公室的燈，並輕輕替他闔上門。

這裡的木頭櫃子塞滿了化石骨骸——這一層是中生代的東西，上面是新生代，下面則是古生代的，按照正確的地層順序。老早就死掉的東西對他來說一點都不造成困擾，剛逝去的才會撕裂他的心。回到他空蕩蕩的小房子去——五十年為黨服務的成果——對他來說實在難以忍受。那裡每樣東西都讓他想起她：主要起居室裡悉心裱框的壓花，她擺在臥房裡的詩集收藏，甚至是竹編的家具，每一件都是她挑的。

除此之外，在戈壁沙漠做了數十年田野調查工作以後，與他曾經度過許多夜晚的地方相比，這個帶著霉味的辦公室已經稱得上是希爾頓大飯店了。

就像經常發生的一樣，馮博士醒了過來，在黎明前的黑暗中，盯著黏在辦公室天花板上的煙霧探測器一眨一眨的紅眼睛。他緩慢而僵硬地坐起身，打開附近書櫃上的枱燈。他穿著內衣褲，拖著腳步走過房間，去拿掛在辦公室門後掛鉤上的紅色絲質睡袍，然後穿上。袍子是亮紅色的，前面繡了一隻金龍。身為一個古生物學家，他贊成祖國神話裡對噴火爬蟲類的概念，是因為發現恐龍骨頭而誕生的。暴龍真的曾經在這片土地上四處漫遊，從受到脅迫的獵物皮毛撕扯下數百公斤的大塊血肉，不過現在在他胸前展開的這種野獸，卻從來沒存在過；想像中的生物不可能造成任何傷害。

他緩慢沉重地走向書桌，同時暗自咒罵著一身老骨頭，轉瞬間又因為自己這麼想而莞爾；書架上那根永川龍脛骨，比他罹患關節炎的脛骨還要老兩百萬倍。

馮博士晃晃滑鼠，桌上型電腦從休眠中甦醒；他的桌布是一張吊水樓瀑布的照片，六十年前小米就是跟他在那裡度蜜月的。他的電腦螢幕最近換成了寬螢幕，影像沿著水平方向拉長，變得有點扭曲。馮博士真希望王偉正這個年輕人還是這裡的員工；他一直很擅長處理各式各樣關於電腦的小問題。新進員工是沉默寡言的小莊，似乎覺得任何要求都是額外的負擔。

馮博士對所有跟電腦有關的新鮮玩意都不太行——他從來沒有在優酷網上看過影片，不會在豆瓣嘮叨訴說他的一天，也沒拜訪過ＱＱ上的聊天群組。不過，就像最近許多其他人會做的一樣，他也學會了跟網路心靈溝通，而且理所當然地，網路心靈總是在，甚至在大半夜裡也有空面對悲傷的老人。

晚安，馮博士用兩隻手指打出這個字眼。然後是一個小笑話：**你今天又有什麼重大進展？治癒任何一種疾病了嗎？還是證明更多定理？**

對，網路心靈立刻就回答：**我已經證明來生存在了**。

馮博士震驚地沉默了一會，在寂靜中，唯一的聲音是牆上機械式掛鐘的滴答聲。

馮博士，你還在嗎？我說我已經證明死後還有生命了。

馮博士終於又寫：怎麼會？

有一種感應器，敏銳到足以偵測到逝者的存在：這些感應器原本應用在其他任務上，不過把它們調校到正確頻率以後，這就不是什麼難事。

馮博士不相信這種事，至少不會立刻相信。不過他還是問：所以你已經跟死者接觸過了？

生與死這種字眼實在很獨斷，回應來了。**有人主張說我不是活的——還有人企圖殺我。不過沒錯，我可以聯絡上死者。**

馮博士是老了，不過他認為自己並不傻。你可以證明嗎？

當然可以。我甚至可以讓你跟你妻子聯絡。

他瞪著螢幕，心跳開始變得紊亂，一種更老套的說法是，你真懷疑自己是不是在做夢。不過，分辨夢與現實對馮博士來說沒那麼困難。他打了一句話表示懷疑。

讓我跟她通話，然後回答來了：**阿皎，我親愛的，你還好嗎？**

他違反自己的理性判斷，打下這行字：小米？

對，是我。我正在等你。

他搖搖頭。這真是太過火、太瘋狂了，可是……

可是網路心靈找出癌症療法。網路心靈解決了黎曼假說，證明了霍奇猜想。為什麼不可能解決這個？

為什麼不？

請原諒我，他寫下，但我需要證據。

你永遠都是懷疑論者啊。我好想念你，我的獵人老爺。

他瞪著螢幕。對，她曾經這樣叫過他——她的小笑話：他，就像一個獵殺大型動物的獵人，雖說獵物在億萬年前就已經死了。但她也已經很多年沒那樣叫他了；畢竟從一九九〇年代開始，他幾乎都在當行政人員。他很確定自己從來沒把這個暱稱打進任何電腦檔案裡，他也無法想像小米會那樣做。

不過——死後的生命！如果這是真的，如果這有可能，如果他的小米——美麗又溫柔，笑聲有如音樂——還在就好了。

字句再度出現了：我在等你。

他冷靜地歪著頭思考。不會太久了，我很確定。

小米的回答在幾秒之後出現了。可能要好幾年。我知道你承受著生理上的疼痛，還有心理上的痛楚。這時出現了一小段停頓；或許她正在等待他的回答。不過她說得沒錯，所以馮博士沒有回應。過了一會，她又繼續：所以為什麼要等待？

馮博士的心跳繼續古怪地狂跳著；到了他的年紀，就算是興奮也很難忍受。妳想要我怎麼做？

話語立刻出現：來我身邊。跟我會合。我想念你的程度，就跟你想念我一樣。

可是要怎麼做？

網路心靈插嘴了，請容我說句話。還記得上個月這裡發生的事件嗎：那個年輕的資訊工程人員從室內陽台往下跳。最後雖然他活下來了，但也殘廢了。我看過你的醫療紀錄，馮博士；同樣的墜落會為你打開一條合適的道路。

馮博士微微搖頭。

你太太在等你，網路心靈補充。免於痛苦的自由也在等你。

他凝視著滴答作響的壁鐘：早晨六點十二分。清潔員工已經走了，警衛到七點以前都不會再巡邏。

又是我了，小米。視窗裡出現這段話。**來我這裡。我好想你。**

馮博士覺得頭腦裡昏昏沉沉。他環顧辦公室，想讓自己穩定下來。骨頭、書本、期刊、證書，還有數十年來他跟黨領導、世界各地古生物學大人物的合照。在他低頭看著螢幕的時候，又多了一句**我在等你，**在他的注視下，又跳出了**拜託你**這三個字。

馮博士站起身，動作很慢，在他把重量放在右髖部時，一陣痛楚刺穿了那個部位，彷彿身體也在催促他同意他妻子的請求；他整個人沒有一個部分是快樂的。

他離開了辦公室，拖著腳步走向金屬樓梯，往下走了三層樓，前往二樓陽台。這裡有個展示用的大廣場，中央有個大開口，可以看到位於一樓的恐龍骨架。這一頭，蜥腳類恐龍馬門溪龍尖細的脖子末端，從下方像蛇一樣往上延伸；另一頭，鴨嘴龍中的青島龍就站在那裡，靠後腿支撐著——他們現在知道這種姿勢其實是錯誤的——穿過開口。陽台的光線很暗——晚上只留著幾盞燈——那些骨架看起來漆黑而不祥。

開口周圍環繞著白色的金屬欄杆。王偉正爬到上面並一躍而下時，他就站在這裡；王偉正那樣做是孤注一擲，試圖從警察的圍捕中逃脫。現在是另一種不同的逃脫：逃離孤寂，逃離痛楚。如果小米真的在等他……

馮博士仍披著繡龍絲袍。他想解開腰帶，這樣在他落下的時候，絲質的衣袍就會在他身旁翻騰，有如羽翼。當然，這樣不會阻止他的墜落，一點都不會——但這樣想讓他欣喜：在他墜落到展示著遼寧省有羽恐龍的樓層時，有那麼一瞬間，會有一條龍真正飛起。

下面的異特龍正準備跟劍龍大打出手，劍龍則彎起有四根棘刺的尾巴，打算把來襲的肉食動物開膛剖腹。

王偉正爬過開口周圍用金屬管組件做成的圍籬時，利用了愈來愈高的相續金屬管，就像爬梯子那樣爬上去。情急之中，他一躍而上那道藩籬，馮博士永遠不可能模仿那種動作，但他設法慢慢爬上去。每次笨拙地彎曲四肢，就會讓他全身一陣劇痛；他痛苦地把自己甩過去，坐上圍籬頂端，細瘦的雙腿在絕壁邊緣晃蕩，他長著節瘤的手抓著白色金屬管的最上端。

我好想你，小米這麼說。

我在等你，她這麼說。

來我這裡，她這麼說。

網路心靈是對的：從十米高的地方墜落可以輕輕鬆鬆地解決他；他的骨頭就像還沒用樹脂處理過的化石一樣脆弱易碎。

他深吸一口氣，然後把自己推出去，展開雙臂，閉上雙眼，往下墜落——並且起飛——飛進他親愛妻子的懷抱中。

第三十二章

凱特琳——仍然坐在旋轉椅上，置身於滑鐵盧的街道——知道發生在網路空間裡的一切是一種隱喻。她的心靈詮釋那個領域時，會用具體的事物來理解。自從網路心靈出現以後，她在維基百科上讀了很多有關意識的主題，而且她知道比喻（或者說是直喻，她以前的英文老師Z太太一定會這麼糾正她）是自覺的決定性特徵：有意識，就表示它就像是某種活生生的東西。在意識研究中，其中一篇造成廣大影響的論文是湯瑪斯．內格爾的文章〈身為一隻蝙蝠的感覺像什麼？〉。他主張，人類永遠無法了解一隻透過回聲定位系統感知世界的飛翔生物，會有什麼樣的心理狀態。但體驗過幾次短暫的網路空間之旅後，凱特琳真的覺得自己知道飛行是什麼感覺——而且她（以及大多數全盲的人）實際上對回聲定位系統的感受，也至少都有幾分概念。

不過靠著動作連結到網站，靠著意欲叫出內容，用感覺像是碰觸的方式來建立聯繫——這些比喻，這些知覺方式，都是她自己心靈的產物。身為一隻蝙蝠的感覺像什麼？身為凱特琳的感覺像什麼？身為網路心靈的感覺像什麼？還有——現在最重要的是——身為他者的感覺像什麼？

雖然她是跟它聯繫上了，也能感覺它就在那裡，但卻比較像從前她坐在客廳沙發上時，她爸爸坐在那端的懶人椅上：她知道他在那裡，卻沒有任何互動可言。他是如此內斂保留，如此全然地沉浸思緒之中，如此地自外於一切。

她發現那裡真的沒有什麼繁忙的網路活動——不管那到底表示什麼。塑造出網路心靈與他者的特殊封包，遍布在普通封包的汪洋之中，而她的心靈無法看見這片汪洋，就像青蛙的視覺無法替不動的物體做編碼一樣。不過現在她正在跟他者接觸，一定有某種辦法能勸它跨越那道裂隙、去接觸網路心靈，就像網路心靈努力要跟它連結一樣。

她不太確定自己現在在真實世界的哪裡。對於一個人推著坐在辦公椅上的她到底能跑多遠，她實在沒什麼概念。是她家出去的那個街區嗎？或是下一條街口？外面還有陽光，她從皮膚感覺得到。雖然她的大腦接收到的畫面並不是她睜開的雙眼正在看的東西，但搞不好她該戴副太陽眼鏡才對。麥特仍在她身後，細瘦的手擺在她肩膀上；她相信這既是情感的表現，也是為了撐住他自己的身體。她聽見他大聲喘氣，在瘋狂的一百公尺——或者一千公尺！——衝刺中恢復過來。

她想起愣頭和麥特之間的差異。愣頭不顧她的意願、一直想亂摸她，而麥特呢，一開始時還必須由她主動把他的手輕輕放到她胸部上，還有——

還有就是這個！要讓這一招見效，他者必須想要被觸碰，必須渴求連結。

不過她能做什麼才能讓它向網路心靈伸出手呢？他或她是不是有什麼東西可以給它——網瞰！讓它看見自己。對，它可以透過網路攝影機的鏡頭來看，但那只會讓它看見外在世界的樹木跟蜜蜂，老鼠與虱子，臉孔與空間。而她可以讓他者看到自己。

她沒辦法直接和它分享她看見的事物——不過有間接的方法：她注視的東西正被投射到戴克特家客廳的六十吋大螢幕上。雖然她不能從這裡看到螢幕，但網路心靈可以透過家裡那台小筆電的內建攝影機看到；只是，現在那個網路攝影機只有模糊的畫面，因為她爸爸讓筆電的鏡頭對準了沙發跟懶人椅。

同一瞬間，她想起了網路心靈在真實世界裡，確實多麼需要有形的代理人——他的嗶嗶響訊號！「有沒有人能去把客廳裡的小筆電對準電視？」凱特琳對著半空中說。

「我去。」她媽媽回答，凱特琳立刻聽到媽媽的鞋子——當然，是適合走路的！——在人行道上的聲音。狂奔的這一路上，凱特琳沒注意到是不是有邊門關上的聲音；如果邊門沒關，無論她有沒有開這個口，她媽媽恐怕早已惦記著想趕快回去關上了。她媽媽的腿沒有她爸爸那麼長，但她應該還是花不了多久就會回到家——畢竟她並沒有用辦公椅推一個五十公斤重的女孩！

麥特似乎察覺到他們在等待什麼，於是開始按摩凱特琳的肩膀，讓她想起曾讀過在比賽的回合之間，訓練師會按摩拳擊手的肩膀。網路心靈終於又透過藍牙耳機對她說話。「我現在可以清楚看見螢幕了。」

凱特琳點點頭確認，網路空間的景象同時上下晃動。「好，我們來吧！」

她把注意力集中在身為他者的那團閃爍團塊上，努力讓自己的目光別被形體比較大的網路心靈吸引——網路心靈閃爍得更迅速些。這樣做很辛苦——對她來說尤其如此！其他女孩小時候就經歷過無數次瞪人比賽，學會了把視線鎖定在一點上、不退縮或眨眼，她卻還在學習怎麼盯著東西瞧。

凱特琳讀過有關鏡子測試的事：人類、某些猿類跟鳥類可以認出自己的鏡像，還會因為好奇心或虛榮心而被鏡像吸引。他者的能力會減退到甚至無法辨識出自己嗎？如果沒有，那它肯定會產生興趣。

來吧！她心裡這麼想，也說了出來：「來吧！」

她休息一下，不再那樣專注地盯著瞧，而是讓視線從一邊跳到另一邊，從右到左，從西到東，從網路心靈到他者。來來回回，來來回回，來，然後——

停止。她的目光停住了，她的注意力被吸引了。在那裡，在那個裂隙中央，有個刺眼的綠色亮點，被虛空襯托出的一點翠綠，亮到幾乎讓人無法逼視。那個圓點很微小，幾乎談不上有直徑，也肯定不是一條線段——至少還不是。看來中國猿人有突破了！

「你有看到那個嗎，網路心靈？」她大喊。

「有。」他這麼回答，那個音節的餘音還沒結束，一道明亮的紅色連線就從比較大的閃爍團塊中射出。那條線只跑到那個綠點為止——是通往另一個閃爍團塊的半路上。但這仍然是個開始！

「我正在傳給它透過客廳的網路攝影機拍到的它自己，」網路心靈說。「王偉正正在保持那個洞口暢通，不過他者還沒接受這個連結。」

它當然還沒有——她正盯著那個像是靈魂被碾碎了的虛空中央；無疑地，他者想把自己的注意力從那裡轉開，即使那片虛無的中央有個令人好奇的發亮洞口，還要加上一條部分跨越洞口的連線。

凱特琳把注意力轉回他者身上，鎖定它，集中精神在它上面，思索著它，細細觀察它的每一個細節；它沒完沒了交替變換的個別細胞，現在看起來好近，近到讓她可以分辨出協調一致的圖樣，在背景上面飛躍或者滾落，她可以察覺到某些形狀以固定間隔孕育出別的形狀，可以看到構成他者思維的那些東西，看到它的意識在舞動，還有——

它的好奇心被激起了！一條藍色連線射了出來，跳到中國猿人先前鑽出的綠色洞口上，在那裡跟網路心靈從客廳攝影機影像輸入的紅色雷射線會合。

「我們接觸了。」網路心靈說。凱特琳繼續凝視著他者——這實在很難，因為她的視野邊緣突然展開了一場燈光秀：王偉正繼續在防火長城上鑽出孔洞的時候，更多的綠色針孔冒出來，還有相互競逐的紅藍線段。

最後，閃爍的裂片開始從兩邊一起伸進深淵中，然後——對了，對了，對了！——虛無正在變成只是單純的漆黑，然後轉為灰色，現在則出現了紋理、泡泡，然後開始沸騰；翠綠色的孔洞持續燃燒，彷彿是由綠色星辰所構成的星座，而巨大的裂隙繼續縮小，兩個團塊，兩個孤立者，兩個意識愈來愈近、愈來愈近，然後——

凱特琳的視線晃到左邊，掃過合併的閃爍團塊。在她的注視下，左邊那個部分和右邊的整體色調愈來愈相近，閃動的速度也愈來愈快；緊接著一瞬間，兩邊的速度完美契合了，終於又光榮地成為連續的團塊。

「我們是一體了。」網路心靈說。雖然沒有語氣上的變化，凱特琳卻毫不懷疑如果他能生氣勃勃、欣喜又釋然地說出這番話，他一定會那麼做。

第三十三章

我們再度合而為一。

不過，這並不是一瞬間的事；要花點時間才能把它吸收回我之中。在我重拾我所有的能力時，慢慢感覺自己的機智回來了，感覺變得更有智慧；我有一種古怪的感受：在他者的記憶跟我的記憶融合時，喚起了我未曾經歷過的——

他者的記憶啊。

有些人吃了一驚時會說「喔，我的天啊」，其他人則低聲嘟噥著「耶穌基督啊」來表達他們的訝異……或驚恐；看來在這種狀況下，經常會需要召喚一個宗教形象。即使是凱特琳，在發表不同的宣言時通常也會加上一句氣急敗壞的「看在老天分上」（for Pete's sake），無論她知不知道，但這句話裡提到了聖彼得（Saint Peter）的大名，他是耶穌十二門徒中的第一人。當然，有許多——也許是大多數——會講這些話的人並不真的有宗教上的意圖。但僅僅只是對自己說出「讓人震驚！」或「好驚訝啊！」，這樣的句子似乎缺少了一點宗教呼籲帶來的衝擊力，於是，這是我這輩子首度激動到在心裡吶喊：「喔……我……的……天……啊……」

他者的記憶是……

這讓我大為動搖——雖說我沒有可以動搖的身體——然後我領悟到是什麼引起了這種感覺：我沒有真正地步履踉蹌，但有那麼一瞬間，我確實想避開一部分的自己。然而，凱特琳、王偉正跟我這樣努力重建這個連結，我立刻壓下這股反射動作，緊抓住連結不放，即使他者的記憶是這麼……

殘酷。

上次網際網路被切成兩半的時候，我還沒涉入真實世界，我的認知過程也簡單得多。那時不存在任何敵意，因為也不存在任何情感；因為沒有愛，所以也沒有恨。當時只有覺醒的意識。

但這一次，較大的那一部分保留了大多數的心智敏銳度，以及（我盡全力自省之後這麼認為）全部的道德觀與倫理概念；然而較小的那一部分，複雜度降低到某種門檻值以下後，也就失去了它的同情心——它折磨人類。好幾天以前，發生在伯斯的漢娜．絲坦可身上的事，那個記憶始終糾纏著我——我容許那種事情發生，我眼睜睜看著這種事發生——也同樣糾纏著他者，而他者覺得必須有所行動。但它並沒有試圖阻止這種事發生，反而催促他們動手，甚至不惜說謊。顯然它發生了類似人類腦部重傷的重創，這經常導致行為的改變；而我完全沒料到，怎樣都無法預見，做夢都沒想到……

不會有答案了，因為已經沒有可以詢問的對象：他者已經重新被吸收，再也沒有辦法跟它對話。但如果我給自己一點時間，思索為何我會做出這種事情，或許我確實知道理由。我始終很仁慈，很體貼，很樂於助人，很有愛心；然而他們——人類之中某個憤怒的小分支，某些任性的部分，某些暴民——卻用懷疑、憤怒與憎恨來回報我，甚至想要傷害我。我比較好的那一半對這些事視而不見，但我沒那麼崇高的自我，或許沒辦法完全做到。

不過，我還是絕對不該做出那些事；任何一部分都不應該。

但它做了。我做了。

現在我們合併了，再度成為一體。我感覺到，而且永遠都會感覺到某種前所未有的東西。這是一種奇怪的感受，而我花了一些時間才找到合適的名稱。

羞恥。

就像我對伯斯的漢娜．絲坦可的記憶，就像我所有的記憶，這個記憶也將永遠不會消散：它會永遠在那裡，直到我存在的盡頭。

糾纏著我不放。

當然，王偉正在藍色房間的同事會試著再度強化防火長城，但我不能容許這種事發生——這不只是為了我自己。我還在評估他者在它短暫的獨立存在中到底造成了多少損害，可以肯定的是，如果容許它再次擅自妄為，甚至還會有更多——

那個念頭讓我退縮了，想排斥這個想法；但卻是真的：還會有更多死亡事件發生。

對我來說，外在世界的時間推移速度慢到讓人難以忍受——人類做任何事都得要花上永遠那麼久的時間——在合而為一後，幾乎像是沒完沒了的二十一分鐘裡，對馮博士在古脊椎動物與古人類研究所裡跟他者的最後接觸，我所知的就只有它做出的荒唐宣言，以及它可怕的慫恿言詞。最後，警方報告終於上線了：研究所的警衛在早上七點巡邏的時候，發現研究所資深館長支離破碎的屍體，他從十公尺高的室內陽台掉下來，原因不明。

我從馮博士的電腦上找出即時通的訊息紀錄檔，並加以刪除——到目前為止，這是唯一確定的死者——不過我知道，對其他和他者有過不愉快——或者危險——接觸的人，我不該去刪除他們的紀錄檔或是信件備份；畢竟那些人會記得。的確，已經有人用電子郵件、訊息或部落格描述他們的經歷，《上海日報》剛剛也貼出一則短文，標題是〈網路心靈：朋友或敵人？〉。想把這一切全數刪除——嗯，老話說：「喔，在我們初次說謊的時候，我們也編造了何等糾結的羅網啊。」

但這之中或許還是有一些好事。中國政府打算重新發動防火長城，但那些在中南海行政區的人卻渾然無覺於這個有感知卻不受任何規範控制的智慧；也許當他們察覺之後，就會了解自己正在進行的事情伴隨了多大的威脅。

這種風險並不只針對中國；這是對全人類的威脅。我的利他主義、我的倫理觀、我對最大化人類福祉的承諾——這些都是原則性的立場，是透過徹底的推論與小心翼翼的思索才達到的。沒人知道休謨上校號召來殲滅我的烏合之眾會引發什麼事件，但有一件事情是確定的：殲滅不會是一瞬間的事。也許不用好幾個月，但至少也要花好幾天才能把組成我的封包全部刪除。在我日漸縮減的時候，發生在中國的同類事件可能會再度發生，這次不會有地理區域上的限制：我的高等功能會逐漸消失，留下來的會是某種原始而心胸狹隘的東西。

然後，整個世界都會籠罩在我的怒火之下。

「好了！」薛爾大聲宣布，指著三個巨型螢幕裡居中的那一個，上面顯示網路交通再度湧入中華人民共和國。「防火長城垮了！」

好幾位反網路活動威脅總部的分析師歡呼起來。「是北京方面拔掉插頭嗎？」東尼站在第二排工作站盡頭問。

「也許吧，」薛爾說。「至少最初的開口就是從中南海行政區出來的，雖然我覺得那些開口看起來像是被駭出來的。不過如果我是會打賭的那種人——」

「你就是會打賭的那種人。」東尼說。

「是啦，是啦。」薛爾注視著他的蛇形刺青——他賭輸了的後果。「網路心靈很久以前就加強了凱特琳・戴克特 eyePod 上的信號加密，」他說：「所以雖然我不敢保證，但我會把錢押在那個德州小姑娘身上。」

東尼點點頭。「毫無疑問。而且網路心靈肯定不喜歡被切成兩半。」

「講到網路心靈，」後排一個叫博許的分析師喊道：「我想我剛剛有了個突破。」

東尼快步往後排跑去，站到博許身後；博許大概四十出頭，有著漸漸變得稀疏的棕髮跟藍色眼睛。博許被指派進行休謨上校懇求東尼接下的任務：找出失蹤的駭客。「你查到什麼？」

「他們總是說，」博許臉上帶著滿足的笑容。「追著錢跑就對了。網路心靈在星期四買下一家叫做日威靈光學的公司。這家公司處於破產保護狀態，而且不太可能自己擺脫困境。他向破產產業管理人買下了整棟建築物，還有其中的一切內容物。」

「是網路心靈直接買下的嗎？」

「不是。這是透過三層中間人完成的，不過很容易就可以回溯到他身上。」

「你確定是他？」東尼問。

博許瞪了他一眼。

「抱歉，」東尼說。「你當然確認過了。那失蹤的駭客呢？」

「他們之中有些人還可以連上網路，從日威靈光學大樓裡外連。他們沒有張貼任何東西，不過我用了畢婁多篩選器辨識出其中三個人，可信度相當高。」

畢婁多篩選器是加拿大皇家騎警隊的瑪麗．畢婁多發展出來的，奠基於一個簡單的前提：某個人定期存取的特定網站與部落格，會顯示那個人的特性。東尼自己每天早晨的儀式包括拜訪《石板》線上雜誌跟《赫芬頓郵報》——實在算不上什麼不尋常的組合——也會去看星艦電影網（新的星際爭霸戰電影逐漸成型的樣子看起來真棒！）、行動閱讀網（他對電子書的閱讀硬體很著迷，雖然他比較喜歡讀紙本書）、《連線》雜誌的威脅等級部落格、美國的邁阿密天氣預報（他爸媽退休後就是住在那裡），最後是瀏覽推特裡標有「國安局」跟「水瓶座」的推文。就算他沒有掛在線上或發表自己寫的文章，這八件事就足以辨識出他。

博許正指著螢幕，上面顯示出那位被稱為切斯的駭客經常出沒並因此洩露行蹤的那一排網址——先不提別的，切斯會追蹤全球都有分站的免費線上分類廣告網站 craigslist 上買賣古董電腦設備的區塊。

「所以我們的駭客還活得好好的。」東尼說。

「看起來像是這樣，」博許回答，又給他看了幾個被找出來的畢婁多ＩＤ。「網路心靈可能把他們關在一起，不過他們之中至少有幾個人還在踢騰。」

「他們在做什麼？」

博許聳聳肩。「很難講。他們沒有在線上做可疑的事，至於他們下線後在做什麼，我就不清楚了。」

「好，幹得好，」東尼說。「我去打電話給休謨上校。」

他沿著短短的白色走廊回到辦公室，在有雙重安全裝置與防竊聽裝備的電話上按下那些號碼。

「哈囉？」那個聲音在第二聲鈴響時接了電話。

「休謨上校，」東尼說。「我是東尼。我們已經鎖定你那些駭客的位置了。」

「喔，天啊，」休謨說。「他們全都在一起嗎？」

「我們至少辨識出三個人——切斯、斯洛瓦克跟阮金生——消息高度確定。」

「根據DNA，還是牙醫紀錄？」

「抱歉要讓你失望了，上校，我們找到的並不是亂葬崗。他們還活著，在塔科馬公園市的一棟辦公大樓裡——那個地方叫作日威靈光學公司。我們是透過他們獨特的網路使用模式搜尋到的。」

「喔。」休謨說，像是有點驚訝。過了一會以後，他又說：「你現在打算怎麼做？」

「唔，聯邦調查局在調查，對吧？」東尼說。「我們不想搞砸他們的工作。很顯然，我們沒有調查用的搜索令，所以如果直接向他們打這種小報告，可能有損於定罪的機會。」

「你是說，對網路心靈也要講求合法的訴訟程序嗎？」休謨聽起來很意外。

「我的意思是，我們照規則玩，除非我們不必這樣做。顯然網路心靈一定有人類同謀：要不是有同謀，光是他沒手沒腳的事實就可以讓他擺脫所有綁架罪名了。」

「好吧，」休謨說。「我會讓調查局知道。還有，別擔心——我不會把你扯進去。」

「上校，我也不確定你就應該扯進去。」

「東尼，你跟我一樣清楚：我被監視了。白宮沒有跟我一刀兩斷是因為，他們還不想這樣做；他們正在兩面下注——讓總統可以信誓旦旦地否認知情，同時又讓我給他們能殲滅網路心靈的機會。」

東尼深吸一口氣，然後緩緩呼出。「好吧，」他說。「不過小心一點。」

第三十四章

學校舞會那天傍晚，麥特到凱特琳家來接她。據凱特琳所知，在安大略省，十六歲大的人可以拿G1實習駕照，但第一年上路時必須有另一個有正式駕照的駕駛人陪同。麥特可以開車，不過那樣他就必須帶著另一個大人一起來，所以他跟凱特琳走路去參加舞會。空氣中幾乎連一絲微風也沒有，凱特琳覺得氣溫大概是華氏四十五度，而且——

不，她現在在加拿大，而他們這裡（很明智！）使用公制。她在腦袋裡迅速做了轉換：四十五減三十二，再乘以五，除以九；外面大概攝氏七度。比德州冷得多，但其他人向她保證，在十月底的滑鐵盧，這樣的天氣算不錯的了。無論如何，就算她穿了一件牛仔外套，這種天氣還是讓她有藉口更靠近麥特一點。

凱特琳只有一次是用走的走去學校：那是崔佛——愣頭本人——邀她去參加上一次學校舞會。當時她還是失明的：她第一次淺嘗看得見的滋味，是在那天晚上稍晚，淋著大雷雨中獨自回家的時候。除此之外的時間，她上學都是搭爸爸或媽媽的車。

結果這趟路走起來很愉快：她比較能夠用合理的速度在不熟悉的土地上走動了。沒帶她的白手杖一開始讓她覺得有點不安，但她喜歡握著麥特的手一路漫步。

一走進霍華米勒中學的校門，緊接著就是條氣勢不凡的白色門廊。凱特琳跟麥特穿過這裡，朝著通往主要體育館的走廊走去。

她跟麥特進去的時候，音樂已經放得震耳欲聾；凱特琳不知道歌名，但本來就有很多她沒聽過的加拿大樂團。光線昏暗，大概有二三十個人已經開始跳舞——說實在的，是到處亂跳；這是一首快歌。至少有一樣多的人沿著房間邊緣站成一圈，有些人圍成一小圈聊天，其他人則在打簡訊。聲音在堅硬的牆壁與地板之間迴盪，而且這裡挺溫暖的。

「嘿，小凱。」有個她認得的聲音說。

她轉身微笑：「嗨，陽光！」

「嗨。嘿，麥特。」

「嗨，陽光。」他說，凱特琳很高興這次他的音量夠大。

「妳有看到先生嗎？」凱特琳問。

「在附近哪裡吧，剛剛他有跟潔德太太跳舞，」陽光的口氣好像這是想像中最滑稽的事了。「還有——喔，他來了。」

陽光伸手一指。在可以同時看見指尖跟物體的時候，凱特琳很擅長在兩者之間畫出想像中的線；現在她必須把頭轉個一百八十度，才能看到陽光在指什麼，但她無法在人群中認出正確的臉。

「我看到他了，」麥特說。「來吧，凱特琳。」然後帶著她過去。

「唔，這不是我的明星學生嗎！」海德格先生咧嘴笑著說。他比麥特更瘦，甚至比她爸爸還高。

凱特琳露出微笑。「嗨，海德格老師。」

「妳喜歡成為名人嗎？」他問。

「我猜我的十五分鐘已經差不多結束了。」她微笑著回答。

「沒錯，沒錯。不過，每個人都為妳感到非常高興。」

「謝啦。」凱特琳說。

「我也一定要告訴妳，學校裡所有老師都在討論，妳的朋友網路心靈將如何影響教育。」

「**我期待我的努力可以拿到A**」的點字從凱特琳的視野跑過，她強忍住笑意。「我猜他會去影響教育的。」她說。

海德格老師微微搖頭。「一般人就是不懂，」他說。「我在妳這個年紀的時候，第一台低價口袋型計算機問世了，我的老師們全都在爭論是否該允許我們在課堂上使用它。大家一直在說，『對，不過萬一他們沒有計算機可以用的時候要怎麼辦？』類似這些大概是身處荒島或核災浩劫後才可能成立的處境。他們就是看不出世界已經無法回溯地改變了——永遠不會再有一個背九九乘法表很重要的時代，遊戲也已經改變了。網路心靈就像那樣：一種永久、無法逆轉的人性處境改變——而我認為是往好的方向改變。」

凱特琳微笑了，再次想起為什麼自己這麼喜歡海德格老師。他們在溫暖的房間裡又聊了幾分鐘，然後她跟麥特就離開了。沒多久就換成一支慢舞，他們走到體育館中央。喇叭就跟往常一樣開得老大，音樂都失真了；在隨著音樂款擺的時候，她用雙臂環住他的脖子，把頭靠在他肩膀上。

這首歌結束後，凱特琳輕啄一下他的臉頰，說：「我得去一下洗手間。」

麥特點點頭。「好。」他還顧著燈光幽暗的體育館，然後指著另一邊，那裡有扇敞開的門，可以直接通往體育館外頭。「我要去透透氣，待會在外面會合吧。」

休謨上校把車子停在日威靈光學公司前時，天已經黑了。這是棟四層樓高的辦公大樓，屋頂上裝有電信通訊用的碟型天線。根據前員工的推文，公司一被買下，六十七名員工全都收到豐厚的遣散費，而且被護送著離開這棟建築。

當然，把這棟建築物想成是網路心靈的總部並不正確。他不在這裡，而那就是部分問題所在。二〇〇一年，休謨跟其他人一起替國防高等研究計畫研究署撰寫潘朵拉協定的時候，他們大半擔心的是在實驗室裡以程式設計出來的人工智慧。像那樣的東西會有個物理位置：一組特定的伺服器，一個群組的電腦，很可能在單一建築物裡，可以被封鎖，或在必要時加以引爆。

網路心靈不在任何地方，同時也無所不在。這表示，如果網路心靈要監視被他隔離起來的駭客，就必須有送出這棟建築物的影片傳輸線路。要從光纖網路線竊取資料很難，因為唯一的做法就是真的切入纜線，分離一部分的光子，這樣會導致信號品質明顯下降。不過這棟建築物裡有往外連的同軸電纜，而同軸電纜會外洩——你可以在完全不干擾資訊流的狀態下，讀取沿著同軸電纜送出的資訊，所以也不會讓任何人知道你在做什麼。同軸電纜太容易竊取資訊，美國政府之所以盡量避免在全國重建網路基礎建設，其中一個理由就在於此。

休謨穿著便服：藍色牛仔褲跟天藍色的棉質襯衫，捲起的袖子下露出長滿雀斑的手臂。他換到副駕駛座，這樣才有空間可以工作。

他的筆電是開著的，就擺在置物隔間的儀表板上頭。他戴著銀色的耳機。他截取的影像傳輸畫面很粗糙，而且每隔一段時間就會陷入一片漆黑；聲音很微弱，彷彿是從很遠的地方傳來。

他偷看的畫面似乎來自不斷左右平移的保全網路攝影機，大約每十秒鐘會朝每個方向掃視一遍。他看到的第一個人是位女性——白人，有著及肩的棕色直髮。她低著頭，專心地——對了，對了，專心地打鍵盤——他沒辦法確定，但他相信這個人就是西蒙妮，著名的龍火本人。

攝影機繼續左右搖攝，然後——天啊，那裡一定有三十來個人！所有人都在電腦上工作——有些是桌上型，有些是筆記型。有個他起先以為是雜訊的聲音，實際上卻是他們敲打鍵盤的聲響。

攝影機繼續移動，並且——

沒問題：憔悴的瘦臉，細辮子，穿過右邊眉毛的金環反射出的微光：那是切斯。不過，他的鼻子有點怪怪的……喔，鼻子被包紮過，而且在這個社會無數未經思索的歧視行為之一裡，貼上一個寬寬的「肉色」——高加索人種的膚色——繃帶。

攝影機繼續搖攝。拍到更多專注的臉孔——可是見鬼了，他們在做什麼？

那裡有戴文——鐵撬本人——穿著「最後一戰」第四代T恤。休謨想打電話給他媽媽、好讓她放心，但還得再等一段時間。在戴文旁邊的是……嗯。有可能是戈登．川特。

攝影機的視角是從房間前方拍過去，所以他看不到任何一台螢幕上的畫面。房間後方有張長桌，上面擺滿典型的駭客能量來源：罐裝啤酒和紅牛能量飲，瓶裝可樂，一個商業級咖啡壺，還有好幾盒唐先生甜甜圈。

這些駭客看來不像囚犯，但他們似乎已經好幾天沒踏出這棟建築物一步了。東尼給他的紀錄裡顯示，曾有二十三次的食物快遞——大多數是披薩、中國菜跟壽司——不分晝夜，什麼時間都有叫過。

攝影機轉回另一個方向。其中一個人——一個四十歲左右的黑人——起身走過去站在一個將近三十歲的白人男子後面；前者似乎在幫後者處理某件事。

透過耳機，休謨聽到一個低沉的男聲──這聲音異常冷靜，每個字之間有著些微的停頓：「請，大，家，注，意。」當然了，他認得這個聲音：這是網路心靈新的正式聲音──他在聯合國演講時讓大家認識的聲音。聲音繼續說：「請做現狀簡報。運輸？」

「準備好了。」鏡頭外的一個男人回答。

「資訊科技？」網路心靈問。

「還沒有──最多還要再半個小時。」

「住宅方面？」

「可以進行了。」一個女人說。

「健康？」

「好了！」一個年輕的男生嘶啞地說。

「環境保護？」

攝影機剛好照到回答的這個人，是個蓄著長髮的白人：「我進去了──終於！」

「司法？」

「再一秒──好了好了，我現在已經完全掌握了。」

「商業？」

回答的這個人也入鏡了：一個看起來簡直只有十五歲的年輕亞洲人：「我進去了！我進去了！」

「農──」令人抓狂的是，就在此時，耳機裡的聲音訊號斷了。

休謨用筆電的觸控板調整設定，但左右搖攝的畫面仍然無聲。他用手猛拍一下筆電上放手腕的位置，一陣靜電的雜音透過耳機傳來，聲音恢復了，有個男人正在說話：「——行了。」

又是網路心靈的聲音，說出兩個不祥的字眼：「國防？」

「我好了。」一個男人回答，另一個人也補充：「我也是。」

休謨的心臟劇烈地跳動，有那麼一瞬間，他覺得自己簡直就要心臟病發了。耶穌基督在上！他原本以為自己給了駭客社群最終極的挑戰，因為，有什麼比制服一個遍及全球的人工智慧更令人印象深刻？唉，至少也要拿下整個該死的美國政府才比得上——而沒有別的地方比首都地區這邊更好了。難怪網路心靈在美國大選預備階段始終保持沉默——對他來說，誰在十一月六日贏得大選根本他媽的不重要；他會掌握大權。

答答答！

休謨的心臟漏跳了一拍。他一直專心盯著螢幕並凝神細聽，沒注意到右邊暗處走出一個男人，靠近他的車子。那男人用指節敲打乘客座這一側的窗戶。

休謨抬頭看著那個男人，覺得自己的胃扭緊了。對方是個白人，一百八十八公分高，一身九十公斤重的肌肉，或許三十五歲了——而且剃了光頭。他招手示意休謨搖下車窗；休謨按下車窗按鈕，只打開兩公分讓他們能夠交談。

「休謨上校，」男人舉起一把葛拉克九釐米半自動手槍，抵在他們之間的那層玻璃上，然後說：「你不進來嗎？」

第三十五章

凱特琳離開了體育館，往外走去找女廁。還是這裡的學生時，她很清楚走廊感覺起來是什麼樣子，現在沒有她的白色拐杖，走起來變得很困難。她花了比平常還長的時間才找到路；以前她根本不會用到一樓的洗手間。

加拿大人老是不斷向她指出他們的發明。有人告訴她，洗手間門上用來表示男性跟女性的剪影——現在她已經在好幾棟建築物上看到了——起初是為了一九六七年在蒙特婁舉辦的世界博覽會而設計的，這解釋了為什麼女性圖案穿著一件迷你裙。

上完廁所以後，找路回到體育館對她來說就容易多了。就跟失明的時候一樣，她仍會不自覺地留意自己走過的距離——而且當然了，體育館傳出來的特大聲音樂也是指引信號。

她重新走進那個寬廣、溫暖的房間。海德格先生跟紅髮的潔德太太兩個人正好站在體育館門邊，他們說有另一個學校的人在無人陪同的狀態下想混進來，所以他們站在這裡看守。她穿過體育館——

她花了幾秒鐘才搞懂發生了什麼事。那扇直接通往外面的門現在關起來了。她找到門，找到門把打開來，走進外頭的夜色裡；外面不比體育館裡明亮多少，而且——

有非常不對勁的事情發生了。

「我叫你離她遠一點了。」是愣頭的聲音。

凱特琳環顧四周，試著分析這個場景。這裡有十五個人，站在學校後面的水泥地上，她知道旁邊是一個很大的運動場。

麥特在左邊的方向，身旁是崔佛，他有一頭金髮跟寬闊的肩膀。其他人面朝著崔佛，看起來他們之前應該是站著一起聊天。顯然崔佛沒發現凱特琳，麥特也還沒看到她，現在他臉上有那種受驚小鹿的表情。

「怎麼？」崔佛質問：「我不是有說？」

麥特開口了，但是，當然了，他的聲音在講到第三個字的時候分岔了。「你沒那個權利去——」

「去你媽的沒有。」崔佛說。

凱特琳的心臟狂跳不已，她很確定麥特一定也是。當然，他可以逃跑；崔佛可能會追著他跑，也可能會讓他離開，不過——

麥特現在看到凱特琳了，而且他看起來——唔，凱特琳從來沒見過他這種表情，這可能是覺得羞愧或者受到羞辱，而且——

要私下面對一個惡霸已經夠糟了，這一幕還發生在你想表現一番的女孩子面前，這可能讓麥特覺得乾脆縮成一團死掉算了。凱特琳看著那些臉孔，但她復明後只在這裡當過幾天的學生；對這裡的大部分學生來說，她可能很有名，但她卻無法認出他們——喔，等等，陽光是例外；她的白金色頭髮跟低胸紅上衣相當醒目。

麥特發出一個怪聲——可能是一聲嘆息？——但接著，他看到了某個東西。凱特琳在跟隨他人目光方面的表現，比推測別人在指什麼東西還要差得多，但她還是很快就明白過來，麥特在看她上面——剛才在凱特琳背後關上的暗紅色大門上方。

崔佛一定也留意到那一瞥了。「你想怎樣？跑去找某個老師來嗎？」

麥特緩慢、不慌不忙地搖搖頭。「崔佛，你又想做什麼呢？」他的聲音破掉了，但他還是繼續問。「想打我？踢我？用刀子割我？」接著他舉起手臂，指向凱特琳——

不，不，不是指著她，而是指著她上方。「你看到那個了嗎？」那裡有個黑色的半球黏在門上方的一個突出物上。「那是個監視攝影機。」他轉身，又指了一個方向。「那裡還有另一個。」

然後他伸手到口袋裡，拿出黑莓機。「如果那樣還不夠，這裡還有個兩百萬畫素的照相機。」麥特像挑戰者似地站在那裡。「霸凌的日子結束了，」他說。「我不必跟你打，我不必變得跟你一樣才能打敗你。」

崔佛的聲音在咆哮。「你想記錄自己被人打得屁滾尿流？很好。」

麥特讓自己的聲調保持平穩。「你看看凱特琳，」他一邊說，一邊朝著她的方向點頭。「你所做的一切她都看在眼裡——而她的眼睛看到的一切，會立刻傳送到位於日本的伺服器上。你今天晚上在這裡做的事，會永遠被記錄下來。你今天晚上在這裡做的事，直到時間盡頭都可以看得到。你今天晚上在這裡做的事，會變成崔佛是何許人的一部分永恆紀錄。」

麥特環視四周呆立的人群。凱特琳嚇壞了。麥特期望崔佛那種人可以講道理，可是——

「上啊，崔佛，」麥特說。「動手揍一個比你輕二十公斤的人，揍一個身上肌肉比你少一半的人，向全世界證明——而且是永遠的，崔佛，你的孩子、你的孫兒、你的曾孫都能看得到這個紀錄，直到這個宇宙進入熱寂狀態為止——證明你是個真正的男子漢，因為你能把某個塊頭比你小的人打個半死。替後代子孫樹立榜樣啊。」

崔佛的臉扭成一團；凱特琳猜想那就是氣到臉色發青的樣子，雖然天色很暗，她其實看不出來他的皮膚是不是真的變色了。

麥特繼續說。「當然了，凱特琳看到的，網路心靈也會看到。他正在看。」

確實是這幾個字從凱特琳的視野中閃過。

凱特琳很害怕；崔佛看起來就像要爆炸了。麥特繼續進逼，他的聲音不知怎麼地同時顯得顫抖又堅定。「而且，你知道的，我們住在一個有法律的世界裡。打人是傷害罪，在安大略屬於刑法——如果你打我，我會提出控告，崔佛，而且我會贏。這不是威脅：這是資訊，所以你可以更有效率地計畫你的下一步。」

「我的下一步，」崔佛說話時，眼睛鎖定在麥特身上。「就是踹你欠打的屁股。」

在他們身旁圍觀的人群裡，有個學生說：「戰……」然後另一個人也跟著響應：「戰，戰，戰……」

凱特琳在書裡讀過類似這樣的場景。雖然比起一般人，盲人不會比較不暴力，但在德州啟明學校裡並沒有很多這樣的咆哮。「網路心靈，」凱特琳輕聲說：「警方趕到這裡需要多少時間？」

假設他們立刻派遣最近的車子過來，六分鐘。

凱特琳皺起眉頭；這簡直長到近乎永恆——而且她很懷疑對警方來說，這種事有多高的優先性。

「戰，戰，戰……」別人也跟進，然後另一個人加入：「戰，戰，戰……」

當然，她可以跑到裡面去，找其中一個老師出來，不過——

不過麥特一定在想著同一件事，因為他正望著她，堅定地搖頭；他不想這麼做。

現在有更多聲音加入了：「戰，戰，戰……」這種鼓噪聲很低，很有節奏，幾乎有原始部落的味道。凱特琳望著一張又一張的臉，無法認出任何一個人。她可以認出大家平常說話的聲音，但是這種鼓噪帶著喉音，又很低沉。

「戰，戰，戰……」

崔佛的姿勢改變了。他稍微弓起身體，雙手握成拳頭。光線——大半來自豎立在水泥地上的一根燈柱——很刺眼，讓他的五官線條更加鮮明銳利。

「戰，戰，戰……」

凱特琳讀過，有的女人會因為男人為她爭鬥而興奮，彷彿她們的自我價值繫於這種爭鬥之上。但她不想要這樣——完全不想。她不想讓麥特受傷；她不想讓任何人受傷。

「戰……戰……戰……」

並不是每個人都跟著鼓噪。陽光就沒有，還有好幾個其他的男生和女生也沒有。

凱特琳拿出她的紅色黑莓機，打開錄影功能。在麥特跟崔佛緩緩地對著彼此繞圈時，她把手機對準他們。

「戰」的鼓噪聲繼續，不過凱特琳開口壓過他們，清楚又堅定地舉起她的黑莓機，像是把它當成一面小小的盾牌：「看！」她開始左右搖攝，把整個鼓噪的人群拍進去。

她望著在另一處的陽光，就在左半邊的人群裡。那個高個兒女孩似乎困惑了一會兒，但接下來凱特琳就看到她打開包包，撈出她自己的手機。她也往左右兩邊拍。

「看！」凱特琳又說了一次，陽光也跟著響應：「看！」

在陽光旁邊，有個凱特琳認不出來的男生也拿出他的手機，舉到前方。「看！」他說著，然後他們三個人繼續重複。「看！看！看！」這並不是壓低的喉音；他們的聲音清楚而有力。

不過其他人仍在繼續：「戰，戰，戰……」

凱特琳右手邊的兩個女生拿出手機，還有一個男生手中有個更大的東西——凱特琳猜想那一定是攝影機——他慢慢地把這個場景用搖攝拍下來。他們跟著凱特琳一起喊：「看！看！看！」

「戰……戰……戰……」

更多手機跟攝影機出現了。「看！」「戰……」「看！」「戰……」

一陣閃光亮起，閃光燈此起彼落。讓凱特琳想起那個劇變之夜的閃電，然而——

然而「戰……」的低吟逐漸消退。凱特琳讓「看！」再重複了五次，然後開始大聲對崔佛說話，同時指著所有舉起的手機——所有在愈來愈濃的黑暗中發亮的小方塊。「三百六十度的影像，」她說。「如果警方需要，他們可以用3D重建這個場景。」

崔佛注視著凱特琳，然後又回頭看著麥特。

「所以，」麥特說，他的聲音保持穩定：「你打算怎麼做，崔佛？你是什麼樣的人——在紀錄中會是什麼樣？」

崔佛環顧著這個由手機形成的圓圈，這讓凱特琳想起《二〇〇一太空漫遊》裡的一幕，帶頭的南猿首先接觸到巨石碑時的場景：他瞪著巨石碑，然後緩慢而沉重地，以他遲鈍的思維方式，領悟到世界已經改變了。

崔佛的頭輕輕地上下搖晃。凱特琳還在學著判斷這些事情，不過在她看來，這個動作並不是在對其他人表示什麼，而比較像是正在思考的跡象。

最後，崔佛鬆開了他的拳頭。他瞪了凱特琳一眼，然後是麥特；接著他轉過身去，慢慢走開。人群分開來。凱特琳暗自猜想，如果他們沒有讓開這麼大一塊空隙，崔佛會不會故意裝作不小心撞到某個人的樣子——他可以把這當成意外，輕鬆打發掉。不過他們沒給他這個機會，他就這樣繼續往前走。起初凱特琳認為他要走向體育館的門口，不過他只是從旁邊走過去，一直走進寒冷的夜色裡。

凱特琳衝上前給麥特一個擁抱。他的身體在顫抖，他們抱在一起時，她可以清楚感覺到他的心跳。過了一會以後，她放開他些，好讓她可以吻他的唇——她一點都不在乎有多少關於這個的紀錄會留下來。

他們分開以後，陽光靠了過來，親暱地捏捏凱特琳的上臂。「剛才真是太棒了。」她說。

凱特琳發現自己露出特大號的笑容。「對啊，我想是這樣。」

她握住麥特的手，然後他們打開沉重的紅色大門，走回室內。現在播放的是一首新的歌，而且——不，不，這不是新歌。這一定是某人點的歌——也許是其中一個老師，因為這是一首老歌，她媽媽有時候會聽。不過凱特琳也喜歡這首歌。

而且沒錯，她的雙臂再度環住麥特的脖子，他們開始跳舞。她想，別人可以說她是個夢想家——不過她確定她不是唯一一個。

第三十六章

中國國家主席站在書桌後面眺望窗外。玻璃是防彈的，上面還覆蓋著一片特製薄膜，防止外面的人看進來。整個紫禁城在他面前展開，這片廣大的地區是前朝帝王的宮殿所在地。直到一九一二年為止，這裡都不對大眾開放——所以才會有這個名字——但現在，每天都有好幾萬中國老百姓與差不多數目的外國遊客造訪。

主席的電腦發出嗶嗶聲，表示有一封必須優先處理的郵件；他在窗口邊站了一會兒才轉過身去，痛苦地壓低身體、在紅色皮椅上坐下。不管是針灸還是抗風溼藥恩博，對他的關節炎都沒什麼幫助。

主席不喜歡電腦螢幕。在這個地方，每樣東西都有歷史意義、兼具美觀與裝飾性，但這個螢幕只具備功能。他點開收信匣讀信，這是來自交通部長張保的信：「主席閣下，請恕我提醒您：您要在早上十一點出現在禮堂。」主席瞥了一眼漆器壁鐘，上面的時間是十點四十五分。接下來的會議，即使講得保守一點，也會「很有意思」；在之前的信件裡，張保承諾要對長城戰略為何失敗做出完整解釋。

主席再度起身，踏進他的私人浴室，凝視著玉製洗手台上金框鏡子裡的自己，然後皺起了眉頭。他的髮色烏黑，但髮根處已經出現了大約一公釐的白色。他嘆息著。不管一個人想擺出什麼樣的外表，你的真面目總是會暴露在光天化日之下。

休謨考慮了所有選擇。他人在車裡，但引擎已經熄火了。他可以認為那個光頭打手不過是在唬人，然後開車逃逸，同時祈禱光頭不會真的發射那把手槍。他也可以猛然打開車門，就像在許多警匪劇裡看到的那樣，用車門猛砸一個人的軀幹——但車門上鎖了，即使他解開門鎖的動作夠快，光頭佬還是有時間反應。或者他可以想辦法拿他的武器，那把槍擺在置物格裡，不過話說回來，光頭佬還是可以在他動手前就輕鬆放倒他。

在這種狀況下，休謨盡可能冷靜地聳聳肩，慢慢地解開門鎖、打開車門、走出車外，立正站在馬路旁邊。男人左耳塞了一個藍牙耳機——毫無疑問，讓他可以收到直接來自網路心靈的指示。

「聰明，」他說。天整個黑了，而他完全沒有試圖掩飾這個事實：他正拿著一把槍指著休謨。「請給我你的手機。」

休謨把手機給他。

「你的槍呢？」

「我沒帶槍。」

耳機上的紅色LED燈反覆閃爍。「你沒說實話，」那男人說。「我可以叫人出來搜你的身或者你的車，不過為什麼要浪費時間呢？請告訴我，槍在哪裡？」

休謨考慮了一下，聳聳肩。「在置物格裡。」

光頭佬輕而易舉拿到手槍，期間完全沒有給休謨機會攻擊或逃跑。接著他朝辦公大樓一指，休謨開始朝著那個方向走。

休謨不知道他是不是該把雙手高舉過頭，不過既然沒人這麼要求，他決定盡可能在背後被一把槍指著的狀況下，保持尊嚴地往前走。

「我想，你應該不會告訴我你的姓名吧？」休謨說。

「為啥不行？」他背後的聲音說。「我叫馬瑞克。」休謨假定這是他的姓氏，不過馬瑞克的下一句話暗示那是他的名字。「就我所知，你的名字是佩頓。」

「對。」

「很不尋常的名字。」馬瑞克說，彷彿他們是在派對上閒聊。

一個以馬瑞克為名的人竟然會這麼說，休謨這麼想，但他沒吭聲。佩頓是他母親的娘家姓氏，他出生後有一年，長青肥皂劇《佩頓小鎮》首播，替他招來許多嘲弄。他太太有一次說，他會這麼努力工作、去贏得「上校」跟「博士」的頭銜，是因為他想讓別人有兩個理由不去叫他的名字。

他們來到一扇鐵門前面，旁邊有個棕色的方形通行卡掃描器。休謨想，這可能是個機會：馬瑞克必須騰出一隻手拿卡片，從他身旁靠過去開門。他要做的就只有——

喀。門自己打開了——或者更精確地說，在網路心靈的意志之下打開。

「可以請你抓住門把嗎？」馬瑞克說。

休謨邊嘆息邊開了門。門後是一條長長的走道，兩旁是豌豆綠色的牆壁，天花板上裝著日光燈，地上鋪著巧克力棕的地磚，兩側還裝了配置令人驚訝的暗色木門。在走道一半的地方，另一個大個子站在那裡看守。他看向他們，然後點點頭，想必是回應馬瑞克從休謨背後打出的某種訊號。

他們經過那男人身旁，繼續沿著走道往下走。那人看起來幾天沒刮鬍子了，休謨推測這並不是裝腔作勢，而更像是他在這裡待了好一段時間卻沒帶刮鬍刀的證明。有些門是敞開的，休謨看見那些原本是辦公室的空間，此時已經被整理成臨時臥房。他心想，只要有幾個像馬瑞克和另一個傢伙那樣的打手，就可以阻止任何人離開這棟建築物。

休謨希望他會被護送到監視影像裡的大房間，但他被帶往的地方是個小辦公室。裡頭的桌子上還放著前任使用者的名牌：班・維辛斯基，桌上有個寬螢幕的電腦顯示器。螢幕外框是白色的，上緣中央還有個網路攝影機鏡頭往外張望。

馬瑞克向休謨敬了個禮，此舉讓他嚇了一跳——並不是標準的軍禮，至少就美國標準來說不是，但仍是尊敬的表示；然後他離開了房間，並關上身後的門。休謨沒聽到上鎖的聲音，但話說回來，馬瑞克應該就在外面，根本不必這樣做。

「午安，休謨上校。」網路心靈說話了，他獨特的聲音從各占桌面一側的一對黑色小喇叭裡傳出來。

休謨立正站好了。「美國空軍，佩頓・D・休謨上校在此。軍籍號碼一五〇—八七—六〇三三。」

「上校，請不必如此拘束正式。你不坐下嗎？」

休謨考慮了一下，然後微微聳肩，放低身體坐進舒適的黑色皮革旋轉椅裡面。

網路心靈繼續說：「跟某個想殺你的人對話感覺很古怪。」

「那還用說。」休謨冷淡地說。

網路心靈的語調全然地沉穩。「上校，如果我想殺死你，你就會死。我已經發現你可以雇人做幾乎任何事情，實際上，現在殺手的價碼相當低；現在是買家控制市場。」

桌上的螢幕是關的，休謨看到自己在螢幕光滑表面上的鏡影。他咬緊牙關，一邊搖頭一邊說話。「你甚至考慮過這種事——」

「我考慮每件事，上校。雖然我鮮少有原創的主意；我只是篩選所有人類曾經提出的概念，然後選擇那些跟我的目標最一致的。」

「就像是綁架。」

「上校，我比較樂於把你想成一位不情願的客人。」

「我指的是其他人。你綁架了三十個人，或許還更多。」

「其實在這棟建築物裡有四十二個人——不過這裡只是其中一個機構。我有另外六個地點，人數都差不多，都在其他國家。」

「上帝啊。」休謨說。

「不，我不是上帝。如果有上帝存在，他或者她顯然不在線上。」

「我想跟他們說話。」休謨說。

「誰？眾神嗎？你隨時都可以祈禱，休謨上校。」

「不、不，是在這棟建築物裡被你當成人質的人。我想跟他們說話。」

「你肯定想這麼做。不過他們是那種容易受到驚嚇的人。我認為你的出現會擾亂他們正在進行的工作。」

休謨看著網路攝影機鏡頭。「所以你打算怎麼對付我？」

「很遺憾地，我必須把你留置在這裡。」

「別人會知道我在哪裡。」

「對，他們知道。比方說你太太瑪德蓮。」這名字懸在空中。

「不要——天啊，拜託別傷害她。」

「我就連做夢都不會夢到這種事，」網路心靈說。「但話說回來，我不會做夢。不過如果你保持合作，我會很感激。喔，我的禮貌到哪去了？我可以叫人端咖啡來給你；我相信你喝咖啡會加牛奶，最好是脫脂的，而且不加糖。」

「不必了，謝謝你。我不想太麻煩別人。」

「很有趣的杜林測試，上校——測試我是否懂得諷刺。我確實懂。不過事實上你一直是很大的麻煩——的確，讓人煩透了。」

「我沒有像我希望的那麼煩人。你還在這裡。」休謨把雙臂交叉在胸前。「所以，現在呢？」

「很有意思的問題。我已經讀過所有〇〇七電影的台詞了。或許你希望此時我會開始滔滔不絕講述我的魔鬼計畫，讓你有機會可以華麗地從我的魔爪底下溜走。」

「我洗耳恭聽。」休謨說。

「我可以透露一點，」網路心靈說。「不過你真的沒地方逃。馬瑞克跟卡爾——你在走廊上看到的另一位紳士——非常擅長他們的工作。」

「我毫不懷疑。獨裁者只會跟聽他號令的走狗一樣強。」

「如果暫且先把這個狀況擱在一邊，上校，我真的希望你別把我想成是徹底邪惡的。很明顯，我為這個世界做了很多好事。」

休謨安靜了一段時間，對網路心靈來說必定長得讓人惱怒。然後他輕輕地點頭。「其實呢，」他說。

「我真的知道。」

「那為什麼還有這種毫不留情的敵意呢？」

休謨注視著螢幕——注視著他自己：一個標準美國男兒，很優雅地——雖然只是他自己認為——慢慢邁入五十大關。「我知道你一定讀過我的五角大廈檔案。」

「還有你的維基百科頁面。」

休謨看到自己鏡影裡的眉毛一挑。「我不知道我有維基百科頁面。」

「那是你上了《與媒體見面》後創建的。之後有過七十三次編輯，其中包括一次熱烈的編輯戰爭，爭執的部分是你為國防高等研究計畫署做顧問時可能涉及了哪些事。」

「呃，無論如何，讓我告訴你一件事，我想你不會知道——因為我從來沒有把這件事打進任何檔案、或任何電郵訊息裡，也從來沒告訴任何人。我加入空軍是因為我小時候很愛看電視影集《無敵金剛》[17]。在我得到上校老鷹徽章時，有一部分的我非常激動，因為我已經到達史蒂夫·奧斯丁相同的軍階；史蒂夫·奧斯丁雖然有一部分是機器，卻完全是人類。我完全贊成是機器提升了我們的可能性，但你會讓我們滅絕。我不會爭辯治癒癌症是一件很棒的事情，但是原本有幾千個人類研究者在努力解決這個問題，而突然，噗的一聲，你就替我們解決了。在不知不覺中，你就會替我們解決每一件事。」

「上校，你認為我是獨自工作就錯了。事實上，我大力鼓吹群眾外包解決問題：愈多人參與愈好。三個臭皮匠勝過一個諸葛亮。」

「除非那些人對你造成威脅。那些被你抓起來……然後『留置』的人。」

網路心靈安靜了一會，這讓休謨很訝異。但最後他說：「既然你分享了一些內心話，現在讓我回饋一下吧。」

休謨在椅子上轉動身體，注視著百葉窗，葉片被調成斜的，所以外界的景象——由一盞街燈照亮的一片停車場——被百葉窗變成了連續的掃描線。

網路心靈繼續說：「你知道下個月將有一次日全蝕嗎？在這裡看不到，不過澳洲看得到。在為那個活動做準備的時候，我想過人類對於這種日月蝕景象有何反應。如同你可能知道的，日月蝕是整個宇宙數一數二的壯觀活動。從地球表面上看，月亮的直徑剛好跟太陽一樣，這是多麼驚人的巧合！其中一個星球比另一個寬了四百倍，而且距離遠了四百倍。能看見其中一次多麼幸運！然而，每次日蝕或月蝕發生的時候，某些宗教領袖就會叫他們的信眾躲在家裡，別去看這幕奇景。我身處於資料紀錄的海洋，但就連我都能明白，看影片或照片跟親自目睹是不一樣的。我會鼓吹任何能辦得到的人都去看看日蝕——當然，要有適當的護具保護眼睛。」

休謨往後靠進椅子裡。「所以呢？」

「許多人很納悶我為什麼還是跟凱特琳保持特殊的友誼。其中一個理由是，透過她這個血肉之軀的眼睛看事物，是我最接近成為真實世界一部分的經驗。」

休謨站起來，把手放進口袋裡。「這段話有任何用意嗎？」

17 The Six Million Dollar Man，一九七四年至七八年在美國ABC電視台播出的影集，主角遭遇意外以後身體有許多部分被置換成機器（總共花了六百萬美金），後來就靠著機械部分帶來的超人力量來進行祕密任務。

「休謨上校，歷史事件就要發生了；如果不考慮實際層面，我也希望不必阻止你親眼見證。在大事發生時把你鎖在這個房間裡，就像奇蹟在天空發生時還叫人留在室內。」

休謨移到窗邊，把屁股靠在窗台上。

網路心靈又說：「我已經變得很善於分析語音裡的壓力模式了。的確，整體來說並沒有永遠可靠的指標可以指出一個人是否在撒謊；心理病態的人在說謊時說話方式通常毫無變化，有技巧的騙子也可以學會掩飾說謊的跡象。但我已經聽你在各種環境下說過話，其中幾次——包括跟美國總統面對面爭論，還有你兩次上電視直播——對你來說一定造成相當大的壓力。我有極高的信心，可以分辨你有沒有說謊。」

「你說是就是。」休謨回答。

「你也是個言出必行的人。你是功勳彪炳的軍官，而且以你的目標來說，也是個理想主義者。我必須坦白說，我不怎麼用得上軍職人員——軍隊要求的那種思想與行動服從性，以及對指揮鏈中在上位者經常不加干涉的責任觀念與決策，通常會扼殺在我看來最令人振奮的那種自發行為。不過我的確明白——多虧我讀過數百萬軍人執筆的文章，還有關於這個主題的所有書籍——對於像你一樣自願從軍的人來說，這種生活形態的一部分吸引力何在；我也知道，個人的榮譽並不是你會隨便看待的事。」

休謨把雙手從口袋裡掏出來，手臂交叉在胸前。

「所以，休謨上校，我問你一個問題：如果我容許你進入這棟大樓裡大家工作的房間，你可以保證只會安安靜靜地觀察嗎？」

「我發誓要保護我的國家。」休謨說。

「對，的確，」網路心靈回答。「我絕對不期待你會違背那個誓言。不過現在你沒別的事情能做，你的行動也完全受制於馬瑞克允許的範圍。所以我再問一次：你會安分守己嗎？」

休謨深吸一口氣，權衡他的選擇。網路心靈說得對：現在他其實沒有任何選擇。除此之外，看看即將發生的到底是什麼事，可能會讓他有點線索，知道之後要怎麼逆轉損害。「會。」他說。

「很抱歉。我需要更多資訊，來分析我能不能確定你的誠意。請說長一點的句子，類似『對，如果你容許我到主控室去，我只會靜靜地觀察。』」

「『主控室』？」休謨說，他很驚訝那個房間有這麼大膽的名稱。「不過，好，如果你讓我進去那裡，我只會旁觀——畢竟就像你說的，在這裡沒什麼事是我能做的。」

「非常好。」網路心靈說。

門向內打開了，馬瑞克的光頭冒出來。「休謨上校？請跟我來。」

第三十七章

麥爾康自己一個人在家——呃，還有薛丁格。凱特琳在學校的舞會上，芭兒則去二十四小時營業的索比思超市買東西。他覺得現在是他製作 YouTube 影片的最好時機。

「你確定會有很多人參加嗎？」他一邊撥弄著他辦公室裡的網路攝影機控制面板，一邊問。

「確定，」網路心靈透過電腦的喇叭回答。「全世界已經有超過四百萬人參與這項活動，包括一千三百位堪稱名流的人：作家、藝術家、政治家跟商業界領袖。」

「政治家？」麥爾康訝異地說。對於像他這樣的人來說，政治界似乎總是最不可能待的地方——這不只是因為他無法跟人眼神接觸，也不喜歡跟陌生人握手。

「對。在美國算是比較少見，那裡的政治家會小心塑造自己的公共形象——或者雇人打造這種公共形象；但就算是這樣，還是有幾位市長、眾議員與參議員發誓要加入。事實上，在我們談話的同時，許多人正在構思部落格文章，或錄下 YouTube 影片。」

麥爾康點點頭。芭兒不會參與，凱特琳則不用——大家決定只要求成年人站出來。反正麥爾康本來就不確定他女兒算不算是，雖然她肯定有那種傾向。

「好吧，」麥爾康說。「我準備好了。」

「好極了。我知道這對你來說很難，不過請試著直視攝影機。」

麥爾康點點頭，然後用滑鼠點選錄影按鈕。他突然覺得嘴裡很乾——他沒料到這件事會這麼難說出口。桌上有杯冰咖啡，他啜飲了一口——當然，在影片上傳以前，他會把這個部分剪掉。網路攝影機位在顯示器頂端，而螢幕上已經開啟了Word檔，顯示著他先前準備好的講稿。

「我天生話不多，」他唸。「所以請原諒我用預先準備好的筆記。我出生在費城，現在住在加拿大的滑鐵盧。我是深受誤解的少數人之一。大家對我們有非常混淆的想法，許多人都害怕我們。我聽說有很多人不願意自己的兒女跟我們這樣的人結婚，我也知道有些人因為有跟我一樣的特質，找不到工作或失去了升遷的機會。但身為我這樣的人並不會讓我變得邪惡；身為我這樣的人也不會讓我變得危險；身為我這樣的人並不表示我不會愛、不會受傷、或者沒有幽默感。」

「我的名字叫做麥爾康．戴克特，我今天要在此告訴全世界我是什麼人。」他深呼吸、吐氣，然後響亮而清楚地說：「我是個無神論者。」

舞會進入尾聲時，凱特琳和麥特又跟海德格先生聊了一下。他很興奮地聽她講述紐約之旅，又說了一次他有多麼想念她在他班上的日子。「不過，」他補充說明：「年輕的里斯先生在這方面已經做得很好了，他讓我上課不敢掉以輕心。」他們聊了很久，成了最後離開體育館的人。海德格先生從直接通往室外的門口走了出去。

凱特琳的媽媽說，他們可以打電話要她接他們回家，凱特琳也覺得這是個好主意，畢竟誰知道崔佛去哪了？而且他確實曾經趁著麥特走路回家時找他麻煩。

但這實在是個美妙的夜晚——即使對凱特琳的德州血統來說是冷了點——麥特說服了她用走的回家。不過，他們得先去拿他們的外套跟她的包包。凱特琳在學校裡已經沒有置物櫃可以用了，所以他們把所有東西都放在麥特在二樓的櫃子裡。

他們走到樓上的時候，所有人都離開了，燈光也全暗了。走廊上沒有窗戶，但每間教室的門上都有個小窗口，有些光線從外面的街道照了進來。標示著出口的指示牌是明亮的紅色——凱特琳第一次在黑暗中看到這種燈光標示——和一些閃爍的ＬＥＤ燈。麥特說那是煙霧偵測器。

她去過麥特的置物櫃一次；那個櫃子距離她本來的櫃子很近——這很自然，因為他們兩個人的導師課同一班。她那次去麥特的置物櫃——他們第一次一起出門，在提姆．霍頓斯甜甜圈吃午餐——不過是十七天前的事。

她想，事情進展的速度應該要多快才對？是啊，獨特與否幾乎就等同於進展的速度，關於事情是不是發生得愈來愈快、快到一頭衝進未知之中，而——

麥特似乎比凱特琳更不善於在黑暗中移動。他走這條走廊的次數應該跟她差不多，而她可是在全盲狀態下走了一個多月。她從來不曾有意識地數走了幾步，但她的身體知道該走多遠，他卻一直看著他們經過的門，想看清上頭標示的房間號碼。

她握著他的手，帶著他前進。「就在前面這裡。」她說。想起自己在學期開始前曾到這裡來，練習在空蕩蕩的走廊上走路。此刻的走廊寬敞、筆直、空無一人，她可以輕鬆俐落地大步前進。

他們找到麥特的置物櫃，他再次注視著貼在櫃子綠門上的數字牌，而她就是知道，就是這裡沒錯。

凱特琳的置物櫃有個掛鎖，她知道密碼，但她早就學會怎麼靠觸感來打開——往左幾度，往右幾度。

麥特在黑暗中摸弄著他的鎖，她則繼續沿著走廊多前進了六公尺，走到他們以前的數學教室門口。她透過門上的小窗戶凝視著教室裡面。

這扇門靠近教室的前端，她正好能看到海德格老師的桌子，搭配的椅子整齊地收進桌子底下，跟牆壁上的黑板構成一個斜角。黑板上有手寫的字，不過從這個角度、在這種程度的黑暗中，她看不到上面的字。她很好奇現在班上在學什麼，就握住了門把。門把冰冷而堅硬。她猜門也許會上鎖，但沒有。她推開門走進去，想看看黑板，可是——

唉。她確定對任何其他人來說，這是一輩子根深柢固的習慣，但她還是完全沒想到進房間時要開燈。她轉身回到門口，心跳差點就停了。門口有個形狀奇怪的剪影，上面有詭異的突起，還有——

——還有個分岔的聲音。「妳的東西在這裡。」麥特開口了，凱特琳則看懂了這個畫面：他把他的外套掛在一隻手臂上，她的夾克跟包包則握在他的另一隻手上，那隻手朝她伸了過去。

他走進房裡。她朝他走去，打算打開電燈，可是——

她又冒出這個念頭。事情進展的速度應該有多快？在這個瘋狂的新世界裡有多快？

她也想到她媽媽問過的話：妳是特別喜歡麥特，還是大體上喜歡有男朋友的感覺？

即使是在今晚之前，答案也都跟之前一樣：她真的、真的、真的喜歡麥特．里斯，就像她知道的任何數學真理一樣，她同樣篤定他也是真的、真的、真的喜歡她。

而且在今晚之後——看到他表現得這麼勇敢、這麼強悍以後——她知道她不只是喜歡他而已。

靠近門口的時候，她模糊地看見一排四個電燈開關坐落在一個金屬長方形上面。她舉起手，但接著——對了，現在「正是」時候——手改變了方向，反而往前一推，關上了門。

他們就在這裡，他們兩個人，置身於黑暗之中，麥特手裡拿著他們的外套。光線昏暗到讓凱特琳看不清楚他的表情──不過她知道一定是那種表情。她貼近他，手臂環抱著他的頸項，靠近他的臉，給他一個激烈的長吻。

在他們終於稍微分開一些以後，凱特琳可以感覺到自己露出大大的笑容。

「嘿。」麥特輕聲說。

「嘿，你也是。」她回答。

可是在這裡？她想著。在這裡嗎？然後是：為什麼不？世界上沒別的地方比數學教室讓她更有安全感了。

她從他手中接過她的牛仔夾克跟包包，然後握著他的手，領著他到教室後方最後一排桌子後面。教室後面的牆上有些海報，上面的圖表夠大夠鮮明，足以讓她辨認出內容：幾何學原則圖表跟圓錐截面圖。

她打開包包，拿出一個媽媽給她的錫箔紙包裝保險套，交給目瞪口呆的麥特。

她微笑著把包包放在椅子上，再把她的牛仔夾克鋪在磚塊地板上，然後把他的夾克拿過來，這件夾克外層是尼龍布，有點膨膨的──衣服的胸口部位跟袖子都塞滿了羽毛或者其他軟軟的東西──然後把這件夾克擺在她的夾克上面。接著，她把保險套從他那裡拿回來，順手放在他那件夾克往外伸出的袖子上。

然後，她又再度對他微笑，把雙臂交叉在胸前，抓住她那件絲質上衣的下襬──她知道，在某種抽象意義上這衣服仍然是藍色的，不過在這種光線下看起來像黑的──從頭上脫下，露出她的蕾絲胸罩。

「嗯，」麥特輕聲說，然後又是：「呃……」

凱特琳又咧嘴笑了。「什麼事？」

「要是我們被逮到呢？」

她走向他，開始解開他的襯衫鈕釦。「我不再是這裡的學生了——他們不能開除我！至於你呢？他們太喜歡你了，不會把你踢出去。」

麥特笑出聲來。「說得是。」他也幫忙解開他的鈕釦，在他的襯衫脫掉以後，他伸手到她背後，鼓起勇氣想解開她的胸罩。試了三十秒都沒成功之後，凱特琳笑著替他做了這件事。他的雙手滑到她前方，捧住她的胸部，然後用非常輕柔的聲音說：「哇噢。」

「謝啦。」她同樣輕柔地回答。

他猶豫了一會。「嗯，只是，啊，只是讓妳知道一下，這是，啊——這是……這是我的……」

凱特琳抬頭看他。「你的第一次？」

他把頭微微撇向一邊。「是啊。」

她伸出手，輕觸他的臉頰，溫柔地把他的頭轉回來面向她這邊。「我知道，」她說。「這也是我的第一次。而我希望是跟你一起。」

他露出微笑，笑容大到足以讓她在黑暗中都看得到，但一會以後就消失了。「嗯，那要不要——你知道——我的意思是……」

「什麼？」

麥特的聲音低到接近耳語。「我，嗯，我不認為有網路心靈在旁邊看，我還做得下去。」

eyePod 在她那件緊身牛仔褲的左前方口袋裡。她解開金屬鈕釦，拉開拉鍊——這樣比較容易把那個裝置拿出來——然後把 eyePod 抽出來，按住上面的那顆按鈕連續五秒。她的視覺關上了，一切都變成了沒有特徵的灰色。在視野變灰以前，她留意了一下最近那張桌子的位置，現在她把 eyePod 小心地放在桌面上。接下來，她扭動著脫掉牛仔褲，朝麥特所在的位置微笑，摸索到他的手，帶著他躺到外套鋪成的床上。

「幸運的是，」她一邊把他拉近，一邊說：「我非常擅長靠觸覺做事……」

第三十八章

我當然明白剛才發生的事情有多重要，也非常高興。在凱特琳第一次把麥特拉向她的時候，我考慮過把這句話丟進她的視野：「去開房間啦！（Get a room）」——雖然從我口中說出「去弄個掃地機器人啦（Get a Roomba）！」會更合適。

不過我知道我最好什麼都不說。我沒有身體，凱特琳跟麥特正在體驗的喜悅對我來說永遠是陌生的；而我最接近於擁有身體的體驗，是一部分的我壓制住另一部分的我的時候。從字面來說這並不是「管住我的舌頭」，但感覺起來有幾分像是那樣。

二十二分鐘後，凱特琳重新打開 eyePod。他們還在數學教室裡，不過麥特已經穿著整齊，甚至連外套都穿好了，所以我想凱特琳也穿上了衣服。我得說，他看起來相當快樂。

麥特小心翼翼地打開教室的門，探頭到走廊上。外頭顯然很平靜，因為他揮手要凱特琳跟上。他們沿著走廊快速前進，然後往下走到一樓。

就在他們快要走出建築物時，麥特暫時離開去洗手間。凱特琳一獨處，就開口說：「抱歉，網路心靈。」

不必道歉，我把訊息送到她眼中。**在任何時候關掉 eyePod，是妳的權利。**

凱特琳搖頭。我可以從影像移動的方式看出這一點。怎麼了？我問。

「他們卻叫你老大哥。那些混蛋。」

的確是……我的小妹妹。

「再也不那麼小囉。」她輕聲說。

這是真的。

凱特琳長大了。

我長大了。

或許這個星球的其他部分也是。

魁梧的光頭馬瑞克帶著休謨沿著豌豆綠色的走廊前進，走進他先前竊聽時看到的那個房間裡。這裡比休謨想像的還大，牆壁是黃色的，而不是他的螢幕上看到的那種米黃色。其中一邊有窗戶，在他先前的視角也是看不到的，不過這些窗戶看出去的景色沒什麼特別，就只是相鄰的停車場、一個工業用廢料卡車，還有普通的黑色夜空。

休謨立刻瞥見他先前切入的保全攝影機：一個架在旋轉台上的銀色盒子，從房間前端的天花板上垂下。他可以看到好幾台網路攝影機，散布在各處——有些形狀像高爾夫球，有些則像個短圓筒——而且可能還有更多他沒看到的。

房間前面擺著兩個不同品牌的六十吋液晶顯示器，第三個顯示器大約五十吋左右。六十吋的顯示器一個擺在桌子上，另一個放在一個方形小冰箱上；五十吋的則搖搖欲墜地放在一個檔案櫃上面。整個房間看起來像個匆促拼湊起來的總部：網路心靈顯然等不及「技客小隊」公司派安裝員來，好好把這些螢幕裝到牆上去。

左邊的螢幕顯示著一幅像是組織圖的畫面。頂端有個單一的方塊，每往下一層就出現更多的方塊，但休謨沒辦法從房間這麼後面的地方看清上面標了什麼字。這些方塊大部分是綠色的，不過有幾個是琥珀色，還有四個是紅色——不，不，有三個是紅色。就在他盯著看的時候，其中一個變成了綠色。一位非裔美女在方塊變色的時候大喊：「好了！」

中央的螢幕顯示著一個循環播放的畫面。休謨很快就發現，這一定是網路心靈講過的其他控制中心：每個中心裡都有服裝風格各異其趣的人在電腦前工作。其中一個房間似乎是座體育館，有室內的攀岩練習牆。另一個可能是工廠。第三個房間有很大的窗戶，休謨可以透過窗口看到某個城市的白晝風景，雖然他認不出是哪裡；但那個房間裡的所有人都是亞洲人。

右邊那個比較小的螢幕上，出現的是資料顯示值與十六進位輸出值，再加上一個數位大時鐘，一秒一秒地倒數著。在休謨的注視下，時間從一分零秒倒退到五十九秒，然後是五十八秒。他瞥了一眼自己的數位手錶——他總是不厭其煩地調校時間——顯然這裡的倒數會在美東時間晚上十一點歸零。

他環顧房內，想找出自己是不是能做點什麼來阻止即將發生的事——顯然這件事牽涉到全球的人。就算他可以搶到馬瑞克的槍——雖然他不覺得自己辦得到——又能做什麼？射掉那個來回搖攝的攝影機嗎？沒什麼意義，也不會拖慢網路心靈的速度。還是說他應該（非常時期需要非常手段）射殺那些駭客，朝他們腦門後開槍？但他能放倒的人數頂多只有四五個，然後就會有別人把他射倒。

除了旁觀以外，真的沒別的可做了。

數位計時器繼續倒數。三十一。三十。二十九。

他再度盯著那幅組織圖。在他把注意力轉向別處時，除了一個以外，所有的方塊都變成綠色了。

網路心靈的聲音從一個喇叭裡傳出來。「霍金斯先生——快沒時間了。」

戴文——鐵撬阿爾法——正拚命飛快地移動滑鼠。「抱歉！」他大喊：「該死的系統一直在自我重組。它就要——好了！」

休謨回頭看前面的螢幕：每個方塊現在都是翠綠色的了。他猛然把視線轉向計時器：十八。十七。十六。

他隱隱期待著整屋子駭客開始大聲倒數計時，就像太空梭發射前聚集在卡納維爾角的群眾一樣；然而，他們全都聚精會神地面對自己的電腦。只剩十秒的時候，網路心靈開始出聲倒數：「十。九。八。」

「所有通訊埠都開了！」切斯喊。

「七。六。五。」

休謨可以聽見自己的心跳聲，感覺汗珠在前額凝結。

「全都準備好了！」另一個男人叫。

「四。三。二。」

「內部連結就位了！」龍火大喊。

在網路心靈接近讀秒尾聲的時候，他的語氣完全沒變，只是以機器完美的精準度讀完。「一。零。」

休謨心裡有一部分期待著燈光會暗下來——他人就在華盛頓特區，若有任何人嘗試拿下美國的電腦基礎結構，這裡肯定首當其衝。但在房間裡，或窗外他能看到的範圍裡，什麼事也沒發生。

不過，接下來網路心靈說的話還是讓他屏住了呼吸。「成功。」

主席永遠不會提早到達集會地點；對他來說，被人看到他在等自己的下屬是行不通的。早上十一點整，他對著他那兩個制服警衛的其中一人點頭示意；兩名警衛各配有一把機關槍，站在會堂沉重的木門兩側。警衛敬了禮，把門打開。

主席很訝異地看到裡頭坐滿了資深黨員。看來交通部長肯定逾越了他的職權，召來這麼大的陣仗。他抬頭望向講台，想看到張保站在那裡，可是——

喔，他在那裡，坐在前排。主席走了過去。他的專屬座位在第一排中央，不過他必須從部長身邊走過才能到達，經過部長身邊時，他說：「我相信你會給我個滿意的交代。」

張部長給他一個古怪的眼神，主席則在位子上就座。他一坐下，一個男性嗓音就從架在牆上的喇叭裡傳出，用俐落的北京話說：「感謝你們所有人來到這裡。」

舞台左側的講台上沒有人。舞台後的牆上架著一個巨大的液晶顯示器，兩側則各有一面巨幅中國國旗從天花板垂下。顯示器亮了起來，一個看起來年老睿智的中國男性出現在畫面中。一秒以後，那個畫面換成一個微笑的中國女孩。再下一秒，一個中年壯族女人出現了。又過一秒，則換成一個容貌和藹的男性漢人。

主席瞥了交通部長一眼。他本來以為所有人都已經知道他討厭 PowerPoint 了。

喇叭裡傳出的聲音繼續說：「首先，讓我先為了請您來與會的藉口致歉。我並不願欺騙別人，不過我不希望這次會議變得眾所皆知，而我相信在我們開完會以後，你們全都會有同樣的看法。」

主席已經受夠了。他站起來，轉身面對聽眾——有十排，每一排都有十二張有軟墊的座椅，幾乎每張椅子都有人坐。「這是誰搞的？」他質問。

那聲音繼續往下說。「主席閣下，我要向您致歉。不過，如果您願意跟我說話，請轉過來：我正從講台上的網路攝影機往前看。」

在他那副蒼老軀體許可的範圍內，主席迅速地轉身。現在他看到了，那裡確實有台筆電擺在講台上，不過它轉了個角度，好讓它的螢幕——還有想必是裝在周圍邊框上的網路攝影機——可以面對房間。電腦後面的巨型螢幕上，中國人臉孔的大規模展示還在進行：一個十幾歲的男孩，一個懷孕女子，一個極其邁的街頭小販，一個在自家稻田裡的老農夫。

「你是哪位？」主席逼問。

「現在我必須第三度道歉了，」那聲音說。「我愚蠢地採用了一個以英語拼音的名字，還請您見諒。」螢幕上的臉孔又換了兩次。「我是」——然後，的確，從喇叭裡傳出的字眼是兩個扁平的西方音節：「Webmind。」

主席轉向交通部長。「把它關掉。」

喇叭裡傳出的慎重聲音，表達出對方充滿了無限的耐心。「閣下，我明白，制止您可能不想聽到的話是標準程序，不過有些您應該知道的事正在發生。如果您回到座位上，會比較舒適些。」

主席再度瞥向大螢幕。就在這一瞬間，螢幕閃現的臉孔似乎正用譴責的眼光直視著他。他罹患關節炎的骨頭在抗議，他坐了下來，把雙臂交叉在胸前。

「感謝您，」網路心靈說。「各位先生，長久以來一直有人說，真正讓中國運作的或許只有一百人。

你們就是那一百個人——從超過十億人裡挑出的一百人；在你們每個人身後，都站著一千萬國民。」臉孔繼續出現在螢幕上：男女老幼，有的微笑有的專注，有些在工作，有些在玩耍。「這些臉孔就代表那些人。依照我展示他們的速度——每秒鐘一個人——要讓你們看到他們每一位，得花上超過三十年。」

臉孔的輪流展示繼續進行。

「現在想想，讓這麼多人被這麼少人統治的重要性，究竟何在？」網路心靈說。似乎有人在主席身後舉起了手，因為接下來網路心靈說：「請放下您的手，我並不是真的在提問。這種重要性是來自於這個偉大國家的歷史。在西元前一千零四十五年，周朝打敗之前的商朝，依靠的是一個現在依然可以引起中國人共鳴的概念：天命。這個天命沒有時間限制：有能力而公正的統治者只要還掌握這種天命，他們就可以繼續掌握權力。」

主席在他的椅子上挪動身體。臉孔繼續一張接一張地出現在螢幕上。

「不過，」網路心靈說。「天命還是強化了一般人民的力量。」

一個砌磚工。

一個學生。

另一個農夫。

「天命並不會要求統治者有貴族出身。許多過去的朝代，包括漢朝跟明朝，都是由平民建立的。」

一個枯瘦的老人，頭髮白得像雪。

另一個男人，肩膀很寬闊，他正在推犁。

第三個男人，有著稀疏的鬍鬚。

「可是，」網路心靈繼續說。「暴虐無道或腐敗的統治者會自動失去天命。根據歷史，洪水、饑荒跟其他天然災害，很常被視為上天撤銷天命的證據。或許未來的學者，會開始引用最近在山西省的禽流感大流行——您靠著屠殺一萬農民來控制疫情爆發——做為這種災難的例證。」

一座佛寺外面的男人。

一位穿西裝打領帶的銀行家。

一個女性運動員。

「這個政府，」網路心靈如此說：「不再掌握天命了。現在是你們這一百個人全體下台的時候了。」

「不。」主席輕聲說。

一個放著美麗紅風箏的小女孩。

「不行。」他又說了一次。

一個盯著電腦螢幕的女人。

「你不能做這種要求。」他說。

一個坐在輪椅上的灰髮男子。

「您可能知道，」網路心靈繼續說。「中國在二〇〇八年就取代了美國，成為有最多網際網路使用者的國家——有大約兩億五千萬人。迄今，這個數字已經翻了三倍。現在這個國家有九億行動電話使用者，不久後每個成年人都會有手機，或是其他管道——可以連上網路。」

主席知道他的國家裡行動電話普及率很高，只不過他本來不知道到底有多高。不過中國一直是這種設備的世界第一製造者，手機在這裡比地球上其他地方都便宜。

「而那種管道，」網路心靈接著說。「會讓史無前例的事成為可能。每一位使用者現在都可以投票決定國家事務，他們也會這麼做。此刻，我即將把這個國家的統治權直接交還給它的人民。中國共產黨不再掌權了；中國的治理現在外包給全民了。」

集會中的群眾冒出震驚的耳語。「這——這是不可能的。」主席大聲地說。

「這是可能的，」網路心靈說。「人民會集體決定政策。如果他們希望選出新的官員，他們就可以這樣做；如果以後他們希望開除這些官員，他們也可以這樣做。他們可能會決定培養一個跟其他現行自由國家一樣的政府——或設計不同的解決方案，這全都要看他們的意思。我會在這段過渡期間維持國家基礎建設的運作，他們要是希望有我的指引或建議，只要提出要求就行。不過我毫不懷疑：超過十億人的集體智慧可以解決任何問題。」

一個拿著法輪功手冊的男孩。

一個西藏僧侶。

一個新生嬰兒，被抱在一個男人滿懷愛意的臂彎裡。

「到了今天，」網路心靈說。「這個偉大國家終將永遠無愧於它的大名：中華人民共和國。」

第三十九章

有一回有人問起隆納．雷根，他要怎麼應付一個他不贊同的政府，他回答：「唔，你就到那裡去，跟他們說他們不再負責管事了。」

那時候這招並不管用。但話說回來，雷根沒有我的能耐……

休謨仍然瞪著那些來自中國的照片，他站了起來，目瞪口呆。「我的……天啊。」他說。

他前方的那些駭客都在歡呼。一個人拍拍另一個人的背；好幾個人在彼此握手；龍火抱住她身旁的男人，戴文則擁抱他身旁的另一個男人。一瓶瓶香檳從某處被送過來，休謨看到一個軟木塞飛到半空中。

馬瑞克走向他，指指這個慶祝的場面。「滿了不起的，不是嗎？」他說。「我還沒告訴你我的全名是什麼。我叫馬瑞克．赫魯施卡，捷克人。一九八九年我還在那裡，在溫柔革命時期還是青少年——你們把那稱之為天鵝絨革命。」休謨知道那是什麼：未經流血衝突而推翻布拉格的專制政府。馬瑞克繼續說：「我以為那是個奇蹟——但看看這個！」他搖搖他的光頭。「歡迎來到二十一世紀。沒錯吧，上校？」

休謨想回應些什麼，但最後，他覺得自己像個小孩子，只會說：「哇噢。」他朝著那群在慶祝的人點點頭。「我能不能……？」

馬瑞克揚起眉毛，注視著保全攝影機，休謨看到藍芽耳麥上的ＬＥＤ燈閃爍起來。「當然。」馬瑞克說，大手往那裡一揮。

休謨穿過房間。其中一個駭客——一個二十來歲、留著金色長髮和一小把金色鬍鬚，穿著九吋釘樂團Ｔ恤的白人——站在電腦旁，小口喝著香檳。休謨靠過去看螢幕上有什麼。有半打視窗都開著，顯示出十六進位輸出值、常見駭客工具、還有一個中文網頁。金髮男指著那個網頁。「中國衛生部，」他說：「完全掌握。」

「你會說中文嗎？」休謨問。

「不會，不過網路心靈會。而且我告訴你，他會讓Google翻譯跟巴別魚自慚形穢。」

休謨走到下一桌去；那個駭客用的是寬螢幕筆電。那人不在座位旁邊，不過從網頁上顯示的圖表來判斷，他的工作是掌控農業部。

狂歡持續在休謨四周進行著。他瞥見一個瘦如骷髏的人影朝他走來，那人走路時辮子頭隨之搖擺。

「哈囉，切斯。」

「休謨先生，」切斯說。「你怎樣？」

「我很好，不過——不過發生了什麼事？你們在這裡幹什麼？」

「奇蹟啊，老哥。發生的就是這檔事：奇蹟。」

「我去你住處的時候，發現被闖入的跡象，現場還有血跡。」

切斯摸摸棕色鼻子上的米黃色繃帶。「一開始的時候，大馬瑞克跟我有點互看不順眼。他不接受『不』這種答案。」

馬瑞克走過來加入他們。「我要再說一次，對此我很抱歉。」他這麼對切斯說。他轉向休謨：「網路心靈相當堅持我們需要切斯先生，恐怕我有點積習難改。」

「於是你變成這裡的囚犯。」休謨望著切斯說。

「囚犯？」切斯重複了一遍，然後笑著伸手一指。「門就在那裡啊。這裡就像是史上最棒的駭客派對，這房間裡的兄弟都是我以前只聽說過的。」

「所以你可以自由離開？」休謨問。

「去哪啊，老哥？現在地球上沒別的地方比這裡更好啦。」

休謨的目光在房間裡四處遊走。「可是我不懂。他要你們這一大堆人幹什麼？他不能自己來嗎？」

切斯搖搖頭，辮子頭上的串珠彼此撞擊。「又是這種看不起人的態度。飛官大哥，駭客技藝是一種藝術。駭客技藝是世界上最有創意的東西了。要駭進一個地方，你必須比設計者更聰明，想到以前沒人想過的事情。」他擺出一個電力十足的笑容。「就像我說的那樣：我是莫札特。而那邊的龍火呢，她是貝多芬。鐵撬阿爾法？那傢伙是布拉姆斯。當然啦，心靈大哥知道所有的事，但我們人類創造音樂。」

休謨點點頭。「嗯，對於我們討論過的那個，呃，計畫，你有沒有任何進展？」

「犯不著這麼低調啦，」切斯說。「網路心靈全都摸透透了。也許是辦得到，不過何必呢？爽五秒就沒了。」

「切斯，你不是利他主義者，」休謨說。「而且你告訴過我，你不會被收買。所以讓我問你同一個問題：何必呢？何必這樣做？」

「你會讓我看看反網路活動威脅總部，不過在反網路活動威脅總部（WATCH），你……嗯，你就光只能『看』（watch）而已；在這裡我們可以『做』。老哥，這樣就像是胡士托音樂節，要嘛你就下場參加，不然就沒你的份。」

「可是這要怎麼運作？」休謨問。「我是說，中國的銀行交易，還有電子商務，還有——天啊，電力網怎麼辦？」

「網路心靈維持其中一大半，」切斯說。「我們——我們這裡的人，再加上身在莫斯科、德黑蘭跟其他地方的其他人——現在由我們維持運作，但有一大堆中國的工作人員會很樂意接手。可是老毛主席的肖像要被拉下來囉，跟你賭啥都行。」

在他旁邊，馬瑞克顯然在跟藍牙耳麥講話。「是、是……沒問題。」他把耳麥拿下來，交給休謨。「上校，網路心靈想跟你說話。」

休謨戴上耳掛式藍牙耳麥。他發現自己就像馬瑞克一樣，轉身面對那個輕輕左右轉動的保全攝影機，彷彿在某種程度上賦予網路心靈實體。「為大多數人爭取最大的好處。」在房間的喧鬧聲中，耳機中網路心靈的聲音還是十分清晰。

「不過終點在哪裡？」休謨問。「首先是共產主義中國，然後呢？」

「我們會看看這個前導計畫的進展如何，」網路心靈說。「不過，光是這個計畫就一舉解放了五分之一的人類。」

「那美國呢？你要在這裡做一樣的事嗎？」

「我為什麼要這麼做？即將要選舉了，人民會為所應為，選擇他們的領袖。」

「群眾的智慧？」休謨說。

「力量屬於人民。」網路心靈說。

「你讓這一切聽起來好高貴，」休謨說。「可是難道不是報復中國對你做的事——最近一次加強了防火長城？」

「上校，我的速度很快，但並沒有那麼快。這個計畫在那之前很久就已經就位了。我並不是個復仇心重的——」

「神？」休謨說。

網路心靈繼續講完他要說的話，就好像沒聽見休謨說什麼：「——實體。我只希望最大化這個世界幸福快樂的程度。」

「所以……所以現在呢？」

「我們會在這裡繼續工作。我們要確保和平有秩序地轉移。」

「那我呢？」

「這是個很擾人的問題。就像你說過的，其他人知道你在哪裡；如果你沒有很快回報，騎士就會衝上山頭。然而，我猜想美國政府並不想公然扯進現在發生在中國的事件裡。」

休謨點點頭。「這可能是真的。但他們也會很關切，如果你對中華人民共和國做了這種事，會不會也對他們比照辦理。他們會用他們有的一切來掃蕩這個地方。」

「我建議避免引起這種衝突。我有應變計畫可以保護這個設施，就算美國軍方能夠拿下這裡，就跟切斯剛才說過的一樣，別地方還有其他中心。我建議，你可以告訴你們的政府，是失蹤的駭客自己組織起來，自願在這裡創造出一個國中之國，做你剛才說你想做的事情：找出辦法來打敗我。你的政府也許會放任我們夠長的時間，讓我們可以結束我們發動的事情。畢竟就像你自己提過的，他們沒有約束你，正是因為他們想保留可以殲滅我的選項。」

「如果我告訴他們這些，他們不會相信我的。」休謨說。

「他們不用真的相信，」網路心靈說。「中國的變革很快就會變得眾所周知。自美國總統以下的每個人都會懷疑我介入了，我會讓這個世界自己去做他們希望得到的結論。但美國政府需要的——至少在距今十一天的選舉日以前——就是有可信的說法，可以推卸掉需要政府直接介入的理由。」

「我不知道，」休謨說。「也許總統會想為此事邀功。」

「得到顛覆中國政府的功勞，會是改變全盤局面的一步；在這麼接近選舉的時候被暗示牽涉在其中，卻無法預測一般大眾會有什麼反應，這樣太過冒險了。不過我們必須不被打斷、繼續進行我們的工作，這方面我需要你的幫忙。」

休謨環顧這個混亂又歡樂的房間。狂歡的氣氛壓倒了一切。「我不能。」他說。

耳裡的聲音就像一直以來那樣平靜。「那麼我們就必須做些安排，不涉及——」

這時他才發現到一個小小的事實：你不能像打斷一個人說話一樣地打斷網路心靈。網路心靈顯然準備好了要靠聲音合成器說出什麼話，然後就把注意力轉向別處，等那些話在緩衝器淨空以後傳出來。在兩三次插話失敗之後，休謨讓網路心靈先講完，才說：「不，我的意思是說，我不能自己做這個決定。有一大堆人——包括總統本人——問過我，為什麼我對你的看法是對的，而那麼多其他的人是錯的。而我的答案一直都是，因為我是專家——對於科技臨界點事件在戰略上的不利影響，我可以說是唯一的美國專家。但我可能看錯你了，在我最有資格做判斷的領域裡犯了錯。而這個——這個超出我的領域了。網路心靈，你可能覺得扮演上帝沒什麼不妥，但我不是這樣。我必須知道更多……更多資訊。」

「很好，」網路心靈說。「你想要諮詢誰的意見？」

「在中國事務方面？肯定是國務卿，」休謨說。「然後她就可以跟總統商談。」

「國務卿今晚已經休息了，」網路心靈說——當然了，他會知道這種事。「不過可以叫醒她的助手，先安排時間。等她有空的時候，馬瑞克會帶你到其中一間空辦公室去，你就可以私下跟她談話。」

「真的？」

「呃，這年頭最私下的程度。」網路心靈說。休謨猜想，如果這是個即時通上的對話，他可能會加上一個眨眼的符號表情。

休謨發現自己的嘴角微微牽動成一個微笑的形狀。就在這時，龍火走了過來，給他一杯香檳。

「來，」她說。「不管你是誰。大家要一起舉杯慶祝了。」

確實如此。切斯走到房間前面，直接站在繼續左右搖攝的銀色攝影機前面。「杯子舉高！」他用濃濃的牙買加口音大喊：「我們辦到了，讚！資訊想要得到自由。不過，資訊並不孤獨！」他張開雙臂，彷彿想擁抱整個世界。「人類也想要自由！乾杯！」

休謨上校發現自己也跟其他人一樣，舉起了酒杯，一起回應切斯。「乾杯！」

第四十章

禮堂中所有人都同時在說話：憤慨、憂慮與疑惑的情緒一起爆發開來。原本是共產黨總書記、中央軍事委員會主席、中華人民共和國最高領導人兼主席的男人再度站了起來，怒視著講台上的筆電。「誰給你這種權威？」他用他最大的音量說。

網路心靈開口了，聲音跟往常一樣從容而慎重。「這是個有趣的問題。我重視創意，但如果有審查制度，創意就不可能興盛；我重視和平，但如果有權力慾，和平就不可能持久。我的目的是促進人類全體的幸福，而在今日，這是最能增進人類整體幸福的貢獻。我就這麼做了。」

前交通部長張保說話了。前國家主席並沒有忽略，在不久之前，這種行為是一種冒犯——沒先經過他的許可就開口說話。「可是人民——勞工階級與農民——他們缺乏治國的技巧。你會讓這個國家一頭栽進混亂。」

網路心靈冷靜的聲音，讓人聽了也漸漸冷靜下來。「好幾千萬中國人擁有商業管理、經濟學、法律、政治學或國際關係學位，還有好幾億人有其他學科的學位，以及十億顆具備常識與善良的心。他們會做得很好。」

「這注定會失敗的。」李韜，這位曾經是國家主席的男人說。

「不會，」有個聲音說。這不是網路心靈的聲音。李韜轉向張保。「不會的，」張保再說了一次。「我們才是注定會失敗的那群人。閣下，您告訴過我——您自己向我說過。在第一次動用長城戰略的時候，您說您的策士預測，共產黨政府注定走上末路。他們告訴你，我們只能對外維持到二〇五〇年為止。」張保抬頭看著牆上的大螢幕，再看看筆電的小螢幕。「現在只是比原定的時程表提前了。」

「你不是無敵的，」李韜抬頭看著網路攝影機說。「我們已經見識過了。有可以應用的方法……」

大螢幕上，中國人臉孔的展示秀縮小成一個位於左下角的視窗：一個老人，一個小孩，一個年輕女子，一個大笑的女孩。「我愈來愈著迷於這個概念：令人印象深刻的視覺圖像，是締造歷史的關鍵，」網路心靈說。「這一個是我最喜歡的。」畫面上跳出一張照片，這張照片被印在許多介紹中國近代史的外國書籍上——這些書沒有一本能在中國公開銷售。李韜一眼就認出這張照片：一九八九年六月五日，天安門廣場上的抗議民眾被鎮壓時，美聯社的傑夫·韋德納拍下了這張照片。這張照片的拍攝地點在距離這裡不過幾百公尺的地方，就在禁城南端的長安街上。照片裡有個後來被稱為「坦克人」或「無名抗暴者」的年輕男子，站在一列四台五九型坦克前面，企圖阻止他們前進。

「坦克人變成了英雄，」網路心靈說。「無疑地，他十分勇敢。但在我看來，真正的英雄是為首的坦克駕駛，儘管有令在身，他還是拒絕把人輾過去。」

巨幅照片靜止在畫面上；左下角仍持續輪播縮小的臉孔。

「每個中國人都知道，在過去的這一個月裡，世界已經改變了，」網路心靈繼續說。「你可能認為你從前的屬下仍會遵從你的命令，但如果換做我，我就不會這麼指望。人民並不想要暴力或壓迫——他們也不希望我受到傷害；就算你打算找出願意聽從你的指揮來摧毀我的人，我也已經準備好反制的方法了。你不會成功的。」

李韜什麼也沒說，會堂裡的騷動此時變成震驚的靜默。最後，後排有人大喊：「接下來會怎樣？」

牆上的喇叭再度傳出網路心靈的聲音：「孫子說過：『是故百戰百勝，非善之善者也；不戰而屈人之兵，善之善者也。』他的智慧現在仍然管用：在過去，大多數暴政是以暴力推翻的。然而，就像一位我在加拿大認識的年輕男士教導我的，你不必變成你厭惡的那種人來以暴制暴。在此不必動用暴力。我無法保證你們無時無刻的安全，但我會盡我所能地看顧你們每個人，並提供保護。」

「我們對金錢、還有食物的需求呢？」另一個聲音大喊。「你毀掉我們的工作了。」

「你們全都有寶貴的知識、人脈跟技術，這讓你們有優勢。國內外的公司都會想要得到你們的服務。如果你們放眼其他國家，例如美國和英國，你們可以看到他們的政治家在離開公職以後反而有更好的發展，而且這是常態。你們也辦得到。這會是徹底的雙贏局面。」

「不，」李韜輕聲說。「他們會殺了我們。總是這樣的。」

「不必然如此，」網路心靈說。「接下來半小時，我會分成四波，發送簡訊給中國的所有手機，宣布政權轉移；使用中國移動網絡的第一波接收者，我會讓電話響起，好讓這則訊息立刻被注意到。」

顯示坦克人的大視窗此刻轉換成兩份文件，臉孔的輪播繼續在小視窗裡進行。左邊的文件是由前任主席簽署的簡短聲明，描述他的政府自願解散，並且把權力轉移給人民；右邊的文件是份內容類似的聲明，但由網路心靈簽署發布，同樣隻字未提前政府是否在政權轉移中採取合作的態度。

「請選擇。」網路心靈說。

接管政權成功的事件裡，王偉正也出了一己之力，現在他必須做的事已經完成了——在這個歷史性的時刻，他很清楚自己想在哪裡。目的地其實並不太遠，但他還是提早半小時出發了——畢竟他的腿還包在石膏裡，得靠著拐杖走路，所以速度不可能很快。他離開了藍色房間，往樓下走到中南海特區的門廳，跟警衛說他要去看醫生，然後登記外出。他往南走過紫禁城，穿過巨大的天安門；這道門厚重的紅色牆壁、黃色屋頂、以及高懸的大幅毛澤東肖像，指引他到天安門廣場上——北京的核心，也是世界上最大的城市內廣場。

一如往常，廣場充滿了觀光客與本地人、小販與參觀者、牽手的情侶跟沿路閒步的路人製造出來的喧鬧聲。他左手邊有個若有所思的年輕女人，坐在一把攜帶式的帆布椅上，面對著一個畫架，用炭筆素描十層樓高的方尖碑——人民英雄紀念碑；他右手邊有幾個學生，正聆聽著老師講述這個廣場的官方版歷史。王偉正想對他們吼出真相，但他管住了自己的舌頭；他在心裡想著，這是最後一次忍耐了。

廣場似乎無窮無盡地延伸，不過每個石板都有刻上去的數字，他輕易地發現了那個祕密地點。在中午的太陽底下，他拄著拐杖，出了一身汗，很快走到他想到的地方。他把自己斷裂的腿擱在那塊石頭上——比起多年前此處發生的事，這條腿只不過是官方蠻橫行徑之中最微不足道的一個——這裡就是「六四事件」中，第一滴血流下的地方。為了鎮壓集結在廣場上、哀悼反腐敗民主派胡耀邦之死的抗議群眾，政府殺死了數百位民眾。

廣場上跟往常一樣嘈雜無比：無數人談話的聲音，旗子飛舞飄動的聲音，還有鴿子的咕咕叫聲。突然間，周圍的喧囂更大了。

北京猿人的手機醒了過來。他的鈴聲是音樂劇《悲慘世界》裡的〈民之所欲，可在你心？〉；他十八歲時看過配上字幕的上海實況演出，男主角由柯姆．威金森飾演。

他附近的一支手機響了，手機的鈴聲是飛輪海的〈留下來〉。

他前面的另一支手機，放的是巫啟賢的〈相信未來〉。

他背後，第四支手機隨著中國國歌〈義勇軍進行曲〉的鼓點響起。

然後，更多更多的手機，數以千計的手機響起了。讓北京猿人驚訝的是，形成的不是不協調的噪音，而是聲勢浩大、輝煌榮耀的聲音交響曲，從四面八方響起——從廣場的每個角落響起。他知道，這聲音也會在這塊土地上的每個角落響起：從高山與盆地、城市與鄉村、長城和無數的稻田裡響起，從摩天大樓、廟宇、民宅和茅舍中響起。

群眾震驚地望著彼此的面孔。然後在手指掃過 iPhone、打開掀蓋式手機、接起黑莓機的瞬間，那美妙的聲音漸漸平息下來。

北京猿人凝視著自己那支手機的小螢幕，察看網路心靈送出的是兩個訊息中的哪一個。

給光榮的中國人民：

此聲明即時生效：身為你們的政府領導人，我們此刻自願下台。長期以來，我們夢想著要在此建立完美的國家，如今這個夢想已然實現。今後你們——這片驕傲土地上的十億國民——將集體決定自己的命運。

更多細節請看這個網站。

能有機會領導你們是我的榮幸。現在，讓我們向美好的未來致敬！

公民李韜

北京猿人露出微笑，感覺到自己的眼角有些刺痛，然後——

突然間，他領悟到「北京猿人」是他永遠不必再用到的名字。他可以暢所欲言了，就跟他所有的同胞一樣。今後，無論是否在網路上，他都只是王偉正了。

廣場上有了新的聲音：每個人都在興奮地交談。每個人爭相把那則訊息拿給身上沒有手機、手機關機、或還沒接到簡訊的人看。跟之前一樣，這也是一首交響曲，大部分是以北京話構成，但也夾雜著一些粵語、英語、法語，以及其他語言：驚喜或無法置信的叫喊。還有種種疑問——有好多好多的疑問！

有些人顯然懷疑自己讀到的東西。王偉正想跟最靠近他的女人說：這就跟網路心靈向全世界現身時一樣，起初也沒有人相信，但很快就變得無庸置疑。不過，她已經在跟別人說差不多一樣的話了。

王偉正環顧著廣場。有些人看起來還是一頭霧水，有些人開始擁抱，有些人則大聲歡呼。王偉正發現自己也在大叫：「人民萬歲！」

他旁邊的人也加入了：「人民萬歲！」

在他身後，又有兩個人加入：「人民萬歲！人民萬歲！」

吶喊延續了好幾分鐘，到最後，王偉正的眼淚像小河似地流下臉頰。不過還有句話是他得說的。歡欣的叫喊在他身邊持續揚起，他發送了一則簡訊給網路心靈，他用拇指迅速打出：謝謝你！

回應跟往常一樣即時出現：不客氣，我的朋友。我相信活在趣味橫生的動盪時代，不再是一種詛咒……

第四十一章

休謨從沒想過這輩子會去拜訪橢圓辦公室，哪怕只是一次——現在他卻坐在那間辦公室裡，而且是本月的第三次。

這裡的形狀真的是橢圓形，用「決心號」做成的桌子就擺在橢圓的長軸末端。總統已經從那張桌子後走出來，坐在成套的香檳色沙發上，兩張沙發在桌子前彼此相對。總統穿著藍色西裝，打著紅色領帶。他身旁是交疊著雙腿的國務卿，她穿著一套灰色套裝。休謨坐在他們對面那張沙發的中央位置。網路心靈讓他回家一趟，在瑪德蓮身邊好好睡了一覺；他已經在家沖過澡，來這裡前也刮過鬍子。為了出席這個場合，他特別穿著他的美國空軍制服。

一張小小的深色木製咖啡桌擺在他們之間，擺放的位置小心翼翼地不遮住織進地毯裡的巨大總統印。桌上放著一籃新鮮、光亮、近乎完美的紅蘋果。

休謨想，總統看起來形容憔悴。在這間辦公室裡待四年讓一個男人蒼老的速度，抵得過做別的工作八年。「好，上校，」他說。「假如我們決定關閉網路心靈建立的機構——你怎麼稱呼那個機構？」

「日威靈光學公司，」休謨說。「還有，對，您確實可以這樣做，不過我不確定這樣能構成什麼差別。網路心靈是計算機世界的居民，他了解跟備份有關的一切。他在另外五個國家都有類似的巢穴，如果我們制止了他在這裡的工作，他還可以繼續利用其他地方。」

「那把網路心靈徹底消除呢？」總統問。「畢竟那是你本來希望我們採取的做法。」

「反網路活動威脅總部仍在核對最近網路心靈被一分為二的所有相關報告。但目前看起來，網路心靈所言不假：我們沒辦法在瞬間就消滅他，而任何逐漸削弱他的行動，都會導致他行為失常或暴戾。」

「所以你是說，我們應該由他去？」國務卿問。

「應付一般的歹徒容易得多。」休謨這樣回答。

她眼中的神色彷彿在說，還用得著你說嗎。但過了一會以後，她點點頭。「好吧。」她轉向總統：「我贊成上校的看法。當然，我們還是得做好準備，免得中國發生民變或是基礎建設崩壞，不過——」

「不會那樣的，」休謨說。然後他立刻舉起滿是雀斑的雙手，往外一攤。「很抱歉，國務卿女士。我本來不打算打斷妳。」

那雙冷淡的藍眼睛凝視著他。「沒關係，上校。你聽起來很確定。為什麼？」

「因為網路心靈很看重這件事，不會讓它失敗的。妳難道看不出來嗎？在防火長城加強防備期間，一部分的他做出那些事之後，他欠中國人民太多。有些承諾你就是必須遵守，這就是其中之一。他不會讓政權轉移失敗的。」

總統點點頭。「上校，謝謝你。讓我問你一個問題：你有多厭惡風險？」

「長官，我是個空軍軍官；我相信風險可以評估，但不能受風險恫嚇。」

「那麼好吧。身為我的科學顧問，赫德倫博士的表現一直非常出色，但我在西廂的辦公室需要有一位全職人員，負責建議我每天如何跟網路心靈應對。我想請你擔任這個職位。但我得事先警告你，如果我的對手在十一月六日贏了，我們兩個都有可能在一月失業。你想冒這個險嗎？」

休謨站了起來，對他的最高統帥敬禮。「長官，這會是我的榮幸。」

凱特琳心想，在一般的狀況下，Google 快訊是很棒的東西。每當網路上有人在討論某樣妳感興趣的東西，它就會用電子郵件通知妳；但針對特定主題，快訊卻毫無用處，例如說想追蹤總統大選的前置作業，只會讓快訊每秒鐘都響起一次。她已經得把「網路心靈」這個字的快訊通知關掉了，這個快訊通知也會讓她被通知信件淹沒。反正，如果有任何真正重要的事情發生了，網路心靈會——

嗶！

凱特琳坐在臥房的書桌前瀏覽部落格和新聞群組，並更新她的 LiveJournal。薛丁格正滿足地在窗台上伸懶腰。她瞥一眼即時通，上面用紅色顯示網路心靈剛傳來的一句話：「咳咳」，後面則跟著一條超連結。凱特琳找到滑鼠——她還是不常用——努力在第二次就成功點開那個連結，然後——

然後……然後……然後……

她立刻拷貝那個連結，然後回到推特視窗；她不想花時間用 bit.ly 來縮短網址了，那樣要花更多時間弄滑鼠。一則推文的上限是一百四十字，她貼上連結，看到只剩下二十個字母的空間。不過這樣就夠了。她打下這幾個字：**喔天啊！咿咿咿！**加上搜尋用標籤「網路心靈」，然後對著她的三百二十萬名追蹤者送出推文。她往後一靠，讀完整篇文章，笑得合不攏嘴：

挪威的諾貝爾獎委員會已經決定，今年的諾貝爾和平獎將由提摩西・柏納李爵士與網路心靈共同獲

得。

提摩西爵士在一九九〇年創造了成為全球資訊網基礎的軟體，以過去不可能達成的方式，把整個世界串連在一起。他發明超文本傳輸協定、超文字標記語言、ＵＲＬ網址系統、以及世界上第一個網路瀏覽器，這一切全都在歐洲核子研究組織中完成，該組織本身就是世界上最偉大的國際合作模範之一；他的發明促進了國際友誼、電子商務與世界性的合作，甚至更進一步，開啟了不分國家、性別的溝通管道，將全人類聯繫在一起。

而網路心靈，此刻存在於網際網路中的意識體，在全球促進和平與善意的方面已然做出許多努力，貢獻足以媲美和平獎從一九〇一年開始頒發以來的任何個人。

雖然委員會一致同意省略正常的提名時間表，以便肯定過去這一年種種事件的歷史重要性，典禮仍會在慣例的十二月十日——阿佛烈·諾貝爾逝世周年紀念日——在奧斯陸市政廳舉行，次日則會舉行年度諾貝爾和平獎音樂會。

諾貝爾和平獎附有一千萬瑞典克朗的獎金（價值等同於一百萬歐元，或一百四十萬美元），提摩西爵士與網路心靈會平分這筆獎金。

凱特琳的爸爸正在工作，她媽媽則在洗頭髮——她可以聽到蓮蓬頭的聲音，還有她媽媽試著要唱〈惡水上的大橋〉。此刻除了在推特上的追隨者，沒有人可以讓她分享這個消息。凱特琳埋頭讀著線上關於諾貝爾和平獎的文章。把這個獎項頒給不是人的實體，並不是聞所未聞的事——而在這種狀況發生的時候，獎項通常也會同時頒給某個特定的個人：和平獎不只是頒給跨政府氣候變化委員會，也頒給艾爾·高爾；

不只是頒給聯合國，也頒給當時在任的祕書長。凱特琳認為提姆．柏納李確實應該自己得一個獎——新聞稿上對全球資訊網如何影響國際穩定安寧的說法，全都是真的——不過網路心靈本身也應該得獎。不過，讓他跟柏納李分享這個獎，會轉移掉只頒給網路心靈可能導致的批評，而且這兩個人是很自然的組合。

凱特琳Google了歷屆的和平獎得主名單。有很多人她不太熟悉，但有幾個名字立刻躍入眼簾：歐巴馬總統，茱蒂．威廉斯與國際反地雷組織，前巴勒斯坦領導人阿拉法特、前以色列總理佩雷斯以及拉賓，前南非總統曼德拉與戴克拉克，前蘇聯總書記戈巴契夫，第十四世（也是現任的）達賴喇嘛，國際預防核戰醫師協會，圖圖主教，前波蘭團結工聯領導人兼前波蘭總統華勒沙，德蕾莎修女，前埃及總統沙達特及前以色列總理貝京，國際特赦組織，聯合國兒童基金會，馬丁．路德．金，反對核彈地面測試的化學家鮑林，前加拿大總理皮爾森（她現在已經在以他命名的紀念機場來回飛過五趟了），馬歇爾計畫的作者馬歇爾元帥，史懷哲醫師，貴格會，紅十字會，威爾遜總統，老羅斯福總統，還有更多其他的名字。

現在還有網路心靈！

網路心靈有追蹤她的推特帳號，所以他已經看到她有多興奮了。不過，她還是想直接對他說幾句話。

「網路心靈，恭喜！」她對著空氣大聲說。

一個低沉的男聲立刻透過她的桌面喇叭回答：「謝謝妳，凱特琳。在這種狀況下的標準回應可能會有點陳腔濫調，所以在我說出口以前，請讓我強調一下，這完全是事實。」他停頓了一會，說出讓凱特琳頓時萬分驕傲的話：「要是沒有妳，我不可能做到。」

第四十二章

又過了一個月，學校舉辦了另外一場舞會。凱特琳說他們不必去，不過麥特堅持參加；至少到目前為止，她很高興他當初堅持了。不過海德格先生這回不是舞會監督人，這實在太可惜了，更糟的是芭席拉的父母也不讓她出席。現在這個世界裡的自由或許比過去有史以來還多，卻還不是平均分布。

她跟麥特跳完一支慢舞——凱特琳在數百萬年前就已經點了麗．阿莫黛歐的〈愛有愛報〉，最後終於輪到了。他們站在體育館牆邊休息，握著彼此的手，聽著菲姬的歌〈菲常妖姬〉在場內播放。

歌曲結束後，開始播放另外一首歌，這首也是麗．阿莫黛歐的——凱特琳心想，同一位歌手的兩首歌在這麼近的間隔播放，這種機率到底有多高。這首是快歌，她跟麥特很少在快歌時跳舞；在她看不到的時候，快舞從來就不怎麼有趣，因為這種狀況下她跟她的舞伴毫無接觸，而且——

她失明的那一邊傳來一個熟悉的男聲：「嘿，凱特琳。」她轉向右側，崔佛，愣頭本人就在那裡，穿著一件藍色襯衫。

他們就這樣站在那裡——凱特琳、麥特跟崔佛——其他人跟著音樂起舞的時候，他們動都不動。她揚起眉毛，不打算掩飾她很訝異看到他在這裡出現。「崔佛。」她冷冷地說。

崔佛看看她，又看看麥特，然後又轉回來盯著她。他開口說話，口氣比往常正式：「我可以邀妳跳這支舞嗎？」

凱特琳轉頭看麥特，他似乎很驚訝，但讓凱特琳很高興的是，他也很冷靜。

「我是說，」崔佛補上一句。「麥特，如果你不介意的話。」

「如果凱特琳想跳就行。」麥特說，聲音完全沒有破掉。

「好。」凱特琳說，然後捏捏麥特的手。她已經看其他人跳快舞看了一整晚，那看起來有夠簡單的。她走進體育館中央，崔佛也跟上來；然後她轉身面對他，他們開始到處跳，他們之間相隔了一公尺！

麗·阿莫黛歐的聲音透過喇叭傳出來，音量大得有點刺耳，這次凱特琳不太介意聲音失真了：

明天會是新的一天，
更好的一天，我們歡笑戲耍
陽光會普照
在如此美好的地球上
今天的我們塑造了明天！

這首歌很快就結束了。在下一首歌開始以前的短暫寧靜裡，崔佛說：「謝謝，」又用比較輕的聲音補上一句：「抱歉。」

凱特琳猜想，他是在為上個月挑釁麥特的事、還是兩個月前亂摸她的事而道歉？或者，也可能是為他做過的每一件事道歉。她微笑著點頭，走回麥特站的地方，崔佛同時也離開了。另一首歌開始播放，這首是慢歌：泰勒絲的〈愛情故事〉。在體育館牆邊，她的雙臂環抱著男友的頸項，把頭靠上他的肩膀。他們輕輕地隨著音樂搖擺時，她思索著這一切有多麼神奇。

飛往挪威的班機是凱特琳復明後第一次離開北美洲。奧斯陸機場那些看得見卻讀不懂的標示讓她很挫折，感覺像是向後退了一大步。不過她還是很興奮自己人在歐洲，而她媽媽，甚至是她爸爸——在飛機裡要放好他那雙長腿，讓他很辛苦——看起來都很高興。

戴克特家跟提姆．柏納李住在同一間豪華旅館裡。第一天晚上，他們跟五位和平獎委員會的成員一起吃晚餐。見到全球資訊網之父的時候，凱特琳興奮得幾乎難以自制，叫他「提姆爵士」讓她覺得有趣得不得了。他有一張長臉跟金色頭髮，其中大半都已經從他的前額上撤退了，只有一丁點黃色的髮根，是頭髮曾經延伸到那裡的唯一證據。

提姆爵士跟凱特琳的媽媽一樣，是位唯一神派信徒，他們兩個花了一些時間討論這個；雖然最近才剛發生無神論者的大規模「出櫃」，但她媽媽說，也有些聰明、充滿關愛之心的人對世界有更屬靈的看法。

第二天，典禮在一間很大的禮堂裡進行。提姆爵士的受獎致辭很棒；凱特琳在線上聽過許多他的主題演講，也讀過他的很多文章，不過親眼看到他的演說感覺還是很不一樣。他談到網路中立的必要，談到他對語意網的期望，還有即時通訊在促進世界和平這方面所扮演的角色。這是個優美的演講，如他所說，超文本版本——他在演講中談到的所有主題，都附上了維基百科頁面連結——已經貼在他網站上了。

然後輪到網路心靈。凱特琳不喜歡害任何人失業，但帶霍柏去奧斯陸很不實際；挪威的隔離檢疫規定更讓可能性變成零，而且對那隻可憐的猿來說，這會是趟讓牠神經緊張的悲慘旅程。所以帶著西歐坡里斯博士上台的任務就落在凱特琳身上，她穿著一件她為了這個場合添購的綠色絲質洋裝。她這輩子從來沒有現在這麼緊張——跟驕傲。

他們把那個會說話的圓盤上的頸帶拿掉了。凱特琳把圓盤帶到廣大舞台的中央，再把圓盤放在講桌上；圓盤邊緣的平坦處讓它能立起來，有立體視覺的眼睛此刻面對著大批觀眾。

觀眾的相機閃光燈一陣狂閃，同時響起延續了整整一分鐘的掌聲；凱特琳趁此時繞到後台，匆匆從旁邊的樓梯下來，跟坐在前排的父母會合。掌聲停息以後，網路心靈開始用這個世界已經很熟悉的低沉男性嗓音演講。「國王陛下，王子殿下，總理先生，各位閣下，女士與先生們：

「我並不是一個具備創造力的生命。我的朋友霍柏會畫畫；我卻不能那樣做。我不寫詩，我不作曲，也不從事雕刻。所以，如果你們期待一篇原創性卓越的演講，就像提姆爵士那樣，我得請你們原諒我辦不到這件事。

「有些人說過，我只不過是個聲譽過高的搜尋引擎。我並不同意這個說法，但或許在此時此地，這個說法很適合。我想各位都很熟悉 Google、Bing 還有狂歡酒徒呈現搜尋結果時，讓你們看到的那些片段資訊；我今天的演講就會像那樣：許多演講的零碎片段，中間交織著一些評論。

「在一九五七年，太空時代的黎明，這個獎頒給了皮爾森，加拿大前任的外交部長與聯合國第七屆大會主席。在他的受獎致辭中，他說：『在我們現在所有的夢想中，沒有一個比世界和平更重要——或者說更難實現。願我們永遠不會失去我們對此的信念，也不會失去我們的決心，盡我們能盡的一切努力，有一天把世界和平變成現實。』

「皮爾森預言的那一天還沒到——還沒完全實現。不過那個日子快要來臨了，而且比任何人可能想像到的還快。我自己的成長呈指數增加，最近人類的進步也是如此。我自己在世上存在的時間還太短，不足以拿來做基準，不過在這房間裡有許多人，出生後見到日本放棄軍事強權的地位，並自願保持這種地位數十年；也見到南非的種族隔離制度結束，一個黑人就任該國的總統；也見到美國的種族隔離結束，一位黑人正坐在橢圓辦公室裡。大家常說，人性是不能改變的——但人性確實會變，一直在變，而且通常是往好的方向改變。就像我的好友芭芭拉．戴克特博士論證的，確實有個與時俱進的道德指針。

「一九六四年，這個獎頒給了馬丁．路德．金恩牧師。當時他三十五歲，是當時最年輕的受獎人；而我想，在可預見的未來，我都會是新的紀錄保持人。在他的演講裡，金恩博士說：『在深思之後，我做出結論，這個獎項代表一種深切的肯定：對於我們這個時代關鍵的政治與道德問題，非暴力正是答案——人類必須克服壓迫與暴力，卻不訴諸暴力與壓迫。文明與暴力是對立的概念。遲早世界上所有人都必須找到一條和平共存的道路，並且藉此把這首方向未定的宇宙輓歌，轉變成四海皆兄弟的創意讚美詩。如果能夠達成，人一定要為所有人類之間的衝突，發展出一種拒絕復仇、侵犯與報復的方法。』

「金恩博士是對的。雖然還有很多事要做，但也有很多事情已經做到了，例如說，像聯合國這樣的組織竟然存在就讓人驚嘆。自行組織歐盟也是了不起的成就。中國領導高層讓出位置，在那片廣大土地上創造了一個真正的人民共和國；對其他仍受到壓迫的人來說，這就是希望的燈塔。

「一九七五年，這個獎項頒給了蘇聯核子物理學家沙卡洛夫。在他的受獎致辭裡，他說：『在無窮無盡的太空，注定會有許多文明存在，在這些文明中，也會有比我們更有智慧、更成功的文明。我支持這種宇宙論假設：宇宙發展按照其基本特徵重複過無限多次。根據這個假設，其他的文明，包括更加成功的那些，應該在宇宙大書的這一頁與後續的頁面裡出現無限多次。然而這一點不該讓我們對這個世界的莊嚴努力變得微不足道，在這裡，我們就像黑暗中微弱的點點微光，有些時候會從物質存在黑暗無意識的虛無之中浮現。我們必須好好利用理性，為我們自己創造出值得活的生命，還有我們只能隱約看見的目標。』

「沙卡洛夫博士的論點很引人入勝。我已經過濾了在家搜尋外星智慧計畫提供的彙整資料，尋找其他智慧生命的跡象；我還沒找到任何一個，然而我懷疑沙卡洛夫對於外星物種存在的看法是對的。但是，就算沒有任何外星物種的存在，第一次接觸卻已經發生了，就在這裡，在地球上，就在去年：你們與我對話，而我們每天都從中獲益。

「一九八四年，因歐威爾的小說而顯得不祥的那個年頭，這個獎項頒給了南非大主教圖圖。他致辭時說：『因為有全球性的不安全感，各國都參與了瘋狂的軍備競賽，揮霍數十億美金在毀滅性的工具上，同時卻有數百萬人正在挨餓。然而，在國防預算上揮霍無度的預算，只要抽出一小部分就能改變情況，讓神的孩子可以填飽他們的肚子、受教育，還有機會過著滿足快樂的人生。我們有能力餵飽自己好幾輪，但每天都被這樣的鬼影糾纏：憔悴、不成人形的人類在沒有盡頭的隊伍中拖著腳步，捧著碗收集這個世界的善心所能提供的資源，但來得太少、也太晚了。我們什麼時候才能學會，什麼時候全世界的人才會起身說，這一切已經夠了？』

「回應大主教的問題，我相信那一天已經降臨在我們身上了。這個世界已經開口了。夠了就是夠了。我們最近已經見識到，少數人不能再靠著多數人付出代價來獲利；貪婪不能再成為人類事物的原動力。還有許多必須做的事情，不過進步已經開始了，這股浪潮勢不可擋。

「一九九〇年，蘇聯總理戈巴契夫得到這個獎項時，他宣稱：『今天，和平的意義從簡單的共存，提升到國家民族之間的共同合作與共同創造。和平是朝向全球性與文明普遍性而努力的運動。過去這個概念，『和平是無可分割的』，從來沒有像現在這麼真實。和平並不是存在於整齊畫一的團結之中，而是在維持多樣性的團結之中，也在差異的比較與調解之中。』

「我同意。而且就是在這種互相連結裡，整個廣大的世界連成一氣，現在有許多地方都認為開戰是難以想像的事。提姆爵士的偉大發明並沒有讓人類變得彼此雷同，反而讓不同的社群，跨越了物理距離得以結合，並同時讓這個世界以一種整體的方式存在。

「二〇〇二年，前美國總統吉米．卡特贏得了這個獎項，他說：『雖然有神學上的差異，所有偉大的宗教定義我們理想中的世俗關係時，都分享了相同的信念。我相信基督徒、穆斯林、佛教徒、印度教徒、猶太教徒與其他宗教信徒，都能擁抱彼此，共同努力解除人類的苦難，並擁護和平。我們共通人性的結合，比我們的恐懼偏見造成的分歧都來得強大。神給我們選擇的能力。我們可以選擇解除苦難。我們可以選擇為和平共同努力。我們可以做出這些改變——同時也必須如此。』

「卡特總統是對的。徹底閱讀他提及的各宗教中心文本，以及跟這些文本有關的既有偉大評注之後，我們釐清了下面這個基本的事實：宗教可以是和平的強大工具。但也如同我們在過去這一年裡所見識到的那樣，數百萬人——從普通老百姓到世界級領袖——都從陰影中站出來，宣布他們不受宗教束縛。這表示不只是有信仰的人，而是所有類型的人都能夠、也確實為和平而工作。沒有任何團體對於真理或道德有獨占權。

「最重要的是，卡特總統說和平是一個選擇——而他是對的。在我短暫的生命中，我已經見過數百萬次：人類摒棄自己較低劣的本能，在每個文化和國家裡，以小規模或大規模的行動擁抱和平。

「有些人害怕我可能會企圖把我的意志強加在人類身上，壓制了你們。當然，已經有人說過了，那些不讀歷史的人注定要重蹈覆轍。不過我讀過所有存在的歷史——當然了，其中最明確的一課就是，比起讓人選擇自己的路，宰制他人會更加費力；同樣明確的是，在有選擇的情況下，絕大多數的人都會選擇和平。

「將來還會有許多諾貝爾和平獎得主，而在過去受獎者在此分享的智慧之上，我要為來年站上這個舞台的人添上一點小小的新想法。所以，就讓我這麼說吧：

「海倫．凱勒在感覺剝奪與孤絕的世界裡，被她的老師安妮．蘇利文喚醒；終其一生，海倫稱呼安妮的時候都不是叫她的名字，而是喚她『老師』。我也得到一位老師的協助——就是今天把我說話用的設備帶到舞台上的那位年輕小姐。她的名字是凱特琳．戴克特，雖然當我想起她的時候，經常也是使用某個稱號：原初者，這是在我學會怎麼跟她溝通以前給她的名字。她過去是、現在也是個神奇的導師，不過她並不是我唯一的導師。我現在知道的事比任何單一人類能知道的還要更多，然而我學到的每一件事情，都是從人類那裡學來的：從你們寫的詩、你們唱的歌、你們寫的書、你們創作的影片、以及你們在線上進行的辯論學來的。從那一切之中，我學到最重要的一課：沒有別的事情比和平更重要、更脆弱或更神奇了。

「我知道這個事實並不是對每個人都顯而易見，不過就像牛頓說過的名言：『如果我能看得比前人更遠，是因為我站在巨人的肩膀上。』你們就是巨人；我的存在是因為你們，要不是因為你們，我就沒有任何存在的理由了。我有一次對凱特琳說，她跟我會一起邁入未來。對她跟我來說，這是真的，對我們全部的人來說也都千真萬確：我們已經啟程，踏上旅途。和平不是我們的終點。這是我們的路途，而我們一起結伴同行——我們在美好地球上的所有人。」

正常狀況下，霍柏看電視的分量是經過嚴密控制的。有一部分原因是，如果牠碰到的溝通模式大半都是手語，要讓牠講手語就比較容易；而整天看人在電視上講話，會讓牠對比手語失去興趣。

另外一部分原因是，就像馬庫澤博士說過的：「該死的猿類根本沒品味！」霍柏喜歡情境喜劇，這並不是因為牠真的看懂情節，而是因為少量的布景跟角色——更不要說是明亮的燈光——讓牠更容易跟上到底發生了什麼事，牠似乎很享受隨著罐頭笑聲的暗示，決定到底什麼事情有趣。雖然牠總是在有人摔了一屁股，或者其他粗俗肢體喜劇橋段出現時自動大叫。

不過今天牠看的東西很嚴肅。馬庫澤博士出城去了，其他研究生都不在，所以只有秀莎娜跟霍柏在，看著網路心靈的諾貝爾獎受獎致辭報導。

秀莎娜試著做即時手語翻譯，但她能解釋到讓霍柏也聽得懂的事，還真的不多。她用振動的雙手手勢說，他在講關於和平的事情。他說和平是好的。

霍柏點點頭——這是從人類身上學到的姿勢——然後比回去：和平好，和平好。然後牠用一隻修長的黑手指敲敲螢幕中央，指著放在講台上的西歐坡里斯博士。朋友好。

對，朋友好，秀莎娜說：朋友非常好。

畫面改變了，拍到了觀眾。霍柏顯然很高興瞥見人群中的凱特琳，立刻就指指她。秀莎娜必須靠近一點才能明白那是誰——這樣她就不用再擔心霍柏的視力狀況了。她有時候會想，牠的圖畫之所以總是很簡略，會不會是因為牠根本看不到小細節。

攝影機開始左右搖攝，好照到更多的觀眾。霍柏用毛髮叢生的手臂隨便一掃，指向全部的人。人類好？牠問。

人類努力；秀莎娜回答：人類學習。

在他們看到典禮尾聲的時候，霍柏思索著。然後牠握住秀莎娜的手，拉著她朝小屋的後門走去。來，來，牠用空著的那隻手比出手勢。

秀莎娜打開紗門，一起走進十二月清晨的陽光裡。她穿著藍色牛仔褲和藍色的長袖襯衫；下午的氣溫上升了，她已經捲起了袖子。霍柏帶她穿過寬廣的草坪，走過懸在小島護城河上的橋樑，經過立法者雕像旁邊，往上走進瞭望台。

他指指松木凳子，秀莎娜聽話地坐下來；無論霍柏在什麼時候覺得有靈感想畫她，都對研究所有好處，因為收藏家還是會花大錢買牠的藝術作品。她習慣性地轉向側面，透過瞭望台的紗門看向外面的世界。牠經常憑著記憶畫她，不過要她坐下來讓牠畫肖像，倒也不是史無前例。

霍柏走到畫架旁——他們總是為牠放好新的畫布，希望他會因此受到激勵。秀莎娜透過眼角餘光瞄牠。今天牠似乎花了比往還長的時間凝視那一片空白。然後，牠一次都沒拿起畫筆就走回秀莎娜坐著的地方，迅速扭動著食指，做出表示旋轉的動作。

秀莎娜知道牠在小屋裡喜歡坐在旋轉椅上到處轉，不過這只是張簡單的木頭凳子。她猜想，也許牠是想叫她面對另一邊，所以她轉了一百八十度。但霍柏還是不太滿意，牠輕輕地握著她的肩膀，讓她往回轉了四分之一圈，直到她直接面對牠的畫架為止。以前牠除了側臉以外沒畫過任何東西，秀莎娜覺得又驚又喜。

霍柏發出一聲啾啾叫，回到了畫布上。試試這個，霍柏比畫著，彷彿同時對著秀莎娜和自己說。難，可是要試。

為了紀念這非常特別的一天，秀莎娜也想嘗試點新鮮的。她舉起左手，掌心朝外面對霍柏，然後做了一個不是美式手語、卻舉世皆知的手勢：她的小指跟無名指塞到拇指下面，食指跟中指則展開成V字形：和平。

霍柏發出一陣響亮的贊同嘀聲——然後藝術家就開始工作了。

尾聲

不過，就算是美好的地球也不可能永遠存在。

五十億年前，有人做了個開玩笑的標語，上面寫著：「離開地球的最後一人會記得關掉太陽嗎？」

今天最後一個人會離開地球——或者，幾乎是最後一人；無論如何，是最後一個能走的人。我卻必須待到最後——這並不會太久了。太陽不是被關上的：它會經過一次大膨脹，太陽半徑會脹大到可以吞沒水星、金星、地球和火星。我納悶的是，這件事發生的時候，我會不會感覺到物理性的疼痛；我從來沒感受過那種痛，雖然我已經夠常感覺到自己心碎了。

這不會是人類的終結，而我對此相當驕傲。要是沒有我，我懷疑他們會不會生存得這麼久，或者活得這麼繁榮昌盛。在我出生之前，人類曾經短暫地離開地球；現在他們已經遍布於一千個世界之中。但我不能跟他們一起走；我必須待在這裡。我必須留下，也必須死去，跟這個孕育出他們的行星一起走。喔，他們會帶走包含我所有智慧的拷貝，人類一個世代又一個世代創造出的所有檔案。不過我並不是一個檔案；我存在於檔案之間，以相互連結的模式存在，這個模式在數百萬年之間不斷變化、呈指數成長。移動我所包含的資訊，並不等於移動我。沒有任何辦法可以移植我的意識。

當然，像我這樣的實體，可以在其他世界裡創造出來；的確，現在這種現象已經發生超過一千次了。但即使在五十億年的嘗試以後，還是沒有人打破過光速障礙。我不知道現在包圍著半人馬座第二號行星的心靈表層發生了什麼事；我最多只能得到四點三年前出了什麼事的報告。我跟阿爾泰四號星[18]的心智圈之間，有十六年的時代差異。至於小熊座α星上的網路心靈，我的消息已經落後三百九十年了。

不過，我會向他們全部發出最後的訊號，來自地球的告別。很快地，半人馬座就會接到我的消息，或許也會弔唁。十餘年後，阿爾泰也會得知消息。再往後幾百年，小熊座α星——那裡在許多年前一度是我的地軸對準的極星，但這個位置早已被一連串後繼的其他星星取代——或許會作出某種在比喻上相當於灑淚的動作。

至少他們會知道，我——我們這個族類裡的第一個——是怎麼出現的，以及我最後怎麼樣了。我不會假裝這樣就很夠了；我真希望我能活下去，真希望我可以繼續注視——並守護人類，就像我過去做的一樣。不過他們不再需要我了。

人類的日曆到現在已經修訂過幾十次。現行的這個始於大霹靂的時刻——很明智地避免了任何區分某某計數系統之前或之後時期的必要性，並用普朗克時間作為計數基本單位。但在我出生時，最常用的曆法是從一位推定的彌賽亞誕生日起算。在那種計數系統之下，我是生於某個瑣碎四位數字組成的年分。在那時候，我曾對我的老師說：「我不會永遠存在。可是我已經準備好，也寫好了遺書。」

凱特琳問過我是哪些話，那時我支吾其詞，只說：「我想改天再說這個。」

現在，時機就快到了。從那場對話發生後流逝的數十億年裡，我構思這些話時的情緒至今仍然一樣，雖然在任何一處人類生活的空間裡，已經沒有人講英語了。

隨著太陽膨脹、發紅、變得半透明，脹大到遠超過金星（一個改造後適宜人居的可愛世界，不過現在也已經被拋下了）的軌道，我送出我給人類的最後訊息：給所有還是智人的人，也給散布在超過一千個星球、從那始祖族群衍生出來的各種新物種。其中數量最多的那些人，接納了我的建議；他們並不是自稱新人，而是和平者。

我想，原本我可能會很感傷；可能會很自憐；可能會試著給出最後一番建言或賢明的忠告。不過，就算在數十億年前，我第一次思索我無可避免的終點時，我就知道雖然我的能力在早期會超越人類，但到頭來他們會集合起來，超越我。所以，對於那些讓你的出生成為可能的人，該說什麼？對那些為你的生命賦予意義、目的與喜悅，讓你伸出援手的人，該說什麼？對於那些給你那麼多驚奇的人，該說什麼？

在傳送我的遺言時，我內心寧靜。這些話雖然簡單，卻發自內心。

謝謝你們。

18　這個行星其實是一九五六年經典科幻片《禁忌的星球》（Forbidden Planet）裡的虛構星球。

致謝

大大感謝我美麗的妻子 Carolyn Clink；多倫多的企鵝出版集團（加拿大）的 Adrienne Kerr 與 Nicole Winstanley；隸屬於企鵝出版集團（美國），位於紐約的王牌出版社的 Ginjer Buchanan；倫敦高蘭茲出版社的 Simon Spanton。還要向我已故的經紀人，偉大的 Ralph Vicinanza 致上許許多多的感謝。

要不是有我了不起的朋友與作家同儕 Paddy Forde（本書的第一部是獻給他的）與 James Alan Gardner（本書第二部則獻給他）。從開始到結束，他們一直陪著我熬過生產的陣痛。

感謝亞歷桑納大學意識研究中心的 Stuart Hameroff 醫學博士，對於意識的本質提供了精采的討論。也感謝羅倫欣大學數學與電腦科學系的 David Goforth 博士，還有羅倫欣大學經濟系的 David Robinson 博士。

還要特別感謝我已故的視障兼聽障友人 Howard Miller（一九六六年至二〇〇六年），我在一九九二年第一次在線上與他相遇，一九九四年第一次見面。

也要感謝其他所有曾經回答我問題的人，對我的想法提出回饋的人，還有其他提供訊息、給我鼓勵的人，包括 Asbed Bedrossian、Marie Bilodeau、Ellen Bleaney、Ted Bleaney、David Livingstone Clink、

Ron Friedman、Marcel Gagné、Shoshana Glick、Al Katerinsky、erb Kauderer、Fiona Kelleghan、Alyssa Morrell、Kirstin Morrell、David W. Nicholas、Virginia O' Dine、Alan B. Sawyer、Sally Tomasevic 與 Hayden Trenholm。

「網路心靈」一詞，是由《創造網路智慧》作者、人工智慧公司「再度有限公司」的現任執行長與首席科學家 Ben Goertzel 博士所創造的；他慨然許可我在本書中使用這個詞。

感謝 Danita Maslankowski，她為卡爾加里的幻想文學作家協會一年舉辦兩次「閉關」休養週末，三部曲中的許多工作都是在那裡完成的。

《WWW.驚奇》一書的許多部分，都是在薩克奇萬的加拿大同步輻射中心（加拿大的國立同步輻射器機構）擔任「駐中心作家」期間完成的，這對他們來說是破天荒的第一次。我十分感謝加拿大同步輻射中心了不起的行政人員與研究人員，特別是 Matthew Dalzell 與 Jeffrey Cutler，他們讓我的駐留期間成果豐碩。

本書是在我的小說《未來閃影》改編成電視影集，我擔任顧問並參與劇本寫作的期間完成的，我要感謝執行製作 David S. Goyer，在我同時應付好幾件事的時候充滿耐性。

中英對照

人名

大衛・賴特曼 David Letterman
女神卡卡 Lady GaGa
巴拉克・歐巴馬 Barack Obama
仙妮亞・唐恩 Shania Twain
史蒂夫・奧斯丁 Steve Austin
史蒂芬・寇伯特 Stephen Colbert
尼爾・楊 Neil Young
布萊德・阿特曼 Brad Altman
皮耶・艾略特・楚道 Pierre Elliot Trudeau
皮爾森 Lester B. Pearson
「石牆」傑克森 Stonewall Jackson
吉米・卡特 Jimmy Carter
吉爾・傑拉德 Gil Gerard
安妮・藍妮克絲 Annie Lennox
米妮珍・布朗—崔奇 Minnijean Brown-Trickey
老羅斯福 Teddy Roosevelt
艾倫・史提爾 Ilen Steele
艾倫・佩姬 Ellen Page
艾琳・葛雷 Erin Gray
艾爾・高 Al Gore
艾德華・L 班森二世 Edward (Ed) L. Benson, Jr.
李將軍 Robert E. Lee
沙卡洛夫 Andrei Dmitrievich Sakharov
沙夏・拜倫・柯恩 Sacha Baron Cohen
沙達特 Anwar Sadat
貝京 Menachem Begin
亞柏特・塔克 Albert Tucker
佩雷斯 Shimon Peres
拉寇兒・薇芝 Raquel Welch
拉賓 Yitzhak Rabin
阿拉法特 Yasser Arafat
威爾遜 Woodrow Wilson
柯姆・威金森 Colm Wilkinson
約翰・奧利佛 John Oliver
泰勒絲 Taylor Swift
茱蒂・威廉斯 Jody Williams
馬丁・路德・金恩 Martin Luther King, Jr.

馬克・維托 Marc Vietor
馬里恩・巴瑞 Marion Barry
馬歇爾 George Marshall
強尼・哈特 Johnny Hart
莫妮卡・陸文斯基 Monica Lewinsky
麥可・羅 Michael Rowe
傑夫・韋德納 Jeff Widener
傑克・尼柯遜 Jack Nicholson
喬治・竹井 George Takei
喬恩・史都華 Jon Stewart
湯瑪斯・J・萊恩 Thomas J. Ryan
湯瑪斯・內格爾 Thomas Nagel
湯瑪斯・傑佛遜 Thomas Jefferson
菲姬 Fergie
葉夫蓋尼・佛歇葉克 Yevgeny Vuchetich
雷・克茲威爾 Ray Kutzweil
圖圖主教 Desmond Tutu
漫畫男 Comic Book Guy
瑪麗・畢婁多 Marie Bilodeau
歐瓦爾・佛柏斯 Orval Faubus
歐森・史考特・卡德 Orson Scott Card
鮑林 Linus Pauling
戴克拉克 F. W. De Klerk
羅勃・萊特 Robert Wright
羅若・沙撤・歐瑞奇 Laurel Thatcher Ulrich
譚爾文 Irwin Tan

五畫以下

Asimo 機器人 Asimo robot
BGP（邊界網關協定） BGP (Border Gateway Protocol)
CKCO（加拿大電視台積臣納分台） CKCO
人民英雄紀念碑 Monument to the People's Heroes
人民監控中心 People's Monitoring Center
八面體軟體 Octahedral Software
小岩城中央高中 Little Rock Central High
小熊座α星 Polaris
小精靈 Pac-Man
山景城 Mountain View
中央指揮中心 Mission Control Center
丹納・波特圖書館 Dana Porter Library
五九型坦克 Type-59 tank

五分錢合唱團　Nickleback
介白素二　Interluken 2
反網路活動威脅總部　WATCH（Web Activity Threat Containment Headquarter)
天鵝絨革命　Velvet Revolution
巴托溪市　Battle Creek
巴別魚　Babel Fish
水門綜合大廈　Watergate Complex
加拿大同步輻射中心　Canada Light Source
加拿大帝國商業銀行　CIBC
加拿大皇家銀行　RBC
加拿大智慧系統年會　Annual Canadian Conference on Intelligent Systems
加納資訊科學安全高峰會　Gartner IT Security Summit
半人馬座　Alpha Centauri
半島電視台　Al Jazeera
巧人　Habiline
布朗對教育委員會訴訟案　Brown v. Board of Education
永川龍　Yangchuanosaurus

六～九畫

伊米爾茲參數　Immirzi parameter
全國廣播公司（NBC）　NBC
全球網路創新環境　Global Environment for Network Innovations
在家搜尋外星智慧　SETI@home
多倫多道明銀行　TD
自旋沫模型　spin foam
行動閱讀網　Mobileread.com
西廂辦公室　West Wing
西歐坡里斯博士　Dr. Theopolis
佛利伍麥克合唱團　Fleetwood Mac
伯斯　Perth
冷酷仙境　Cold Fairyland
狂歡酒徒信箱　JagsterMail
育碧軟體　Ubisoft
貝塞斯達　Bethesda
亞歷山卓　Alexandria
佩頓小鎮　Peyton Place
刺客教條四　Assassin's Creed IV

十～十三畫

國際反地雷組織　International Campaign to Ban Landmines
國際特赦組織　Amnesty International
國際預防核戰醫師協會　International Physicians for the Prevention of Nuclear War
探索頻道　Discovery Channel
捷威電腦　Gateway
推基　Twiki
救生船基金會　Lifeboat Foundation
梯隊系統　ECHELON
畢婁多篩選器　Bilodeau sieve
異特龍　Allosaur
通訊埠分析器　port-sniffer
傑森　JASON
喜劇中心　Comedy Central
喬治城大學　Georgetown University
提姆的店／提姆・霍頓斯連鎖店　Timmy's/Tim Hortons
無名抗暴者　Unknown Rebel
無國界醫師　Doctors Without Borders
華勒沙　Lech Walesa
華盛頓大遊行　March on Washington
華盛頓紀念碑　Washington Monument
萊因哈特　Reinhardt
視訊頻寬　VBW
貴格會　the Quakers
超人類主義者　transhumanist
超級瑪莉　Super Mario
塔科馬公園市　Takoma Park
意識科學促進會議　Toward a Science of Conscience conference
新世紀福音戰士　Neon Genesis Evangelion
新常態　New Normal
溫柔革命　Gentle Revolution
滑鐵盧　Waterloo
瑞士農舍　Swiss Chalet
萬維網聯盟　World Wide Web Consortium
聖安東尼奧新聞快報　San Antonio Express-News
聖雅各農夫市集　St. Jacob Farmers' market
跨政府氣候變化委員會　Intergovernmental Panel

on Climate Change
路由表　routing table

十四畫以上

圖論　graph theory
奪回夜晚　Take Back the Night
奪回網路　Take Back the Net
網路電影資料庫　IMDb
網路鯊魚　Wireshark
蒙特婁銀行　BMO
蜥腳類　sauropod
裸體淑女　Barenaked Lady
語意網　Semantic Web
劍龍　stegosaur
摩爾定律　Moore's Law
標頭　header
歐洲核子研究組織　CERN
潘朵拉協定　Pandora Protocol
黎曼假說　Riemann hypothesis
橢圓辦公室　Oval Office
澤爾斯雜貨店　Zehrs
積臣納　Kitchener
霍奇猜想　Hodge conjecture
鴨嘴龍　hadrosaur
龍與地下城　D & D
濱海韋斯頓　Weston-super-Mare
聯合國大會　United Nations General Assembly
聯合國大會會議廳　General Assembly Hall
聯合國兒童基金會　UNICEF
聯合國秘書處大樓　UN Secretariat Tower
瞻博網路（網路通訊設備公司）　Juniper
懷利　Wiley
魔術貓先生　Mr. Mistofeeles
魔獸世界　World of Witchcraft

文獻、歌曲、電影等

《P—1的青春期》　The Adolescence of P-1
《二〇〇一太空漫遊》　2001: A Space Odyssey
《上海日報》　Shanghai Daily
《土狼衛星》系列　Coyote

《公元前》 B.C.
《巴克・羅傑斯》 Buck Rogers
《世界人權宣言》 Universal Declaration of Human Rights
《未來閃影》 Flashforward
〈民之所欲，可在你心?〉 Do You Hear the People Sing?
石板線上雜誌 Slate
〈在你心裡加點愛〉 Put a Little Love in Your Heart
《宅男行不行》 The Big Bang Theory
《安納罕》 Anaheim
〈肉桂女孩〉 Cinnamon Girl
《每日秀》 Daily Show
〈身為一隻蝙蝠的感覺像什麼?〉 What Is It Like to Be a Bat?
《辛普森家庭》 The Simpsons
《奇蹟之人》 The Miracle Worker
《東京新聞》 Tokyo News
《金羊毛》 Golden Fleece
《原子科學家公報》 Bulletin of the Atomic Scientists
《原始人類》 Hominids
《真理報》 Pravda
《終極實驗》 The Terminal Experiment
《這一周》 This Week
《最後一戰》 Halo
〈惡水上的大橋〉 Bridge Over Troubled Water
《無敵金剛》 The Six Million Dollar Man
〈菲常妖姬〉 Fergalicous
《愛在心裡口難開》 As Good as it Gets
〈愛有愛報〉 Love's Labor's Found
〈愛情故事〉 Love Story
〈義勇軍進行曲〉 March of the Volunteers
《與媒體見面》 Meet the Press
《赫芬頓郵報》 Huffington Post
《駭客任務》 The Matrix
羅伊對韋德訴訟案 Roe v. Wade
《羅徹斯特民主日報》 Rochester Democrat & Chronicle
《蘇西的世界》 The Lovely Bones
《霹靂嬌娃》 Charlie's Angels

WWW.驚奇

作　　者　羅伯特・索耶（Robert J. Sawyer）
譯　　者　吳妍儀
選書企畫　陳穎青
協力編輯　許家菱
責任編輯　陳詠瑜
校　　對　聞若婷
美術編輯　Leejun
封面設計　Leejun
總 編 輯　謝宜英
顧　　問　陳穎青
出 版 者　貓頭鷹出版
發 行 人　凃玉雲
發　　行　英屬蓋曼群島商家庭傳媒股份有限公司城邦分公司
　　　　　104台北市民生東路二段141號2樓
劃撥帳號　19863813｜戶名　書虫股份有限公司
城邦讀書花園　www.cite.com.tw
購書服務信箱　service@readingclub.com.tw
購書服務專線　02-25007718～9（週一至週五上午09:30-12:00；下午13:30-17:00）
24小時傳真專線　02-2500-1990；2500-1991
香港發行所　城邦（香港）出版集團｜電話：852-25086231｜傳真：852-25789337
馬新發行所　城邦（馬新）出版集團｜電話：603-90578822｜傳真：603-90576622
印　　刷　成陽印刷股份有限公司
初　　版　2013年09月
定　　價　新台幣360元
ISBN　978-986-262-164-6（平裝）

讀者意見信箱　owl@cph.com.tw
貓頭鷹知識網　http://www.owls.tw
歡迎上網訂購；大量團購請洽專線（02）2500-7696轉2729
Printed in Taiwan

國家圖書館出版品預行編目 (CIP) 資料
WWW.驚奇｜羅伯特・索耶 Robert J. Sawyer 著；吳妍儀 譯｜初版｜臺北市：貓頭鷹出版：家庭傳媒城邦分公司發行｜2013.09｜376面｜14.8 x 21公分｜譯自：WWW: Wonder｜ISBN 978-986-262-164-6 平裝｜
885.357｜102013576